NE RETOURNEZ JAMAIS CHEZ UNE FILLE DU PASSÉ

L'AUTRICE

Nathalie Stragier est née en 1971 et a grandi à Tourcoing, dans le Nord. À dix-neuf ans, elle intègre la Fémis à Paris, département scénario.

Dès sa sortie de l'école, elle participe à l'écriture de séries télé. En 1995, elle remporte la bourse de la fondation Hachette/Jean-Luc Lagardère « jeune scénariste télé ».

Depuis quelques années, tout en poursuivant son activité de scénariste, elle invente des histoires pour « J'aime lire » ou « Je bouquine ».

Ne ramenez jamais une fille du futur chez vous, *Ne retournez jamais chez une fille du passé* et *Ne dites jamais jamais* sont ses premiers romans au long cours... Ils ont été suivis de *Signe particulier : Transparente* (Syros, 2018).

De la même autrice

Ne ramenez jamais une fille du futur chez vous

NATHALIE STRAGIER

NE RETOURNEZ JAMAIS CHEZ UNE FILLE DU PASSÉ

SYROS

Ouvrage publié sous la direction de Denis Guiot

À Luc

Loi n° 49-956 du 16 juillet 1949 sur les publications destinées à la jeunesse : mars 2020.

ISBN 978-2-266-29110-1

Dépôt légal : mars 2020.

PREMIÈRE PARTIE

CHAPITRE I

Ces sensations étrangères qui m'assaillent de nouveau… Je respire profondément pour calmer mon cœur qui bat trop vite, et je regarde autour de moi.

J'ai réussi.

Le Soleil vient de se lever, un disque éblouissant juste au-dessus de l'horizon. Tout à côté, je ne la vois pas mais je sais qu'elle est là. Je sens sa présence. La nouvelle Lune, plongée dans la lumière du jour naissant.

Le vent souffle. J'ai un peu froid, je serre contre moi le sweat qu'Andrea m'a acheté l'an dernier. Aux pieds, je porte mes ballerines en cuir argenté.

Je reconnais l'odeur si particulière qui règne partout ici. Elle me picote le nez comme quand on fait brûler un tas de feuilles mortes au fond du jardin.

Cela fait presque un an que je suis partie. C'est très long, un an. Suffisant pour de grands bouleversements... L'angoisse monte en moi.

Une seule question m'obsède. Elle revient, plus forte chaque fois, comme si une voix criait dans ma tête.

Que vais-je trouver ici ?

Je me raisonne. Rien n'indique que le pire est survenu. Les rues sont désertes, mais ça ne veut rien dire. Non, rien du tout.

Je dois rester concentrée. Pas de faute d'inattention, pas de faux pas. Je suis au Moyen Âge, je ne dois pas l'oublier.

Je passe devant la grille du lycée, fermée. Je continue en empruntant la rue qui descend vers les quartiers résidentiels.

Tout semble normal. Les maisons sont paisibles, les jardins bien tenus. Le long du trottoir sont garés des véhicules à énergie fossile, bien alignés. Chahuté par le vent, un sac plastique s'envole et disparaît derrière une haie.

Pourquoi n'ai-je toujours croisé personne ? Deux minutes déjà que je suis là... Je me trouve dans une rue calme, dès que j'approcherai de la gare, je croiserai du monde. Forcément. Si vraiment la Renaissance avait commencé, il y aurait des signes, une agitation inhabituelle, la sirène d'une ambulance non loin...

Et même pire. Des gémissements, des pleurs. Des corps. La mort, partout.

Au contraire, tout me paraît serein. Rien ne permet de penser que ce monde est en train d'agoniser.

Pourtant, depuis que j'ai quitté cette époque, je ne cesse de me demander… Ai-je vraiment changé le cours du temps ? Andrea et moi avons-nous réellement sauvé les hommes ?

Brusquement, je tourne la tête vers la gauche. Un bruit a attiré mon attention. Enfin du mouvement ! Au pied du talus, un train arrive à toute vitesse. Il me dépasse dans un fracas assourdissant. J'essaie de voir à travers les vitres mais je n'aperçois que des ombres. Déjà, il s'éloigne vers Paris.

Cela ne m'a pas permis d'obtenir la réponse à ma question mais, l'instant suivant, j'entends des pas, juste derrière moi. Aussitôt je fais volte-face. C'est une femme qui marche d'un pas vif, accompagnée d'un jeune enfant dans sa poussette. Une fillette.

Où sont les hommes ?

Et puis enfin, ça y est. J'aperçois une silhouette au bout de la rue. C'est un mâle, j'en suis sûre. Je reconnais cette façon un peu lourde de marcher, cette ligne générale trop épaisse… Il semble en bonne santé, il promène son chien sans avoir l'air inquiet.

Au même moment, une voiture passe. Je tourne vite la tête pour regarder qui est au volant. C'est un individu masculin de nouveau, et il y a deux petits garçons assis à l'arrière.

Mon cœur cogne fort dans ma poitrine. Les hommes sont donc vivants !

Juste sur ma droite, la porte d'une maison s'ouvre et un barbu en sort. Il me frôle sans prêter attention à moi, jette un coup d'œil à sa montre. Il doit être en retard pour son travail.

Quel soulagement ! Tous ces mâles dans la rue, cela signifie que le monde d'Andrea existe toujours. Je suis en 2020, mais la Renaissance n'a pas eu lieu.

C'est comme si un poids terrible venait de m'être retiré.

Que les choses soient claires... Je n'aime toujours pas les hommes.

Mais après mon premier voyage, je me suis habituée à les côtoyer et même, je me suis prise d'une certaine affection pour quelques-uns d'entre eux.

Quand je suis rentrée chez moi, il y a près d'un an, j'étais persuadée que nous avions réussi à modifier le cours du temps. Nous avions fait ce qu'il fallait pour empêcher la grippe masculine de contaminer le Moyen Âge, j'en avais la certitude.

Mais petit à petit, le doute s'est insinué en moi. Comment pouvais-je être si sûre de notre succès ? Quand je regardais autour de moi, en 2187, je ne remarquais rien de différent. Mon époque n'avait pas changé, rien n'indiquait que j'avais modifié le cours de l'histoire. J'avais pensé jusqu'alors que c'était normal, que des mondes parallèles pouvaient très bien coexister. Andrea et les siens vivaient dans un monde mixte, qui avait abouti à un futur mixte, différent du mien. Et moi, j'avais regagné mon époque, exclusivement féminine, inchangée. Comme deux voies distinctes qui s'écartent après un aiguillage.

Mais plus j'y pensais et plus je m'interrogeais. Mon époque était telle que je l'avais toujours connue... N'était-ce pas plutôt la preuve de notre échec ?

Je pensais à Andrea, souvent. À sa famille aussi. Désormais je n'étais plus si certaine que mon amie allait bien. N'était-elle pas, au contraire, en train d'assister, impuissante, à la disparition des hommes qu'elle aimait ?

Plus les jours passaient et plus cette question m'obsédait. J'y songeais le matin en me réveillant, et le soir en m'endormant. Toute la journée aussi, pendant mes cours au lycée, à la maison aux côtés de ma mère et de ma petite sœur. La nuit, je faisais des cauchemars. Je ne pensais plus qu'à ça.

C'est pour cela que j'ai voulu retourner une deuxième fois dans le passé. C'était pourtant une décision terriblement imprudente, mais je devais savoir.

J'ai donc la réponse à ma question. Les hommes ont survécu.

Rassurée pour mon amie, je vais pouvoir repartir tout de suite en profitant de la nouvelle Lune et du vent qui souffle. Tout s'est déroulé comme prévu, je n'ai été absente de chez moi que quelques minutes. Dans un instant, je serai de retour.

Je vais m'en aller, mais je tourne la tête.

Je me rappelle ce passage derrière un immeuble, le raccourci par lequel nous avions fui le premier jour. Je portais des chaussures inappropriées, comme me l'avait fait comprendre Andrea, et j'avais du mal à courir. Pourtant, il nous fallait échapper à deux policiers que j'avais malencontreusement tabassés.

Que serais-je devenue sans Andrea ? Le souvenir de ma première rencontre avec elle me revient, aussi vif que si c'était hier. Pourquoi me suis-je tournée vers elle ? C'était contraire à toutes les consignes, mais j'avais tellement peur... Alors je l'ai choisie, tout simplement parce qu'elle était la seule médiévale à avoir porté le regard sur moi. À ce moment-là, j'étais loin d'imaginer à quel point cette rencontre transformerait ma vie.

Andrea... Elle me manque tellement. Peut-être que je pourrais passer devant sa maison, rapidement. Cela ne me prendrait qu'une minute, et après je repartirais...

C'est par là, je m'en souviens. Ensuite, il faut prendre à gauche. J'avance un peu dans la ruelle.

Ça y est, je vois sa maison. Je me rends compte que j'ai accéléré le pas, comme quand je rentre chez moi. Pourquoi ai-je fait ça ? C'est ridicule. Ma maison se trouve à cent soixante-huit années d'ici.

Ce n'est pas raisonnable. Je ne dois pas rester là. Il me faut repartir immédiatement, avant que mon absence ne soit remarquée. Je ne pourrais pas la justifier une seconde fois.

À cette idée, une bouffée d'angoisse monte et me serre la gorge. J'ai pris un risque insensé en revenant dans le passé, comme ça, sans autorisation. Si quelqu'un l'apprend... Et voilà que je prolonge mon voyage au-delà de quelques instants ? D'un coup, j'ai du mal à respirer.

Je m'arrête et me force à inspirer et souffler lentement pour contrôler la crise de panique qui menace. Je me rassure en me disant que je n'ai pas agi inconsidérément. Au contraire, j'ai pesé longuement ma décision, puis j'ai tout préparé dans ma tête. J'ai cherché les informations qui me manquaient et choisi la meilleure journée. Avant de partir, j'ai dit à ma mère que j'allais en classe un peu à l'avance pour voir une camarade. Je n'ai pas vraiment menti, juste omis de préciser que cette amie vivait au Moyen Âge. Ma mère n'a rien décelé d'anormal dans ma voix ni dans mon regard. Elle m'a souhaité une bonne journée.

Dans quelques minutes, je serai de retour à mon époque et personne ne saura que j'ai transgressé. Je peux prendre un peu plus de temps que prévu. Tout se passera très bien.

Debout sur le trottoir d'en face, à moitié cachée par un panneau publicitaire, j'attends. Si Andrea sort de chez elle dans moins de deux minutes, je la verrai. Je ne lui parlerai pas, bien sûr, mais j'aurai le plaisir de l'apercevoir avant de rentrer chez moi.

Sinon, tant pis, je m'en irai sans l'avoir revue.

Une minute passe... Puis une autre. Des élèves marchent en direction du lycée. Pourquoi Andrea est-elle toujours en retard pour partir en cours ? Elle est agaçante avec cette mauvaise habitude !

Ça y est, les deux minutes sont passées. Je suis déçue mais je dois me raisonner et quitter cette époque. Agir autrement serait de l'inconscience.

Mais juste à ce moment-là, comme si elle m'avait entendue penser, comme si elle avait deviné que j'étais là, elle ouvre la porte. C'est bien elle, c'est Andrea ! Je suis tellement contente de la revoir !

Elle n'a pas changé. Elle a toujours ses cheveux en bataille et sa veste en jean un peu usée. Son sac à dos est plus sale que jamais, je me demande où elle l'a laissé traîner. Elle referme la porte derrière elle et soupire, lasse. Je devine qu'elle n'est toujours pas passionnée par les études. Elle se dirige vers le lycée d'un pas paresseux. Déjà, elle s'éloigne de moi…

Mais avant même de réaliser l'énorme erreur que je suis en train de faire, je cours vers elle.

— Andrea !

Elle se retourne et me voit. Aussitôt, je comprends à quel point je lui ai manqué. Exactement autant qu'elle m'a manqué. D'un coup, elle semble réveillée, et ses yeux verts brillent. Je me jette sur elle et la serre dans mes bras. Un peu trop fort apparemment.

— Merde, Pénélope, s'exclame-t-elle, lâche-moi, tu me fais mal !

Je ris. Elle est toujours aussi râleuse, on dirait. Je la libère pour mieux la regarder.

— Désolée. Je ne voulais pas te brutaliser. J'avais oublié à quel point tu es petite.

C'est exact, c'est vraiment une demi-portion. Je me suis toujours dit qu'elle n'avait pas été nourrie correctement pendant son enfance. Ce n'est pas surprenant, au Moyen Âge, les meilleurs morceaux de nourriture sont réservés aux garçons. Il y a un chapitre là-dessus dans le *Guide du comportement médiéval*.

Je me suis d'ailleurs souvent étonnée de voir que, malgré le manque de nutriments, Andrea était aussi énergique. Son regard est vif, toujours à l'affût. Sa façon de se mouvoir est également déconcertante. Elle est rapide, nerveuse même, et plutôt endurante. Tant de qualités dans un si petit corps !

— C'est toi qui es trop grande, réplique Andrea. Moi je suis normale.

— Veux-tu que je t'explique pourquoi les femmes de ton époque sont plus petites que les hommes ?

— Pas la peine. Tu vas encore me sortir une grosse connerie.

Mais maintenant, Andrea me dévisage et je vois qu'elle est émue. Sa voix tremble un peu quand elle poursuit :

— Dis-moi que je ne rêve pas.

— Non. C'est bien moi.

— J'avais peur que tu sois morte, murmure-t-elle.

— Tu vois. Je suis bien vivante.

Elle me regarde, les yeux brillants, heureuse de constater que je vais bien.

De toutes les qualités d'Andrea, ce ne sont pas ses capacités physiques qui m'impressionnent le plus. Ce sont ses qualités de cœur. Quand j'en avais besoin, elle m'a offert son aide, et pourtant elle aurait pu me rejeter, mille fois. Elle aurait même pu me tuer… Mais elle a cette capacité à s'ouvrir aux autres, malgré leurs différences. C'est une faculté de grande valeur.

J'ai des amies chez moi, j'en ai même plein. Mais Andrea, c'est différent… Après ce que nous avons vécu toutes les deux, quelque chose de spécial nous unit.

Je lui souris. Moi aussi je suis heureuse de la retrouver, même si ce n'est que pour quelques instants.

Mais soudain, elle se ressaisit, m'attrape par le bras et me tire de toutes ses forces.

— Viens.

— Que fais-tu ?

— On va se cacher, répond-elle, stressée. Suis-moi !

Je n'ai pas le temps de répondre que déjà elle m'entraîne derrière l'abri de jardin. Elle appuie fermement avec ses deux mains sur mes épaules, même si c'est difficile pour elle vu sa taille, et m'oblige à m'asseoir dans la boue.

— Arrête ! Nous n'avons pas besoin de nous cacher !

— Mais si, insiste-t-elle, ta vie est en danger ! Les femmes de ton époque ont forcément découvert ce que tu as fait ! Tu as sauvé les hommes, tu es devenue hors la loi ! Elles vont venir te chercher !

— Non.

— Tu ne t'es pas évadée de chez toi ? s'étonne-t-elle.

— Pas du tout.

— Je comprends plus rien... Alors, pourquoi tu es là ? Et aussi, comment tu as fait ? Tu m'avais dit que ça serait impossible, que tu pourrais plus jamais revenir ! Qu'on ne se reverrait jamais !

— Finalement, je me suis débrouillée autrement. Pourrions-nous sortir de là ?

— Je comprends pas. Il y avait ce truc obligatoire à dix-sept ans, pour t'empêcher de voyager à nouveau dans le temps !

Je me relève en frottant mon jean.

— Réponds-moi, enfin ! insiste Andrea. Tu m'avais parlé d'une séance d'ultrasons, je me souviens.

— Oui, pour modifier la structure de l'oreille interne et perturber l'équilibre indispensable pour se déplacer dans le temps.

— Tu as presque dix-sept ans maintenant, non ?

— Si.

— Alors tu as forcément subi ce traitement !

— En fait, non.

— Je croyais que c'était imposé par votre règlement !

Je suis un peu embarrassée. Andrea a raison. En principe, je devrais être dans l'incapacité de voyager dans le temps... Mais je n'ai pas envie de lui expliquer pourquoi j'ai réussi à revenir ici. Si je le fais, elle pourrait me juger et me faire des reproches.

— D'ailleurs, poursuit-elle, je te l'avais pas dit la dernière fois, mais ça pue la dictature, ce truc pour vous empêcher de voyager dans le temps.

Andrea m'agace toujours un peu quand elle se permet de critiquer mon époque. De quel droit ? Elle ne la connaît même pas. Moi aussi je peux critiquer le Moyen Âge si je veux, c'est même très facile.

Les guerres un peu partout, la pauvreté, la maladie. Le monde médiéval est violent, inégalitaire. Pas de quoi pavoiser.

Mais face à Andrea, j'essaie de me montrer pédagogue :

— Les lois de mon époque sont votées dans le respect des règles républicaines.

— Tu es retournée à ton époque depuis un an à peine et, déjà, tes copines du futur t'ont retourné le cerveau. Exactement comme quand tu es arrivée ici l'année dernière.

Cette fois, je m'énerve un peu :

— Pourrais-tu cesser de juger sans même avoir voyagé ? Les ultrasons constituent une mesure très utile pour protéger la population. Grâce à eux, aucune femme des temps modernes ne risque de se perdre dans le passé.

— Et alors ? C'est si terrible de vivre ici ?

— Oui ! Quand je suis revenue de mon odyssée, j'étais dans un piteux état. Épuisée, éprouvée. Ces jours passés ici ont été une épreuve terrible pour moi. J'avais peur à chaque instant, c'était épouvantable de me dire que je risquais de rester coincée à ton époque barbare !

— Alors pourquoi tu es là ?

J'en reste bouche bée. Pourquoi suis-je là ? Je croyais qu'elle était contente de me revoir, mais voilà qu'elle retrouve sa manie de tout questionner. C'est un monde, ça ! Suis-je vraiment obligée de me justifier ? De toute façon, la vérité est simple :

– Je voulais m'assurer que la grippe masculine n'avait pas contaminé ton monde, malgré tous nos efforts.

– C'est vrai ? demande Andrea, touchée. Tu t'inquiétais pour moi ?

– Oui. J'avais peur que tu sois plongée en pleine pandémie. Et puis aussi... tu me manquais.

Soudain, sans prévenir, l'image de Pierrick surgit dans ma tête. Ce phénomène m'arrive de temps en temps, c'est perturbant. Comme si c'était pour lui que j'étais revenue dans le passé ! Absurde.

Il est vrai que, l'an dernier, j'avais été surprise de découvrir que certains hommes possèdent des qualités égales à celles de femmes. Et je l'avoue, le frère d'Andrea faisait partie de ces individus méritant à mes yeux d'appartenir au genre humain. À la fin de mon séjour, j'en étais même venue à apprécier les moments partagés avec lui. Évidemment, Andrea, pétrie de ses certitudes médiévales, en avait déduit que j'étais amoureuse de lui. Je l'avais lu dans ses yeux. Quelle idée ! Comme si c'était possible. Pierrick est un homme ! Quant à moi, j'ai toujours été asentimentale et je ne vois pas pourquoi cela changerait.

Bref, je tiens à ce qu'Andrea sache que je suis et resterai une femme des temps modernes. Je le lui indique clairement :

— Ton époque me répugne, tu le sais bien. Toutefois, j'ai décidé de faire ce voyage car tu comptes beaucoup pour moi.

Andrea est émue.

— Moi aussi, je pensais tout le temps à toi, avoue-t-elle.

Je lui souris. Malgré ses petits défauts, je me sens bien avec elle. Finalement, je vais rester encore un peu. Je peux bien profiter de ce moment. Après tout, je viens d'arriver. Personne ne remarquera mon absence aussi vite, et dans le cas contraire, je trouverai toujours un prétexte pour justifier mon léger retard au lycée.

Quelques minutes plus tard, nous nous asseyons à la table de sa cuisine. La maison semble calme mais je suis un peu tendue. Je jette un coup d'œil inquiet vers le salon et l'escalier qui mène aux chambres.

— Tu es toute seule ?

— Mon père est au boulot, répond Andrea, Pierrick à la fac et Tiago au collège.

Je suis soulagée. En venant ici, j'avais l'intention de ne parler à personne. Un échange avec Andrea est encore acceptable, mais il est hors de question que quelqu'un d'autre me reconnaisse.

— Tu veux un verre de lait ? propose Andrea.

— Non merci.

— Un verre d'eau, alors ?

— N'aurais-tu pas du jus d'orange qui pique, plutôt ?

— De l'Orangina ? Si.

Andrea nous sert deux verres de ce délicieux breuvage. Avant même d'en boire une gorgée, je sens les petites bulles qui explosent sous mon nez avec ce parfum d'orange synthétique. Exquis. Nous aussi nous avons des boissons gazeuses, mais pas comme celle-là, pas aussi suaves. Ça pique sur la langue et dans la gorge, j'adore ça.

— Il y avait aussi ces petites choses dont tu m'avais parlé... Je ne me souviens plus du nom exact, quelque chose comme fips ou sips...

— Des chips ? demande Andrea.

— C'est ça, des chips ! Tu voulais me les faire goûter mais nous n'avions pas eu le temps. Tu m'avais dit que ça me plairait.

Andrea fouille dans le placard et en sort un paquet qui semble tout léger, comme s'il était gonflé d'air.

— J'en ai rêvé, tu sais. J'ai beaucoup regretté de ne pas avoir eu l'occasion d'en manger. Je me demande à quoi ça ressemble.

— Tu seras peut-être déçue. C'est juste des patates et du sel.

— Donne-m'en, s'il te plaît.

Elle ouvre le paquet et cela produit un petit craquement appétissant. J'y plonge ma main et je saisis ce qui semble être une fine tranche de pomme de terre frite dans l'huile. Un peu comme une recette de chez nous, sauf que la tranche est très fine et très grasse. Je la mets dans ma bouche et, là, je ferme les yeux. J'ai l'impression que je vais m'évanouir.

— C'est encore meilleur que l'Orangina.

— Je n'arrive pas à croire que ton époque ait supprimé les chips, répond Andrea.

— Je crois savoir pourquoi. C'est un vecteur de maladies cardiovasculaires.

— C'est clair, approuve Andrea, la bouche pleine.

— Trop.

Je suis assez fière de moi. Je n'ai pas oublié certaines expressions médiévales et si quelqu'un m'écoutait, je suis sûre qu'il me prendrait pour une habitante du Moyen Âge.

Pendant un moment, nous ne disons plus rien. Nous mangeons les chips, le sourire aux lèvres. Quand le paquet est terminé, je me sens bien. Le Moyen Âge tardif n'a pas que des défauts.

— Maintenant, tu me racontes, dit Andrea. Ton retour chez toi, la façon dont ça s'est passé avec les femmes de ton époque, comment tu t'en es sortie. Tout.

Les questions d'Andrea ne me surprennent pas. Évidemment, elle aimerait en savoir plus, mais si je commence à lui raconter, cela va prendre du temps et je ne peux pas me le permettre. J'essaie donc de faire diversion :

— L'essentiel est que je sois là, non ?

— Sauf que tu vas repartir dans quelques minutes, je me trompe ?

De son regard vif, elle observe ma réaction. Je suis obligée de confirmer :

— Oui.

— Je m'en doutais... soupire-t-elle, déçue. Même si j'espérais un peu que je me trompais, et que finalement, tu avais choisi mon époque. Tu te serais de nouveau installée dans ma chambre et on aurait été comme une vraie famille.

Je secoue la tête, embarrassée :

— Je suis désolée. C'est impossible. Dans un instant, je m'en irai.

Mais à ce moment-là, je sens comme une vague de chaleur dans mon corps. Mon cœur s'accélère. C'est ce parfum si particulier... Des pas dans l'escalier, quelqu'un descend.

— Tu parles à qui, Andrea ? Tu devrais pas être au lycée ?

Sa voix grave me fait frissonner. Je me retourne lentement.

C'est Pierrick.

CHAPITRE 2

Il m'a vue et s'est arrêté au milieu des marches. Moi non plus je n'ose pas bouger. Je me perds dans son regard.

Il n'y a pas de différence entre les yeux des hommes et ceux des femmes. Si on ne regarde qu'eux, on voit un être humain, simplement.

Quand je détache mes yeux des siens, c'est autre chose.

Une fois de plus, Pierrick est presque nu. Heureusement, il porte tout de même un caleçon, mais le reste de son corps est dévêtu. J'ai l'impression qu'il se réveille juste, sa peau semble plus satinée que dans mon souvenir, comme si les draps l'avaient adoucie. En revanche, il a toujours ces épaules larges et cette poitrine musclée si peu harmonieuses. Sur son visage, la barbe mal rasée lui donne un air très masculin, un peu agressif. C'est très laid, pourtant, d'une certaine façon, ça lui va bien.

Andrea voit que je suis ennuyée et devine que cette rencontre n'était pas prévue dans mon programme. Il faut dire que, l'an dernier, je les ai quittés de façon un peu cavalière, sans même dire au revoir ni à Pierrick ni au reste de la famille...

— Je croyais que tu étais à la fac, dit Andrea à son frère.

— J'ai pas cours ce matin, répond Pierrick.

Il ne me quitte pas des yeux, déconcerté par ma présence.

— Pénélope est passée nous dire bonjour, lance Andrea d'un ton faussement léger.

Je suis juste capable d'ajouter :

— Oui. Bonjour.

— Mais elle ne peut pas rester, précise aussitôt Andrea. Elle doit repartir rapidement.

Pierrick me regarde toujours mais j'ai du mal à analyser le type de sentiment qu'il éprouve. Je n'ai jamais été une très bonne élève en EPS, c'est-à-dire en Étude et Perception des Sentiments, et l'expression faciale de Pierrick me perturbe. C'est comme s'il ressentait un mélange d'émotions contradictoires. En conséquence, je me sens moi-même un peu perdue et ne sais comment gérer la situation.

— Pourquoi tu n'as pas donné de nouvelles ? me demande-t-il.

J'ignore ce qu'Andrea a raconté à sa famille pour justifier mon départ. J'ai disparu du jour au lendemain et ça n'a pas dû être facile pour elle de s'expliquer. À la question de Pierrick, je réponds donc de façon évasive :

— C'était un peu compliqué.

— Pourquoi ?

— Ça aussi, c'est un peu compliqué...

C'est une réponse assez lamentable, mais que dire d'autre ? Lui avouer, là, comme ça, qui je suis vraiment ? Une fille du futur ? Impossible, tout simplement. Mais ces quelques mots d'excuse déçoivent Pierrick. Il n'ajoute rien, me tourne le dos et remonte à l'étage.

— Ça va ? me demande Andrea d'un air inquiet.

Non, ça ne va pas. J'ai une boule dans le ventre et je ne pense pas que ce soit les chips.

— Qu'as-tu raconté à ta famille, après mon départ ?

— Je leur ai dit que tu avais préféré t'installer dans un foyer pour réfugiés, me répond-elle. Que là-bas, tu avais retrouvé des gens de ton pays d'origine et que tu étais plus à l'aise avec eux. Mon père était inquiet pour toi, il a essayé d'en savoir plus, ton adresse, tout ça, mais j'ai dit que j'ignorais où tu étais exactement.

C'est un mensonge sans originalité, mais cohérent. Andrea est assez douée pour mystifier son père. Cela dit, je ne veux pas prendre le risque de le croiser et de devoir m'expliquer sur mon retour dans sa maison.

— Il vaut mieux que je parte, maintenant.

Elle hoche la tête mais elle est peinée, je le vois bien. Moi aussi je me sens triste, alors je préfère ne pas prolonger le moment des adieux.

Je me dirige vers la porte.

— J'ai toujours le sèche-cheveux, si tu veux, propose Andrea.

— Non merci. Je vais aller dehors. Il y a du vent.

Andrea m'accompagne. En effet, une bourrasque nous accueille dès que nous sortons sur la terrasse.

— Ça tombe bien, tu as de la chance, constate Andrea.

— Ce n'est pas de la chance. J'ai consulté les archives météorologiques avant de partir. Aujourd'hui, vendredi 22 mai 2020, vent fort, bourrasques à 70 kilomètres par heure.

— Par contre, je ne vois pas la Lune, s'étonne Andrea en cherchant vers l'ouest.

Les gens du Moyen Âge ne sont pas doués en astronomie, je l'avais déjà remarqué. Ils ont quelques notions sur le Soleil, ils savent qu'il se lève toujours à l'est et qu'il se couche à l'ouest, par exemple. En revanche, ils ignorent presque tout de la Lune. Si vous demandez à quelqu'un de quel côté se lèvera notre satellite demain, il restera perplexe. La population vit sans savoir où est la Lune et à quel moment de son cycle elle se trouve. Inutile de préciser que seuls les spécialistes connaissent la différence entre révolution sidérale et révolution synodique, ou apogée et périgée. J'explique à Andrea :

— Si tu cherches de ce côté-là, aucune chance.

Elle se tourne de l'autre côté, vers l'est, le Soleil du matin. Elle plisse les yeux.

— Par là, on ne voit rien.

— Ce matin, la Lune est dans l'alignement Soleil-Terre, enfin, *grosso modo*, puisque le plan de l'orbite de la Lune n'est pas le même que celui de la Terre.

Je vois à son air ahuri qu'elle n'a rien compris.

— Bref, elle est juste là, un peu à côté du Soleil, alors évidemment nous ne pouvons pas la voir.

— Ce qui compte, comprend tout de même Andrea, c'est que l'attraction de la Lune te permette de repartir.

— Oui, et comme elle s'ajoute à l'attraction du Soleil puisque tous les deux sont du même côté de la Terre, je devrais y arriver sans difficulté.

— Tu es sûre ? L'an dernier, tu as eu beaucoup de mal, tu as failli rester ici pour toujours.

Alors j'avoue :

— En fait, je suis plutôt douée en déplacements temporels.

À vrai dire, c'est même plus que ça.

C'est ce que j'entreprends de raconter à Andrea, en essayant d'être la plus synthétique possible pour éviter de perdre trop de temps. Mon amie m'écoute avec la plus grande attention.

Les choses ont été un peu compliquées à mon retour, pendant plusieurs semaines. Ma disparition dans le passé avait provoqué pas mal de remous mais, quand la situation s'est calmée, j'ai repris les cours au lycée.

Dès mon premier jour de classe, la proviseure est venue me trouver. Je me souviens encore de ses yeux qui brillaient. Elle m'a prise à part et m'a félicitée.

« Tu n'as que seize ans et tu as réussi à revenir ici, seule ! C'est exceptionnel ! Ta sensibilité aux mouvements sidéraux et ta faculté de concentration sont hors du commun », disait-elle.

Très excitée à l'idée d'avoir devant elle une élève aux capacités rares, elle m'a vivement encouragée à changer d'orientation. La filière que j'avais demandée, un BAC maternité, était un beau projet mais, avec mes dispositions, je devais me montrer plus ambitieuse et envisager de devenir agrégée. C'était une carrière prestigieuse. Le lycée serait fier de moi.

— Elle t'a proposé de faire les mêmes études que George ? demande Andrea, interloquée.

— Oui. Il s'agit d'une formation sélective. Les agrégées sont très peu nombreuses dans la population.

Comme je le craignais, Andrea me regarde d'un air circonspect. Ce n'est pas étonnant : George donne une très mauvaise image de ce métier. Je m'explique donc :

— Ça me faisait vraiment bizarre qu'on me propose cette orientation. J'ai toujours été une élève un peu moyenne, et les études d'agrégées sont parmi les plus difficiles. Ce sont des femmes à part. Tout le monde les admire, mais aussi les craint.

— Normal. Si elles sont toutes comme George...

— Je n'ai cependant pas hésité longtemps. Mon rendez-vous pour subir les ultrasons était programmé pour le jour de mes dix-sept ans. C'était le seul moyen d'y échapper.

— Je comprends mieux, approuve-t-elle. Tu as pris la bonne décision, c'est clair. J'aurais fait pareil à ta place.

Je me tourne pour me trouver face au vent mais évidemment, Andrea brûle d'en savoir plus.

— Ça veut dire que tu as des cours de voyage dans le temps ? m'interroge-t-elle. Avec une prof, des exercices et tout ça ?

— Pour l'instant, c'est seulement une option en parallèle du cursus normal. J'ai commencé à suivre un entraînement spécial, en plus des cours classiques.

Mais je me débrouille bien. En fait, je n'ai jamais eu d'aussi bonnes notes que dans cette matière.

— Alors tu vas réussir à repartir, constate-t-elle d'une voix teintée de regrets. C'est sûr.

— Oui.

Mon amie a de la peine. Et moi aussi.

— J'aurais aimé que tu restes plus longtemps, murmure-t-elle.

— Ce n'est pas possible. C'est déjà une chance que j'aie pu venir, même pour peu de temps.

Elle hoche la tête.

— On se dit au revoir, alors ?

— Adieu plutôt.

— Tu pourras peut-être revenir, hasarde-t-elle, quand tu seras diplômée...

— Ce n'est pas une option. J'ai déjà pris beaucoup de risques en agissant ainsi aujourd'hui.

Elle comprend et n'insiste pas.

— J'espère que tu seras heureuse, me dit-elle avec sincérité.

— Moi aussi, j'espère que tu seras heureuse.

— Essaie quand même de ne pas trop ressembler à George.

Je réponds en langage médiéval :

— T'inquiète.

Elle sourit un peu tristement.

– C'est dommage. Tu avais fait des progrès. Tu aurais vraiment pu devenir une fille du passé.

Je la serre dans mes bras, longuement. Je ne la reverrai plus. Cela me fend le cœur.

Mais il le faut, je dois rentrer chez moi.

Je fais un pas en arrière pour entamer la procédure. Volonté, concentration, sensibilité aux éléments.

Toutes les conditions sont réunies, Lune, vent, et c'est déjà mon troisième déplacement dans le temps en solo. Cela ne va donc me poser aucune difficulté. Dans quelques secondes, je serai à la maison.

Alors que je ferme les yeux, je sens pourtant que j'ai du mal à me recentrer sur mon objectif. J'évoque l'image de mon époque, je me projette à l'endroit exact d'où je suis partie ce matin, mais mes pensées m'échappent et ce qui occupe toute ma tête, ce sont les images des minutes que je viens de vivre.

Les retrouvailles avec Andrea. Les chips. Et Pierrick.

Je devais juste m'assurer que tout allait bien, sans parler avec Andrea. Je n'avais pas réalisé à quel point ça serait perturbant de revenir ici et combien je serais tentée de rester plus longtemps.

Je comprends maintenant que j'étais de mauvaise foi. Au fond de moi, j'espérais voir Pierrick aussi. Je suis asentimentale, c'est un fait, mais je suis tout de même capable d'éprouver une certaine sympathie pour une autre personne. Une sorte d'inclination amicale, même si c'est un homme.

Sauf que cela ne devait pas se passer comme ça. Je voulais seulement l'apercevoir, de loin. Il ne devait pas me voir. Ou alors, même s'il me voyait, cela ne devait pas se passer comme ça. Je ne devais pas me sentir confuse à la suite d'un simple dialogue avec lui.

Je fais un effort pour me concentrer. Je me focalise sur la nouvelle Lune, je sens le vent sur ma peau. Je me laisse aspirer par mon époque.

Mais je ne bouge pas.

Je rouvre les yeux.

— Ça ne marche pas ? m'interroge Andrea, inquiète.

— Non.

— Viens au fond du jardin. Ici on est à l'abri de la maison, par là il y a plus de vent.

— Ce n'est pas le vent. C'est moi.

— Tu es en hypoglycémie ? Tu veux un sucre ?

— J'ai mangé plein de chips et bu de l'Orangina. Non, ce n'est pas ça.

— Recommence, m'encourage-t-elle. Tu as réussi à venir, tu vas réussir à repartir.

Mais une vague d'angoisse monte en moi. Est-ce ma détermination qui pose problème ? Est-elle moins forte qu'à l'aller ? Si c'était le cas, ce serait une catastrophe. La volonté est déterminante dans le processus du déplacement temporel.

— Andrea… Et si j'avais fait une erreur ? Si j'étais de nouveau coincée à ton époque ?

— Il n'y a pas de raison, dit Andrea d'un ton stimulant. Ferme les yeux, allez. Fais un effort. Tu l'as dit toi-même, tu es douée pour voyager.

J'obéis mais je sais déjà que c'est peine perdue. Je me sens fatiguée comme si j'avais passé des nuits sans dormir. C'est le problème avec les voyages temporels. Ils sont éprouvants, physiquement et mentalement. Je ne réussis à visualiser mon époque que de façon imprécise. Le Moyen Âge a envahi ma tête et m'empêche de repartir.

Andrea voit que je me sens mal.

— C'est pas grave, me rassure-t-elle. Tu vas rester un peu chez nous, le temps de récupérer. Tu réessaieras plus tard.

Angoissée, je lui rappelle que dans quelques heures, la Lune ne sera plus aussi proche de l'axe Terre-Soleil :

— Je pourrai toujours essayer à nouveau mais ça sera plus difficile qu'aujourd'hui. Les forces d'attraction des astres commenceront à s'opposer l'une à l'autre et cela ira croissant au fur et à mesure du cycle lunaire.

— Il faut vingt-neuf jours pour que la Lune fasse le tour de la Terre, réplique-t-elle. Ça veut dire qu'en une journée la Lune s'éloigne de l'axe Terre-Soleil un petit peu seulement. Tu es une élève agrégée, tu peux surmonter cette difficulté.

Son regard chaleureux m'encourage. Elle a raison. J'ai encore du temps devant moi. Il me faut seulement reprendre des forces. Après un moment de repos, tout sera de nouveau possible.

Je dois repartir, je n'ai pas le choix.

CHAPITRE 3

J'ai suivi Andrea dans sa chambre. Je n'ai monté qu'un étage mais c'était comme un minivoyage dans le temps. J'ai l'impression de me retrouver un an en arrière.

Le matelas d'appoint est replié et transformé en fauteuil, comme le 5 juin 2019, quand je suis entrée dans la chambre d'Andrea pour la première fois. Je reconnais aussi la grande carte du monde accrochée au mur. Andrea y avait punaisé les multiples destinations qu'elle voulait découvrir. Rien n'a changé. C'est déconcertant de me retrouver à nouveau ici.

Je m'assieds au bord du lit. De l'autre côté de la porte fermée, j'entends Pierrick qui sort de la douche et descend au rez-de-chaussée. Quelques minutes plus tard, la porte de la maison claque. Dans la rue, la vieille voiture à hydrocarbure démarre et s'éloigne.

— Ça va ? s'inquiète Andrea. Tu es pâle.

Je ne réponds pas. Je suis épuisée. Je vais me reposer une petite heure, puis je partirai.

Je pose la tête sur l'oreiller et je m'endors.

Je me réveille en sursaut sans savoir si j'ai dormi dix minutes ou deux heures. Nerveuse, j'attrape le petit réveil d'Andrea. Il est sept heures. Par la fenêtre, je constate que les ombres ont changé de côté. C'est le soir, j'ai dormi toute la journée !

Aussitôt, l'inquiétude m'envahit. Ça y est, ma mère s'est obligatoirement rendu compte de mon absence. Elle a découvert que je lui ai menti ce matin, que je ne suis pas allée au lycée. Elle sera soucieuse, forcément, mais que va-t-elle faire ? Prévenir la police ? Les Autorités vont-elles comprendre ce que j'ai fait ? Que j'ai voyagé illégalement dans le passé ?

Andrea a dû m'entendre car elle entrouvre la porte.

— Tu es réveillée ? me demande-t-elle.

— Je dois partir, dis-je en me levant. Maintenant.

Il est peut-être encore temps pour moi de regagner mon époque sans dommages. Mais Andrea fait la grimace, ennuyée :

— Le vent est tombé...

Je regarde à nouveau par la fenêtre. Elle a raison. Les branches des arbres ne bougent plus.

— Le sèche-cheveux, dis-je. Ça suffira.

Elle fouille dans son placard et en sort le « voyageur ». L'an dernier, son souffle s'était avéré insuffisant, mais les choses sont différentes aujourd'hui. Je suis élève agrégée.

Je branche l'appareil et je l'allume. Je le règle aussitôt sur la puissance maximale. L'air agite ma chevelure.

Je ferme les yeux et, une fois de plus, je me concentre. Ma mère, ma petite sœur. Mon époque. Les conséquences si mon retour n'a pas lieu immédiatement.

Tout mon corps se tend pour partir.

Mais pas ma tête.

Je reste là, les pieds bien posés sur le sol du Moyen Âge.

Je rouvre les yeux. Andrea me regarde. Elle a compris et semble désolée pour moi. J'éteins le voyageur et le repose.

— Que va-t-il se passer si tu n'arrives pas à repartir ? me demande-t-elle avec inquiétude.

Coincée ici, j'ai désormais tout le temps pour lui expliquer en détail comment s'est passé mon retour en 2187, il y a près d'un an de cela.

Je repose le sèche-cheveux. Nous nous asseyons côte à côte sur le lit et je raconte :

— Quand je suis revenue chez moi, rien n'avait changé.

— Ton monde était comme avant ? interroge Andrea. Ta mère et ta petite sœur allaient bien ?

— Oui.

Je me souviens très bien de mon sentiment de soulagement à ce moment-là.

Quand j'ai quitté le Moyen Âge pour retourner à mon époque, j'étais angoissée. J'avais très peur à l'idée de revenir dans un espace-temps où tout serait bouleversé à cause de moi. Je n'étais même pas sûre de retrouver ma famille ou mes amies. J'avais changé le cours des choses, à cause de moi les hommes allaient survivre, chaque enfant à naître serait différent, issu de parents différents, et cela modifierait irrémédiablement l'avenir, annulant la naissance de ma grand-mère, de ma mère, et la mienne. J'avais peut-être annihilé mon propre monde.

Mais dès que j'ai rouvert les yeux en 2187, j'ai retrouvé mes repères, la rue qui descend vers ma maison, le vieux cerisier tordu qui surplombe la rue, et puis cette odeur fraîche et légère si agréable, celle d'un air dénué de particules fines, de dioxyde de soufre et de testostérone.

J'ai couru jusqu'à la maison. Ma mère était seule dans la cuisine, le regard perdu dans le vide. En me voyant, ses yeux se sont éclairés. Elle a crié mon nom et je me suis jetée dans ses bras.

Un peu après, en la regardant plus attentivement, j'ai vu qu'elle avait des cernes sous les yeux, et aussi qu'elle avait maigri. Elle s'était fait tellement de souci pour moi... J'avais disparu pendant douze jours et elle ignorait si j'étais encore vivante.

Malgré cela, les retrouvailles avec elle et ma petite sœur ont été un pur bonheur. Nous étions tellement heureuses de nous revoir !

Mais les moments qui ont suivi se sont avérés plus difficiles. Les Autorités m'ont tout de suite prise en charge. J'ai passé plusieurs jours à l'hôpital, en observation. Il fallait s'assurer que je n'avais pas subi de sévices et que j'étais en bonne santé. Moi, je me sentais bien, mais j'ai quand même été placée sous perfusion pour me réhydrater et sous traitement préventif d'antibiotiques pour éloigner tout risque d'infection. Une psychologue a passé des heures avec moi pour me permettre d'évacuer mon stress post-traumatique.

J'ai aussi dû répondre à beaucoup de questions. Je n'étais pas rentrée de l'épreuve pratique d'histoire avec les autres élèves de ma classe. C'était grave. Les Autorités voulaient établir les responsabilités. Une erreur avait-elle été commise ? L'agrégée qui encadrait le groupe avait-elle été inconséquente ? Fallait-il interdire les déplacements dans le passé ? Et puis aussi, d'autres questions, plus délicates... Qu'avais-je fait exactement, pendant tout ce temps ? Avec, derrière chacune de ces interrogations, le même soupçon : avais-je trahi ?

Andrea m'écoute attentivement.

— Ça a dû être très dur...

— Oui. J'avais peur qu'elles comprennent.

— Comment tu as fait ? Tu ne pouvais pas leur mentir, elles l'auraient vu. À ton époque, tout le monde a suivi des cours d'Étude et Perception des Sentiments !

— J'ai beaucoup appris en séjournant chez toi. Quand tu m'as accueillie, personne ne devait découvrir que je venais du futur et très vite, j'ai dû me débrouiller pour dissimuler la vérité de façon convaincante. En conséquence, je n'ai pas perdu mes moyens devant les Autorités, comme je l'aurais fait avant tout ça.

— Tu veux dire qu'elles n'ont pas vu que tu mentais ?

— Disons qu'elles avaient des doutes. Plusieurs spécialistes affirmaient avec véhémence que je les manipulais. Celle qui m'a sauvée, c'est George.

— George ? s'étonne Andrea.

— Oui.

— Mais elle te déteste, elle te considère comme une traître !

— Pourtant, elle m'a sauvée. Mais bien malgré elle...

Je lui raconte la confrontation qui a été organisée. D'un côté, George. De l'autre, moi. Je n'en menais pas large.

Elle connaissait mon secret. Elle savait que j'avais transgressé les règles de notre société. Elle n'attendait qu'une chose : pouvoir prendre sa revanche et me dénoncer. Révéler que j'étais une menace pour notre monde. Devant les Autorités, elle a tenu un discours très véhément, m'accusant de terrorisme, exigeant une sanction exemplaire à mon encontre.

C'est cela qui m'a sauvée.

Nos dirigeantes avaient devant elles une femme habitée par la rancœur, frémissante de haine. Or, une agrégée n'est pas censée perdre son sang-froid. Elle a été formée à rester maîtresse d'elle-même en toutes circonstances. L'émotion de George a instillé le doute. Était-elle apte à occuper un poste aussi sensible que celui d'agrégée ? N'était-elle pas la seule responsable dans cette affaire ?

Quant à moi, je suis apparue sous un jour très différent. Sur un point au moins, je ne mentais pas : j'étais réellement effrayée et stressée. Cela, les Autorités l'ont vu. Petit à petit, un schéma s'est dessiné : d'un côté, une lycéenne innocente, traumatisée par son séjour involontaire au Moyen Âge. De l'autre, une agrégée incompétente, unique responsable du drame, qui tente de rejeter la faute sur son élève en l'accusant des pires crimes.

Et plus George sentait l'opinion des Autorités se retourner contre elle, plus elle protestait. Elle se sentait acculée, elle avait l'insupportable sentiment de ne pas être entendue. Et plus elle perdait son calme, plus nos juges se persuadaient d'avoir affaire à une agrégée déficiente...

Andrea m'écoute attentivement. Je termine mon récit :

— Enfin, le verdict a été rendu. J'ai été déclarée innocente et George coupable de faute professionnelle, aggravée de parjure. Elle a été radiée de l'Ordre des agrégées.

Je me tais un instant. Je me souviens de son regard à ce moment-là... La juge lui a demandé de se lever pour entendre la décision du tribunal. George a écouté en silence, puis s'est tournée vers moi. La colère dans ses yeux m'a fait froid dans le dos. Ce jour-là, elle a tout perdu. Elle a été désavouée par sa hiérarchie et pour elle, c'était la pire sentence possible.

— Tu as eu une chance incroyable ! s'exclame Andrea, rassurée pour moi. Et après ? Tu as repris une vie normale ?

— Oui. Ma petite sœur n'arrêtait pas de vérifier que j'allais bien. Elle entrait dans ma chambre au milieu de la nuit pour s'assurer que j'étais toujours là. En mon absence, elle avait fait des dizaines de dessins où l'on me voyait en train de combattre des chevaliers en armure, des silhouettes masculines hirsutes, des armées d'hommes. Toujours, il y avait des petits cœurs dessinés autour de moi, comme si elle voulait me protéger avec son amour. Je suis aussi retournée au lycée, j'ai retrouvé mes amies. C'était vraiment bizarre. Pour elles, j'étais une héroïne ! La lycéenne qui avait survécu à plusieurs jours d'infortune au Moyen Âge et qui était parvenue à rentrer par ses propres moyens, saine et sauve.

— Alors, si tu mets quelques jours avant de réussir à rentrer à ton époque, ce n'est pas si grave. Tu as un statut spécial, maintenant. Une lycéenne héroïque promise à une prestigieuse carrière !

Je secoue la tête. Andrea a tort de se montrer aussi optimiste. En réalité, c'est tout le contraire. J'essaie de le lui expliquer :

— C'est exact, je suis élève agrégée, mais cela fait de moi une citoyenne à surveiller de près. Aucun doute ne doit exister quant à ma droiture. Or, si je reste absente trop longtemps, je serai incapable de me justifier.

Andrea réfléchit. Moi, je sais bien qu'il n'existe pas de solution, mais elle propose tout de même :

— OK. Imaginons que tu ne parviennes à repartir que demain, ou même à la prochaine nouvelle Lune. Pourquoi ne règles-tu pas ton retour quelques heures à peine après ton départ ? C'est possible, avec les voyages dans le temps !

Je la regarde avec indulgence. Elle ne peut pas savoir.

— Je suis élève agrégée, pas championne du monde de déplacements temporels. Si je repars, je suivrai la pente naturelle du temps. Le temps qui s'écoule en ce moment est le même que celui qui s'écoule à mon époque : cela fait déjà donc près de douze heures que je me suis absentée de chez moi.

— Mais alors, comment on va faire ?

Aussi consternée que moi, Andrea ne sait quoi ajouter. Je devine qu'elle cherche une autre option mais, bien sûr, elle ne trouve pas. C'est normal puisqu'il n'y en a pas.

Je me tais. Je n'ai pas envie de dire à voix haute ce que je pense dans ma tête.

Je n'aurais jamais dû revenir ici.

Andrea se lève et jette un coup d'œil par la fenêtre. J'entends la porte d'entrée s'ouvrir.

— C'est mon père, dit Andrea. Qu'est-ce qu'on fait ? Je le préviens que tu es là ?

J'hésite un peu, puis j'acquiesce. Dans la mesure où j'ignore combien de temps exactement je vais devoir attendre avant de réussir à repartir, cela vaut mieux. Évidemment, cela complique un peu les choses mais je ne suis pas trop inquiète. Le père d'Andrea a beau être un homme, il est plutôt amical et n'a guère posé de problèmes lors de mon premier séjour au Moyen Âge. Il avait avalé notre histoire de réfugiée sans papiers avec une crédulité confondante.

Je laisse Andrea descendre au salon. Quelques minutes plus tard, elle revient dans la chambre.

— Qu'a-t-il dit ?

— Il veut te parler, me répond-elle.

Dans ma tête, j'ai déjà élaboré le nouveau mensonge que je vais lui servir, la suite de l'explication donnée par Andrea, bien sûr. Je vais broder sur la base de cette mystification. Ça ne devrait pas être trop difficile.

CHAPITRE 4

Je suis confiante tandis que nous descendons au rez-de-chaussée.

Le père d'Andrea nous attend. Il n'a pas changé, il a juste l'air un peu plus fatigué. Un peu plus penché aussi. Pourquoi se tient-il toujours de travers, une épaule plus haute que l'autre ? On dirait qu'il porte en permanence en bandoulière un sac trop lourd pour lui. Je jette un rapide coup d'œil sur le côté de sa tête et je constate que si l'épilation sous les bras est quasiment obligatoire pour les femmes du Moyen Âge, celle des oreilles n'est toujours pas à l'ordre du jour pour les hommes.

Mais ce n'est pas le propos. J'ai à convaincre cet homme que je suis toujours réfugiée d'un pays en guerre et qu'il doit m'accueillir chez lui. Je commence donc par confirmer la version d'Andrea.

Je mens, et le père d'Andrea m'écoute attentivement. Mais quand j'ai terminé, il me regarde avec méfiance.

— C'est bizarre, me répond-il. Après ton départ, l'an dernier, j'ai pris contact avec les différents foyers qui accueillent des mineurs isolés. Je n'ai trouvé aucune trace de toi.

Voilà qui est contrariant. Je dois improviser. Mais que dire ?

— Évidemment, intervient Andrea. Tu sais bien que c'est super-dur de vivre dans ce genre de foyer. Pénélope a d'abord cru que c'était le mieux pour elle, mais elle n'a pas tenu longtemps et elle a préféré repartir.

— C'est exact. Je ne suis pas restée là.

— Mais comment as-tu fait pour te débrouiller ? insiste-t-il. Tu étais seule, tu n'avais pas d'argent, comment t'en es-tu sortie ?

Ses questions sont précises, c'est un peu ennuyeux. Heureusement, il n'a jamais suivi de cours d'Étude et Perception des Sentiments, il ne peut pas voir que je mens.

— J'ai travaillé.

— Où ?

— Arrête, papa ! intervient Andrea. Tu fais le flic, c'est chiant.

— J'essaie juste de comprendre. Réponds-moi, où travaillais-tu ?

C'est pénible, on dirait qu'il doute de ma sincérité. Je me remémore mon séjour ici l'an dernier pour lui faire une réponse crédible :

— Dans une pizzeria. J'apportais les assiettes.

— Tu étais serveuse ? Pendant combien de temps ?

— Pendant des mois.

— Et tu dormais où ?

— J'ai loué une chambre.

Mais je vois qu'il n'est toujours pas convaincu. Je sens qu'il a besoin d'un récit plus détaillé, alors je cherche dans ma mémoire. Au lycée, je préfère la littérature contemporaine, mais le programme nous impose de lire également des ouvrages plus anciens qui se déroulent au Moyen Âge. Je rassemble mes souvenirs de ces lectures et confectionne une histoire de mon cru. Je veille à ce que mon visage exprime souffrance et tristesse.

— J'habitais une petite chambre sous les toits. Je devais descendre au rez-de-chaussée pour aller chercher l'eau. C'était dur, et monsieur Thénardier, mon propriétaire, n'était pas très gentil avec moi.

Du coin de l'œil, je vois Andrea qui me fait les gros yeux dans le dos de son père et qui s'agite en silence pour me signifier de me taire. Cela m'inquiète un peu, mais je suis lancée maintenant et je ne peux plus faire marche arrière sans perdre en crédibilité. Je décide donc de ne pas tenir compte de ses signaux. Et puis elle devrait me faire davantage confiance. J'en connais assez sur son époque pour me montrer convaincante. Je poursuis donc :

— Cet hiver, j'ai perdu mon emploi de serveuse dans la pizzeria, alors j'ai commencé à vendre des allumettes dans la rue.

— Ah oui ? demande le père d'Andrea, un seul sourcil levé.

J'ai du mal à savoir ce qu'il pense. Les visages masculins sont plus difficiles à décoder pour moi.

— Parfois, je craquais une allumette pour me réchauffer les mains.

— Tu te fiches de moi ? dit-il calmement.

À nouveau, je suis mal à l'aise. Il y a un décalage entre son calme apparent et une certaine irritation que je sens monter en lui.

— Pas du tout. C'est très dur d'être vendeuse d'allumettes en plein hiver. Il fait si froid.

De nouveau, je lis un signe d'impatience sur son visage. Pourquoi est-ce que mon récit l'agace ? Je ne comprends pas, ce que je lui raconte devrait au contraire susciter de la pitié ou de la compassion. Les hommes sont-ils si peu capables d'empathie ?

Je m'apprête à continuer pour ajouter des éléments poignants dans mon histoire, mais Andrea me coupe la parole d'une façon particulièrement impolie :

— Je pense que Pénélope est un peu mytho, dit-elle.

Ça doit être sa façon de se protéger d'une réalité trop violente. C'est pas facile pour elle. Tu imagines ? Déjà qu'elle était traumatisée par la guerre dans son pays. Franchement, il y a une seule chose à faire : la reprendre chez nous.

Mais d'un coup, le père d'Andrea se met en colère. Je recule de quelques pas, les muscles bandés, prête à me défendre.

— Ça suffit toutes les deux ! J'aime pas qu'on me prenne pour un con !

Il crie. Ça fait une impression étrange, sa voix ne monte pas dans les aigus comme quand ma mère s'énerve contre moi. C'est un autre style, assez impressionnant. Andrea non plus n'en mène pas large.

— Vous me mentez effrontément depuis le début, poursuit-il. Vous pensiez vraiment que j'allais vous croire ? Vous croyez que je suis naïf à ce point ?

Je suis tentée de répondre que, jusqu'alors, c'est ce qu'il a été, mais je me contiens. Cela vaut mieux. Et puis je n'ai pas envie de plaisanter, je suis trop inquiète. Pour l'instant, je ne parviens pas à repartir vers mon époque. Si je ne peux pas rester chez mon amie, où vais-je aller ?

Le père d'Andrea me regarde, furieux. Pourtant, il ne cherche pas à me frapper. Je baisse un peu ma garde en me rappelant que, même ici, il y a des lois qui interdisent la violence. Enfin, il me semble.

— J'ai pris des risques en t'accueillant chez nous l'an dernier, continue-t-il. Même si ton histoire gardait des zones d'ombre, j'ai décidé de te croire. J'étais prêt à faire le maximum pour t'aider. Pourtant, plus les jours passaient et plus je trouvais toute cette histoire incohérente. Je commençais à douter. Et maintenant, je réalise que j'avais raison ! Que vous vous foutez de ma gueule depuis le début ! Alors, vous savez quoi ? Pénélope, tu vas me suivre immédiatement jusqu'au commissariat et je vais appeler les services sociaux.

— Tu peux pas faire ça ! supplie Andrea. Il faut juste qu'on la garde chez nous pendant quelque temps. Après, c'est promis, elle partira et on la reverra jamais !

— Non. Je vais contacter l'éducateur de secteur. J'aurais dû le faire bien avant !

Mais une voix posée intervient :

— Papa...

Pierrick est entré dans le salon. Son calme contraste avec le courroux de son père.

— Je peux te parler ?

— Ce n'est pas le moment.

— Justement si, insiste Pierrick.

Intrigué, le père d'Andrea suit son fils dans la cuisine. Je n'entends pas ce qu'ils se disent, juste la voix de Pierrick, pas trop forte, comme un instrument qui jouerait en sourdine, et celle de son père qui intervient de temps en temps, mécontente, dissonante.

J'écoute et je me dis que c'est bizarre. J'aime bien la voix de Pierrick. Elle est trop grave pour être jolie, et pourtant elle me touche, un peu comme la corde la plus basse d'un violoncelle. Qu'est-ce qui me prend ? Ce n'est vraiment pas le moment d'apprécier les qualités mélodiques d'une voix masculine. Mon sort est entre les mains de deux hommes qui ignorent tout de ma situation réelle.

Andrea tend l'oreille, comme moi. Elle aussi est préoccupée.

— J'espère que Pierrick ne va pas balancer ce qu'il sait, dit-elle.

— Il ignore que je viens du futur. Toi seule es au courant.

— Il s'est quand même fait braquer par George et son pistolet-mitrailleur dans une salle du lycée, rappelle Andrea. Il a jamais raconté ça à personne, mais peut-être qu'il vient de changer d'avis.

Évidemment, si leur père apprend ça, il risque de mal le prendre. Même si les armes sont courantes au Moyen Âge, elles ne sont pas anodines. Par exemple, on n'observe pas les gens se promener dans la rue avec un pistolet. C'est mal vu et, d'ailleurs, c'est peut-être même interdit.

J'attends en me demandant avec angoisse si Pierrick va réussir à convaincre son père. Quelques minutes plus tard, ils reviennent tous les deux.

— J'ai décidé d'autoriser Pénélope à rester chez nous, annonce le père d'Andrea.

Je souffle de soulagement.

— Mais attention ! poursuit-il d'un ton sévère. Ça ne veut pas dire que j'ai abandonné l'idée de découvrir ce que vous me cachez, toutes les deux. Pour l'instant, j'ai beau retourner les éléments dont je dispose dans tous les sens, je ne comprends pas. Mais je vais bien finir par savoir la vérité. Cette situation ne peut pas durer. Tu as forcément une famille, Pénélope, et même si tu es en conflit avec tes proches, je vais tout faire pour les retrouver.

Et il me regarde avec un air destiné à me faire comprendre qu'il ne plaisante pas. C'est un peu stressant, mais je me dis qu'il suffit de le faire patienter le temps que je réussisse à retourner dans mon époque. Ça devrait aller.

— En attendant qu'on résolve le problème, reprend-il, tu vas te réinstaller dans la chambre d'Andrea.

— Merci papa, répond celle-ci, aussi soulagée que moi.

— Il va falloir nous organiser. Pénélope est mineure, elle est sous ma responsabilité. Hors de question qu'elle soit déscolarisée. J'irai au lycée dès demain pour la réinscrire.

Ah non, je ne vais quand même pas être obligée de retourner au lycée ! C'était un endroit très pénible et j'en garde de mauvais souvenirs.

Andrea voit que je fais une drôle de tête.

— C'est peut-être pas la peine, tente-t-elle prudemment. Si ça se trouve, dans quelques jours, Pénélope sera partie.

— Parce que tu crois que je lui laisse le choix ? rétorque son père. Elle a dix-sept ans, elle va au lycée, point. Allez, installe de nouveau le lit d'appoint.

C'est contrariant. Vraiment, j'aurais préféré être dispensée d'aller en classe.

Résignée, je suis Andrea vers l'escalier. En passant devant Pierrick, j'échange un regard avec lui. Je n'arrive pas à savoir ce qu'il pense. Ça me trouble.

Alors que nous arrivons dans la chambre d'Andrea, mon amie me chuchote :

— Un peu plus et on était dans la merde.

— Oui. Ton père était plus conciliant l'an dernier.

— Qu'est-ce qui t'a pris, aussi, avec cette histoire d'allumettes ? me reproche-t-elle. Il ne pouvait pas avaler ça !

— Je voulais apporter des éléments décisifs pour qu'il accepte mes explications.

— En lui balançant un conte de fées ? C'était n'importe quoi.

— J'ai lu cette histoire. C'est un texte de ton époque.

— Non, c'est un conte genre dix-neuvième siècle. Tu t'es encore embrouillée avec les dates.

Bon, il est vrai que l'histoire n'a jamais été mon point fort, mais cela n'autorise pas Andrea à prendre ce ton condescendant.

— Ton siècle n'est pas très différent. Dix-neuvième, vingt et unième, c'est presque pareil.

— Désolée, réplique Andrea, j'ai jamais vu de petite fille vendre des allumettes dans la rue et mourir de froid le soir du Nouvel An.

— Moi, j'ai vu des gens vivre dans la rue. As-tu oublié cette vieille femme près du périphérique, le dernier jour ? Je suis restée moins de deux semaines à ton époque mais j'ai aussi eu le temps de croiser un homme qui cherchait de la nourriture dans une poubelle, et un enfant qui mendiait à la gare.

— Oui, d'accord, répond Andrea, un peu embarrassée, mais c'est quand même pas la même chose que dans le conte d'Andersen.

— Tu veux dire qu'au vingt et unième siècle, plus personne ne meurt de froid comme ça, seul sur le trottoir ?

— Exactement. Enfin, j'avoue, parfois il y a des sans domicile fixe qui meurent, l'hiver... Mais jamais des enfants.

Elle semble fière de ça. Je ne relève pas.

— Tant mieux.

— Jamais on ne permettrait une chose pareille, tu imagines bien.

— Sauf dans d'autres pays.

— Oui, ailleurs, c'est différent, confirme Andrea.

— La vie des enfants est parfois très dure, mais ailleurs.

— C'est clair. Certains meurent de faim ou sont en mauvaise santé, d'autres sont kidnappés ou forcés de devenir esclaves ou enfants-soldats.

— Et parfois ils meurent parce que personne ne les protège.

— Oui.

— Mais comme c'est de l'autre côté de la frontière, tu ne te sens pas concernée.

Andrea me regarde. J'ai l'impression d'agacer tout le monde, ici.

— Tu es pénible, dit-elle.

— Je constate, c'est tout.

Elle reste un instant silencieuse.

— Tu as raison, finit-elle par soupirer. Mon monde ressemble parfois à un livre d'Andersen.

Je vois de la tristesse dans ses yeux. Je m'en veux de lui avoir fait de la peine. Je la connais bien, je sais qu'elle est préoccupée par les problèmes de son époque. Elle n'a rien d'une adolescente insouciante, indifférente au monde qui l'entoure. Au contraire. J'essaie de la réconforter :

— Ton monde est violent, mais ce n'est pas ta faute.

– Ça le deviendra si je me dis ça, me répond-elle. Quand les gens commencent à penser qu'ils ne sont responsables de rien, ça finit toujours mal.

— Tu sais, mon époque aussi a des défauts. Moins que la tienne, mais tout de même.

— Dans ton futur, demande-t-elle, est-ce que la violence a vraiment disparu ?

Mais je lui fais signe de se taire. Par la porte restée entrouverte, j'entends que Pierrick est en train de monter les escaliers pour regagner sa chambre. Je lui suis reconnaissante de son aide et je passe le seuil pour le lui faire savoir d'une façon simple et directe :

— Je te remercie.

Sur le palier étroit, il est assez près de moi pour que je sente l'odeur de sa peau. En principe, mes odeurs préférées sont celles du gâteau au chocolat quand il est en train de cuire, du lilas au printemps, et de la peau des clémentines quand on les épluche. Pierrick ne sent rien de tout cela et pourtant, je me surprends à inspirer profondément pour mieux sentir son parfum.

Mais je me reprends car il me parle.

— Je sais pas ce qui t'arrive, dit-il, pourquoi tu as disparu pendant tout ce temps ni pourquoi tu es revenue. Mais ce dont je suis sûr, c'est que tu as des emmerdes.

— Un peu, oui. Les choses ne se passent pas comme je le pensais.

— Alors, pas la peine de me dire merci. J'allais quand même pas laisser mon père te mettre à la porte de chez nous.

Ça me fait plaisir qu'il dise ça. J'ouvre la bouche, j'ai envie de lui expliquer que, sans son aide, j'aurais été dans une situation très difficile pour une durée que j'ai du mal à évaluer, mais si je commence à dire ça, il faut que j'avoue le reste aussi, d'où je viens, qui je suis vraiment…

Il me regarde, il a senti que je voulais lui confier quelque chose d'important. Attentif, il attend la suite, mais je me tais et je détourne les yeux, mal à l'aise.

— Pour le reste, reprend-il, tu as raison. Ça me regarde pas.

Je sens bien qu'il est déçu. Je ne lui fais pas suffisamment confiance pour parler en toute sincérité, et cela le blesse.

— Attends, dit Andrea en nous rejoignant sur le palier. Je veux juste savoir ce que tu as raconté à papa.

— La vérité, répond-il simplement. Que même si Pénélope nous mentait, on pouvait pas la laisser tomber.

— Et ça lui a suffi ? s'étonne Andrea.

— Je lui ai rappelé que les mineurs sont en danger, seuls à l'extérieur. Et ça, il le sait très bien. C'est pas son genre de laisser quelqu'un dans la merde.

— Je pensais qu'il était trop furieux pour accepter, reprend Andrea. Il déteste quand on lui ment.

— C'est clair. Et à mon avis, il va essayer d'en savoir plus. Mais pour la folle avec l'Uzi, ne vous inquiétez pas. J'ai rien dit.

Et il disparaît dans sa chambre sans ajouter un mot.

Pierrick éprouve du ressentiment à mon égard. Il m'en veut de ne pas lui avoir donné de nouvelles après mon départ. Il ne peut pas savoir que c'était impossible. Je n'allais pas lui envoyer un message du futur : *Bonjour, je suis bien arrivée en 2187. Amitiés, Pénélope.*

De toute façon, même si j'avais pu, je ne sais pas si je l'aurais fait. Ce n'est qu'un garçon, ne l'oublions pas.

Andrea me regarde d'un air curieux.

— Ça va ? me demande-t-elle.

— Oui, oui.

Je regagne sa chambre. Je sens son regard qui me suit, inquisiteur.

Il faut dire que le Moyen Âge est obnubilé par les relations entre les hommes et les femmes. Elles occupent les conversations de tous, et ce dès la fin de l'enfance. Elles font l'objet de romans, de films. Elles s'invitent même parfois au milieu des informations, dès lors qu'elles concernent des personnalités, et prennent alors place sur les écrans au beau milieu des nouvelles économiques ou politiques. C'est bien simple, c'est obsessionnel. Je me demande même si ce n'est pas le principal moteur de cette époque.

Pas étonnant dans ces conditions qu'Andrea s'imagine toutes sortes de choses à propos de son frère et moi. Elle a été formatée ainsi. Je ne peux pas lui en vouloir pour cette erreur.

Heureusement, elle n'insiste pas et va prendre des draps dans le placard du palier. Mais alors que nous déplions le matelas, quelqu'un se jette sur moi et manque de me faire perdre l'équilibre ! Je suis prête à me défendre contre cet être qui me serre de toutes ses maigres forces quand je reconnais Tiago, le petit frère d'Andrea. Je le repousse gentiment.

Il a grandi et ressemble davantage à un homme. Cela me perturbe. Mais il ne perçoit pas mon malaise et lève la tête vers moi avec un large sourire.

— Ça y est, tu es de retour ! s'exclame-t-il. C'est cool.

— Tu n'as pas l'air surpris...

— Tu étais partie sans même dire au revoir. Ça se fait pas. Forcément, tu allais revenir.

Tout semble simple avec lui. Je lui souris en retour et j'essaie d'oublier un instant mon inquiétude à l'idée de n'être toujours pas rentrée chez moi.

CHAPITRE 5

Le père d'Andrea m'a réinscrite au lycée et, ce matin, je suis censée reprendre ma scolarité médiévale.

Par chance, depuis vendredi, jour de mon arrivée, je n'ai pas eu de mal à me vêtir car Andrea avait gardé toutes mes affaires rangées sur une étagère de son armoire. Cela m'a touchée. Ce geste n'avait pas de sens, aucune de nous ne pouvait deviner que je reviendrais et que j'aurais à nouveau besoin de ces vêtements, mais ce petit excès de sentimentalisme m'a bien dépannée ce matin encore quand il a fallu que je m'habille.

Sous les yeux du père d'Andrea, je reprends aussi le sac qui contient mes affaires de classe, comme si j'allais vraiment me rendre en cours.

Mais une telle chose ne se produira pas. Je quitte la maison d'Andrea, décidée à ne jamais y revenir. Mon amie marche à mes côtés. À deux, nous avons trouvé comment me permettre de réussir mon voyage de retour. Nous allons procéder comme l'an dernier. Utiliser le souffle puissant du train.

Au lieu de prendre le chemin qui mène au lycée, nous nous engageons dans la rue qui descend vers la voie ferrée. En quelques minutes, nous retrouvons l'endroit exact où j'ai quitté cette époque la première fois. Le grillage qui protège les rails est toujours là, ne faisant pas obstacle à l'appel d'air créé par les trains filant vers Paris.

Puis nous attendons. Je serre brièvement Andrea dans mes bras, je la remercie pour son aide. Déjà, j'aperçois une rame qui vient vers nous.

Je me concentre. Dans un instant, je serai chez moi.

Le fracas du train, le souffle causé par son passage. L'étourdissement que je ressens à chaque voyage temporel.

Sauf que cette sensation de vertige ne dure pas assez longtemps.

Je rouvre les yeux. La rame est loin déjà, et moi je suis toujours là, à côté d'Andrea.

J'ai de nouveau échoué.

Que m'arrive-t-il ? Ai-je perdu mes capacités ? La Lune s'est éloignée encore davantage de l'axe formé par la Terre et le Soleil, mais l'an dernier cela ne m'avait pas empêchée de regagner mon époque. Ma volonté ne peut pas être mise en cause non plus. Je souhaite plus que tout réussir à partir, car chaque jour qui passe rend mon retour parmi les miens plus difficile.

Alors, qu'est-ce qui m'empêche d'y parvenir et me retient ici ?

— Demain, peut-être ? propose Andrea, comprenant ma déception. On trouvera une solution, je te le promets.

Découragée, je hoche la tête sans rien dire. J'espère qu'elle dit vrai.

Lentement, nous marchons vers le lycée et ses heures de cours dispensées indifféremment aux filles et aux garçons.

Alors que nous arrivons devant l'établissement, je suis tendue. De mauvais souvenirs resurgissent. L'an dernier, un lycéen en particulier s'était mal comporté avec moi.

Cela dit, je dois bien reconnaître que, à part cet épisode pénible, j'avais constaté que la cohabitation d'élèves de sexe masculin et de sexe féminin était globalement gérable. Évidemment, la plupart du temps, les filles restent entre elles et les garçons entre eux. C'est bien naturel. Cependant, des interactions existent entre les unes et les autres, et ne sont pas si conflictuelles que ça. Il faut dire que les filles du Moyen Âge tardif sont habituées à la mixité et bien forcées de vivre ainsi. Dans ces conditions, il leur a fallu développer toute une série de stratégies de survie, affinées à travers les siècles. L'exemple le plus frappant en est la galanterie.

La galanterie est un comportement fondé sur le postulat selon lequel les filles sont plus faibles que les garçons. Il stipule que les garçons doivent être gentils avec les filles en leur tenant la porte et en les laissant passer les premières, ou en portant leur sac s'il est lourd, ou encore en leur laissant le dernier siège disponible. C'est un ensemble de codes assez complexes et qui comporte des exceptions. Par exemple, la galanterie ne s'observe pas dans le monde du travail et en politique, où une règle inverse semble autoriser les hommes à disposer des postes stratégiques aux dépens des femmes.

La plupart des filles apprécient tout de même beaucoup la galanterie, même si sur ce point Andrea est atypique. Elle s'en moque et affirme qu'il s'agit plutôt d'une coutume du Moyen Âge central, mais elle-même n'hésite pas à l'utiliser quand cela l'arrange. Chez elle, je l'ai vue exiger le privilège d'avoir la salle de bains immédiatement, sous prétexte qu'elle avait le droit de passer avant les garçons de la maison.

Pour franchir la grille du lycée, la galanterie ne semble pas de mise. Ce n'est qu'un flot d'élèves qui se bousculent pour entrer, filles et garçons mêlés dans une réelle promiscuité. Heureusement, je porte une tenue couvrant l'ensemble de mon corps, sauf ma tête et mes mains. Ici, les chapeaux sont proscrits car Mme Ragon, la CPE, n'aime pas ça du tout. Elle tient beaucoup à voir les cheveux de ses élèves. Je n'ai toujours pas bien compris pourquoi. Peut-être est-ce pour vérifier qu'ils n'ont pas de poux ? Ce serait alors la signification de ce sigle mystérieux, CPE : Contrôle des Poux à l'Entrée.

Aux côtés d'Andrea, j'avance donc parmi tous ces jeunes médiévaux. Je les dépasse presque tous d'une tête, voire davantage. J'aperçois Tiago, entouré de ses amis. Il me fait un petit signe amical. Il est en classe de sixième, cette année, et le collège fait partie du même groupe scolaire que le lycée.

Certains élèves, filles ou garçons, me dévisagent mais cela ne dure pas. Je reconnais quelques-uns d'entre eux et je vois qu'eux aussi me reconnaissent. Des garçons font des commentaires. Il faut dire que mon physique me distingue des autres élèves. En effet, les médiévaux souffrent de conditions de vie difficiles, à cause de la pollution ambiante et d'une nourriture infestée de pesticides. Cela leur donne une allure générale maladive et chétive.

À part ces quelques remarques auxquelles je prête à peine attention, aucun lycéen ne vient m'importuner. On dirait qu'ils se sont habitués à moi. Je me détends un peu.

Mais alors que je passe la grille du lycée, je sens comme un regard froid peser sur ma nuque. Ce sentiment que quelqu'un m'observe est vif et désagréable, et je cherche autour de moi qui en est la cause.

C'est un garçon aux yeux noirs, aux cheveux sombres et au teint pâle. Ses traits sont taillés au couteau, il a des pommettes saillantes, et sa mâchoire est serrée comme s'il était en colère contre le monde entier. Il me regarde fixement. Je ne l'ai jamais vu auparavant, j'en suis certaine. Un visage comme ça, je m'en souviendrais. Je ne peux pas m'empêcher de frissonner.

— Toi, ordonne-t-il en me désignant d'un mouvement du menton, montre-moi ta carte d'élève.

— Elle ne l'a pas encore, intervient Andrea. Elle vient de se réinscrire.

Le garçon me dévisage attentivement. Il a les sourcils froncés et semble intrigué par ma présence.

— Dans quel lycée tu étais, avant ?

Je n'aime pas la façon dont il m'examine. C'est comme si ses yeux tentaient de percer mon secret.

Je sais, c'est absurde d'imaginer cela, personne ici n'a jamais deviné d'où je viens. Pourtant, mon impression est très nette. Il me regarde comme... Oui, ce garçon me regarde comme ma professeure d'Étude et Perception des Sentiments. Je suis mal à l'aise et je n'ai qu'une envie, m'en aller. Je m'entends pourtant répondre :

— J'étais dans un autre lycée, pas très loin d'ici.

— Mme Ragon est au courant, précise Andrea. Pénélope est inscrite en première ES avec moi, il n'y a pas de problème, tu peux vérifier avec l'administration.

Le garçon jette un regard aigu vers Andrea, on dirait qu'il se méfie. Après une hésitation, il me fait signe que je peux passer et nous avançons. J'attends d'être un peu plus loin pour interroger mon amie :

— Qui est-ce ?

— Un nouveau surveillant, me répond Andrea. Il est là depuis cet hiver.

Je me retourne et je vois qu'il m'a suivie des yeux. Il est grand, un peu maigre mais musclé quand même, pas de la façon ronde et puissante de Pierrick, mais d'une façon sèche et dure.

Je presse le pas pour m'éloigner davantage. Cette rencontre me laisse un sentiment désagréable... Je mets des mots sur ce que j'ai en tête :

— Il sait qui je suis.

En entendant mon affirmation, Andrea est plus que sceptique :

— Je vois pas comment.

— J'en suis sûre. Il a compris que je viens des temps modernes.

— À mon avis, tu te fais des idées.

— Pourtant, il me met mal à l'aise.

— Il met tout le monde mal à l'aise, répond Andrea. Je l'ai jamais vu sourire.

— Sais-tu d'où il vient ?

— Aucune idée. Il doit être à la fac. En général, les surveillants font ce boulot pour payer leurs études.

— N'as-tu jamais parlé avec lui ?

— Il parle avec personne, même pas avec les autres surveillants. Tu sais comment tout le monde l'appelle ?

— Non.

— L'autiste. Une fois, j'attendais devant le bureau de Ragon, la porte était ouverte. Elle parlait du planning des surveillants avec la secrétaire. Pour tous les autres, elle utilisait leur prénom, sauf pour lui. Je l'ai entendue. Elle aussi disait l'« autiste ».

— Quel est son vrai nom ?

— Antarès, m'indique Andrea.

— Est-ce un prénom courant à ton époque ?

— Non. Je l'ai jamais entendu avant.

— Il me regardait avec insistance.

— Franchement, reprend Andrea, je pense que tu t'inquiètes pour rien. Personne ne peut deviner d'où tu viens.

— Il n'est pas comme les autres garçons de ton époque. Ne sais-tu rien de plus sur lui ?

— Non. Mais j'ai discuté avec lui une fois, précise Andrea.

— Tu as dit qu'il ne parlait à personne.

— C'est vrai, mais un jour je suis allé le voir. En fait, j'étais un peu comme toi. Il m'intriguait.

Je ne devrais pas être surprise. Andrea a un don pour remarquer ce qui est anormal, comme des antennes lui permettant de sentir tout ce qui sort de l'ordinaire. Elle aime les gens différents. C'est comme ça qu'elle m'a repérée la première fois, le jour où je suis arrivée à son époque.

— Que t'a-t-il dit ? En as-tu appris davantage à son sujet ?

— Non, répond Andrea. On a seulement parlé des fourmis.

— Des fourmis ?

— Oui, il y avait des fourmis qui s'activaient par terre. Il les observait au lieu de contrôler la sortie des élèves. Je lui ai demandé pourquoi il faisait ça. Il m'a répondu que ça serait bientôt la saison où les mâles ont des ailes, et qu'il essayait d'en trouver un. On a discuté deux minutes en se demandant si c'était mieux d'être une fourmi ou un humain. Pour moi, la réponse est simple, il vaut mieux être un humain, mais pour lui, c'était l'inverse.

Cela me laisse perplexe. Je ne sais pas ce qu'il faut déduire d'une conversation pareille. Je me retourne mais nous avons passé le coin du bâtiment, et Antarès n'est plus dans mon champ de vision.

— Moi, je trouve qu'il fait peur.

— C'est pas faux, admet Andrea. Les autres surveillants sont sympas en général, et on peut s'arranger avec eux quand on est en retard. Pas lui.

— Ah bon ? Que fait-il ?

Je suis anxieuse. Lors de mon premier séjour, je n'ai pas eu l'occasion de constater que des châtiments corporels étaient appliqués aux élèves, mais peut-être cette pratique a-t-elle encore cours...

— Qu'est-ce que tu vas imaginer, encore ? se moque gentiment Andrea. C'est fini, les coups de règle sur les doigts. Lui, il t'envoie chez Ragon, tout simplement.

Je suis soulagée d'entendre que, sur ce point, le Moyen Âge ressemble aux temps modernes.

— Ce qui est bizarre, reprend Andrea, c'est que la CPE devrait l'apprécier pour ça, mais c'est le contraire. Elle le supporte pas.

— Il doit te poser problème, toi qui es toujours en retard.

— Au début, oui, mais depuis notre discussion sur les fourmis, il me laisse passer.

— Il ne t'a rien confié d'autre ?

— Non. Après ça, on n'a jamais plus reparlé.

Je repense aux yeux d'Antarès plongés dans les miens, mais je garde mon malaise pour moi.

CHAPITRE 6

Alors que nous montons en cours, Andrea me donne quelques informations sur notre emploi du temps.

— On a histoire-géo en première heure.

— Heureusement, tu es passée dans la classe supérieure, ça veut dire que tu as aussi changé de professeur.

— Oui, mais non. On a toujours Neuville.

Décidément, je n'ai pas de chance. Neuville est ce prof auprès duquel je m'étais fait remarquer par des commentaires pertinents selon les critères de mon époque, mais qui avaient été jugés comme anachroniques par cet enseignant et l'ensemble des élèves. J'aurais préféré ne pas le revoir. Je suis bien résolue à ne pas dire un mot pendant le cours qui va suivre.

Dans la salle, les camarades d'Andrea s'installent. Je reconnais Nelly qui me regarde de travers.

Elle était déjà dans notre classe l'an dernier. Nelly étant une fille, j'avais cru que nous pourrions spontanément devenir amies, mais c'était plutôt l'inverse qui s'était passé. Dès le premier jour, j'avais senti qu'elle éprouvait de l'hostilité à mon égard.

Maintenant que je connais bien le Moyen Âge tardif, je sais pourquoi. Une fois encore, cela est dû à cette obsession pour les relations entre filles et garçons. Nelly a toujours été considérée comme la plus jolie fille de la classe, voire du lycée. Ici, c'est essentiel. Ses longs cheveux blonds sont brossés avec soin, ses yeux et sa bouche maquillés de couleurs brillantes. Son désir de plaire est évident et, selon les critères de l'époque, elle y parvient très bien.

Mais mon arrivée ici a tout changé. Moi aussi, je suis belle, et cela fait de moi une rivale. Nelly a donc aussitôt adopté l'attitude qui convient, à savoir une agressivité verbale permanente et des regards assassins. Heureusement, cela ne va pas plus loin. Si une légère dose de violence physique est appréciée chez un garçon, elle est jugée inappropriée chez une fille, et Nelly connaît trop bien les codes pour commettre cette erreur.

Mon retour au lycée est donc une mauvaise nouvelle pour elle. Je la vois chuchoter à l'oreille de sa voisine et je devine sans peine qu'elle ne dit pas du bien de moi.

Autant Nelly fait la tête, autant M. Neuville m'accueille d'un geste enthousiaste :

— Et voici notre polémiste préférée ! Bienvenue dans la classe, mademoiselle.

Je file m'asseoir au fond, aussi discrètement que possible, sans essayer de rester près d'Andrea. Je sais déjà que Neuville interviendrait pour nous séparer.

Au dernier rang, je tente de me faire toute petite, en vain. Le professeur attend que tous les élèves soient assis. Le silence se fait et, bien sûr, il se tourne vers moi :

— Nous travaillons actuellement sur la montée des totalitarismes au vingtième siècle. Que pouvez-vous nous dire à ce sujet ?

Le comportement de cet enseignant envers moi s'apparente à du harcèlement. Pourquoi se sent-il obligé de m'interroger dès que j'entre dans sa classe ?

— Pas de réponse ? insiste-t-il. Vous me décevez. Je vous aide, on peut commencer par une question facile. Quel est le point commun entre toutes les dictatures du monde ?

— Je ne sais pas.

— Allons... Vous avez bien une petite idée. Hitler, Mussolini, Staline... Mais aussi Franco, Pinochet, Ceaucescu, Saddam Hussein, Fidel Castro, Kim Jong-Il, Kadhafi, Mobutu, Pol Pot... Il n'y a que l'embarras du choix. Alors, un point commun ?

Le point commun entre ces individus saute aux yeux. Ce sont des hommes. Mais j'hésite à apporter cette réponse. Certes, elle me vaudrait une bonne note en cours d'histoire de l'année 2188 mais, en 2020, j'ai un doute.

Hélas, je ne peux pas rester silencieuse, alors je hasarde une réponse :

— Absence d'élections ou élections falsifiées, culte de la personnalité, répression de toute opposition, propagande. Et évidemment, aucune liberté d'expression, organisation d'autodafés.

— Excellent, me félicite le professeur.

Je suis soulagée. Je ne voulais surtout pas me faire remarquer. Heureusement que le totalitarisme est aussi au programme de la classe de première à mon époque, cela m'a permis d'apporter une réponse adaptée.

— Votre camarade vient de donner une définition très complète de ce qu'est un régime totalitaire, reprend Neuville. Bien sûr, il existe un autre point commun entre tous ces dictateurs, mais celui-ci ne figure pas dans vos manuels.

Suspense dans la classe. Les élèves sont habitués à la personnalité peu conventionnelle de Neuville et ils se demandent ce que va déclarer cet original.

— C'est pourtant évident, lance le professeur. Vous n'aviez pas remarqué ? Les dictateurs sont tous de sexe masculin.

Dans la classe, la réaction est immédiate. Les filles conspuent les garçons et, en retour, les garçons protestent. D'un geste, le professeur ramène le calme.

— À votre avis, pourquoi ? Pourquoi n'y a-t-il pas de dictateur femme ?

— C'est simple, répond une élève. Les filles ne sont pas comme ça.

— Elles sont plus douces, confirme une autre.

— Elles sont naturellement non violentes, ajoute une troisième.

Même un garçon approuve :

— C'est parce qu'elles sont aussi des mères.

— C'est vrai, renchérit un autre. Elles portent les bébés, alors ça change leur façon de voir les choses.

— Oui, on est plus sensibles, clame une autre fille. C'est à cause des hormones.

Je hoche la tête, satisfaite de constater que les médiévaux ont tout de même du bon sens. Il est tellement évident que la violence est innée chez les garçons !

Mais du coin de l'œil, je vois Andrea lever les yeux au ciel. Je suis un peu déconcertée. Je sais qu'elle déteste la violence et je suis surprise qu'elle n'abonde pas dans le même sens que ses camarades de classe.

Sans prévenir, l'image de Pierrick surgit une fois de plus dans mon esprit. Il est l'homme que je connais le mieux, pourtant je me rends compte que je suis incapable de répondre à cette question apparemment simple : est-il violent ?

Le problème est plus difficile à résoudre qu'il n'y paraît. Au premier abord, oui, Pierrick est bien violent. Pour preuve, il pratique la boxe thaïe et je l'ai déjà vu se battre l'an dernier. Mais, je le reconnais, les circonstances étaient particulières et cela partait d'une intention généreuse. Il voulait m'aider face à ce garçon qui m'importunait.

En y réfléchissant plus longuement, je trouve en réalité que Pierrick est calme et posé. Je ne l'ai jamais vu perdre son sang-froid, ni avoir un accès d'agressivité incontrôlé.

Alors soudain, pour la première fois, je me demande... La brutalité est-elle réellement une caractéristique naturelle chez les mâles ? Et si la violence n'était pas causée par la testostérone, mais par autre chose ? Si l'agressivité ne venait pas du chromosome Y, mais d'ailleurs ? Cela irait à l'encontre de tout ce que l'on peut lire dans le *Guide du comportement médiéval*, mais j'ai de plus en plus de doutes sur la validité de cet ouvrage...

Il n'y a pas que Pierrick. Tiago aussi est un garçon, pourtant il est adorable. Quant à Yoan, je ne l'imagine pas une seconde faire du mal à une mouche. Et en ce qui concerne le père d'Andrea, il se comporte un peu comme ma mère. Je n'ai jamais constaté une once de violence chez lui.

Je suis troublée. Cela contredirait tout ce que j'ai appris à l'école, tout ce que j'ai jugé comme acquis jusqu'alors... Si vraiment la violence était causée par la testostérone ou quelque autre spécificité physiologique, cela signifierait que les hommes n'ont pas d'autre choix que d'être violents... Or, ce n'est pas le cas ! Cette question me perturbe. Si les hommes sont capables de ne pas être agressifs, cela voudrait-il dire que leur cerveau est également capable de développer des sentiments tels que la sensibilité et l'empathie ? Pourraient-ils se montrer doux et attentionnés, comme les femmes ? Je me sens perdue.

– Qu'en pensez-vous, Pénélope ? m'interroge le professeur.

Il me fixe et attend ma réponse, sincèrement intéressé par mon opinion. Je me serais bien passée de sa curiosité, même si elle paraît bienveillante. Je bafouille :

– Je ne sais pas... Tout cela semble plus compliqué qu'il n'y paraît. Peut-être que les hommes ne sont pas tous des dictateurs en puissance... Peut-être que, si on leur apprenait à être aimants et gentils, il n'y aurait plus du tout de dictateurs. Peut-être même que, si on enseignait le contraire aux femmes, elles pourraient devenir d'excellents despotes.

Neuville me regarde, un petit sourire aux lèvres.

— Nature ou culture… Les gènes ou l'éducation… Je me suis souvent posé la question, moi aussi. Les dernières études sur le cerveau semblent toutefois prouver que vous avez raison.

Le cours reprend sans que Neuville m'interroge de nouveau. Années 1930, crise économique en Allemagne…

Moi, je n'écoute plus. Mes idées s'agitent dans ma tête. Les hommes, capables de maîtriser leurs pulsions issues du cerveau reptilien ? Les hommes… aussi humains que les femmes ?

Je suis bouleversée par une telle hypothèse.

À la cantine, je repousse ma viande sur le bord de l'assiette et j'essaie d'oublier que les légumes ont été cultivés dans des champs copieusement aspergés de pesticides. Cela ne dérange pas Andrea qui les mange, laissant comme moi sa viande de côté.

Au lycée, il y a cependant un garçon que je suis vraiment contente de revoir. C'est Yoan. Il faut dire qu'il ne ressemble pas tellement aux autres garçons et qu'il a presque assez de qualités pour être une fille. Par exemple, il est courageux. Il l'a prouvé l'an dernier. Il est également intelligent et volontaire.

Alors qu'Andrea et moi venons d'achever notre après-midi de cours, Yoan déboule d'une salle de classe. Il a dû m'apercevoir par la porte vitrée. J'ai juste le temps de voir la tête étonnée de son professeur, ainsi interrompu.

— Mon cours n'est pas terminé ! s'écrie l'enseignant.

— Désolé, répond Yoan. Je reviens plus tard !

D'après ce que j'ai compris, Yoan est un élève brillant. Ses capacités intellectuelles tendraient même à confirmer que les hommes sont vraiment égaux aux femmes. Vaste débat. Toujours est-il que cela lui confère un traitement de faveur de la part des professeurs.

— Alors c'est vrai ! s'exclame Yoan en me dévisageant. C'est bien toi ! Tes cheveux ont repoussé mais, pour le reste, tu n'as pas changé.

Il a les yeux levés vers moi et ses joues sont roses d'excitation. Sur sa lèvre supérieure pousse un léger duvet qui laisse présager une future moustache. J'ai entendu parler de ce phénomène qui touche les garçons à la puberté, mais c'est la première fois que je le constate d'aussi près. C'est intéressant mais pas très joli.

Contrariée par son irruption, Andrea tente de nous débarrasser de lui :

— Tu as cours, je te rappelle.

— Ça fait trois semaines qu'on est sur la trigonométrie, soupire Yoan, et ça n'avance pas. Les autres ont les neurones comme des vers de terre. Je peux bien sécher une heure.

Yoan m'entraîne dans la cour et parle à toute vitesse. Sa voix passe sans prévenir de l'aigu au grave et du grave à l'aigu. Il me semble avoir lu dans le *Guide du comportement médiéval* que cela aussi fait partie de l'adolescence, version masculine, mais une fois de plus, je ne sais plus trop si je dois le tenir pour vrai.

— J'arrive pas à le croire, piaille-t-il. Depuis ce matin, tout le monde dit que tu es de retour mais je pensais qu'ils déliraient. Comment tu vas ?

Je sursaute presque car sa voix vient de passer au grave. On dirait que deux garçons différents se disputent sa personnalité. Mais je n'ai pas le temps de lui répondre car il enchaîne déjà :

— J'arrêtais pas de penser à toi, je voulais savoir où tu avais disparu, mais Andrea refusait de me parler. Enfin si, pour me raconter n'importe quoi, des histoires pas crédibles une seconde. Elle me prend pour un idiot, tu sais ça ?

— Mais non, proteste Andrea en levant les yeux au ciel.

— Alors pourquoi tu me dis toujours que Pénélope est une extraterrestre ? lui reproche Yoan, d'une voix de nouveau haut perchée.

— Parce que c'est vrai, rétorque Andrea d'un ton rogue.

— Ha, ha, ha ! répond Yoan. Très drôle. Sauf que ma mère m'a raconté votre histoire.

Et il ajoute, d'une voix d'outre-tombe :

— Je sais tout.

CHAPITRE 7

Ça, c'est un gros problème. Il est exact que la mère de Yoan est au courant. Pour la convaincre de nous aider à lutter contre la grippe masculine, l'an dernier, nous lui avions tout expliqué. J'interroge Yoan avec précaution :

— Que t'a-t-elle dit, exactement ?

— Que vous lui aviez demandé de l'aide pour trouver un vaccin.

— C'est tout ?

— Oh non ! Elle m'a aussi dit qu'elle t'avait fait une prise de sang parce que tu étais porteuse d'un nouveau virus.

— Mais elle n'a pas précisé de quel genre de maladie il s'agissait ?

— Si. Une sorte de grippe qui va tuer tous les hommes.

Je respire à fond. Pas de panique.

Jusqu'à maintenant, c'est acceptable. Si les informations que détient Yoan s'arrêtent là, je pense que cela reste gérable. Nous sommes en 2020 et les hommes sont bien vivants. C'est la preuve qu'Andrea et moi avons réussi à stopper l'apparition du virus. La Renaissance n'aura pas lieu, et la disparition des hommes ne sera jamais une réalité pour ce monde.

En conséquence, Yoan peut bien être au courant des dangers de la grippe masculine, ce n'est pas un problème. Il pourra toujours en faire un scénario de manga si ça l'amuse, tout le monde prendra cela pour de la science-fiction.

Mais ce qu'il ajoute alors me tétanise :

— Ma mère m'a également dit que tu venais du futur.

Cette fois, nous sommes face à une vraie difficulté.

J'essaie de maîtriser mon inquiétude en me disant que Yoan n'a aucune raison de chercher à me causer du tort. Je n'ai pas oublié qu'il nous a donné un sacré coup de main, l'an dernier. Mais à ce moment-là, il ignorait la vérité… Maintenant qu'il sait tout, puis-je lui faire confiance ? A-t-il l'intention de révéler mes origines ? Il adore la science-fiction. J'ai peur qu'il ne soit capable de tout pour vivre une histoire digne d'un roman d'anticipation. Y compris me dénoncer.

Je m'imagine un instant, attachée sur une table d'examen, des électrodes fixées sur mon crâne, encerclée par des hommes en blouse blanche armés d'un bistouri. Ils veulent me disséquer dans le but de comprendre comment j'ai fait pour franchir les années... Je secoue la tête pour chasser cette image de mon esprit.

Mais en observant Yoan, je me dis que le danger est bien réel. Peut-être pourrais-je le convaincre qu'il se trompe ? Que je suis en réalité une fille normale ? Le problème, c'est qu'il n'est pas idiot, il s'est même souvent montré intuitif. J'échange un regard avec Andrea qui m'adresse une grimace d'impuissance. Je devine que Yoan la harcèle sur ce point depuis des mois. Je cherche une solution mais je commence à stresser, rien ne me vient... Ma vie va-t-elle se terminer comme ça, otage de chercheurs médiévaux enthousiastes à l'idée de m'étudier sous tous les angles ?

Mais Yoan me fait un clin d'œil.

— Ne fais pas cette tête, me dit-il. Je sais bien que tu n'es pas une fille du futur.

Cette fois, je n'y comprends plus rien. Il faudrait savoir !

— Ma mère a toujours été un peu folle, reprend-il, c'est pas nouveau.

— Donc, tu ne crois pas que j'ai voyagé à travers le temps ?

— Bien sûr que non ! Tu ne peux pas venir de l'avenir puisque les voyages dans le temps sont une aberration.

Ils sont physiquement impossibles, tout simplement. C'est dommage mais c'est comme ça.

Je n'ose pas y croire, mais Yoan assène d'une voix grave :

— Je ne suis plus un gamin. J'ai arrêté de croire à la science-fiction.

D'un geste dédaigneux, il chasse ces idées appartenant à son enfance et bombe un peu le torse pour avoir l'air plus grand.

Mais Andrea reste méfiante.

— Je te crois pas, rétorque-t-elle. La SF, c'est ta passion.

— C'est terminé tout ça, répond-il d'une voix de fausset. C'est vrai, Pénélope avait un comportement bizarre, comme si elle venait d'une autre époque, mais j'ai fini par trouver une explication rationnelle.

Ce garçon est tout simplement incroyable. Je suis curieuse de savoir ce qu'il a encore été imaginer à mon sujet. Je lui demande prudemment :

— Alors, d'après toi, je viens d'où ?

Il me regarde avec l'air satisfait de celui qui a percé le secret d'une énigme millénaire. Je crains le pire...

— Tu fais partie d'une secte, affirme-t-il avec assurance.

Une secte ? Qu'est-ce que c'est que ça ? Je lance un regard perdu à Andrea qui vient à mon secours.

— Un groupe de personnes qui obéissent à un gourou, dit-elle. À un leader charismatique abusif, si tu préfères.

— Ah oui…

Je fais semblant de comprendre mais j'avoue être un peu perdue. J'affirme en tâchant d'avoir l'air sûre de moi :

— C'est exactement ça.

— Je le savais, dit Yoan en hochant la tête. Cette histoire de voyage temporel était une fausse piste, un leurre pour que personne ne devine que tu t'es enfuie de ta secte. Mais, entre nous, c'était pas malin de choisir un mensonge aussi peu réaliste. Une fille du futur, franchement !

Et il rigole.

Moi, je chuchote :

— Tu es tout près de la vérité. Alors, bien sûr, ça serait mieux que tu n'en parles à personne.

— Évidemment, me répond-il à voix basse. Bon, j'avoue, je suis déçu. Ça aurait été tellement mieux si tu venais du futur.

Un instant, il garde un air rêveur, comme s'il imaginait le monde fabuleux qui se serait ouvert à lui si les voyages temporels avaient existé… Puis il soupire :

— Dommage. En tout cas, ça me fait super-plaisir de te revoir. J'avais trop peur que ta secte t'ait récupérée.

— Tu as tout compris, s'empresse de répondre Andrea. Les autres membres de sa communauté ne supportaient pas que Pénélope ait quitté leur groupe.

— Vous aviez l'air vraiment effrayées quand ils vous poursuivaient... Mais ne vous inquiétez pas. Vous pouvez compter sur ma discrétion.

Et Yoan me fait un grand sourire.

Nous le laissons retourner en maths et, tandis que nous traversons la cour, nous éclatons de rire.

— Je sais pas comment il fait pour avoir autant d'imagination, constate Andrea. Surprenant.

C'est vrai, Yoan est quelqu'un de spécial. Je l'aime bien.

— Ça m'aurait fait de la peine qu'il meure de la grippe masculine. Heureusement que vous avez pu vacciner tous les hommes.

— Oui, répond Andrea, heureusement qu'il est toujours vivant. Sauf qu'on n'a vacciné personne.

Je m'arrête net, déconcertée.

— Pardon ?

— Il n'y a eu aucune campagne de vaccination contre la grippe masculine.

— C'est impossible !

— Je t'assure, affirme-t-elle. Sinon, je serais au courant. J'ai un père et deux frères, je te rappelle, et je peux t'assurer qu'ils n'ont reçu aucun vaccin.

Que me raconte-t-elle ? Je pensais que tout était réglé, que la grippe masculine avait été éradiquée !

— Mais... la mère de Yoan devait donner mon prélèvement sanguin à un chercheur ! N'a-t-elle pas tenu sa promesse ?

— Elle l'a fait. J'ai vérifié, tu penses bien. Je suis retournée la voir, quelques jours après ton départ l'an dernier. Elle m'a assuré qu'elle avait transmis ton prélèvement sanguin à son ami qui développe des vaccins.

— Alors comment se fait-il qu'aucun vaccin n'ait été administré à la population ?

Je n'y comprends plus rien. En plus, Andrea m'explique tout ça d'un air détaché. Elle oublie que, sans vaccin, son père et ses frères sont en danger de mort ? Pourtant, c'est elle qui a une famille exclusivement masculine, c'est elle qui devrait être paniquée à l'idée de les voir mourir, pas moi !

— Fais pas cette tête, me répond-elle. Moi aussi, au début, j'étais terrifiée. Tous les jours, je surveillais mon père et mes frères pour m'assurer qu'ils n'avaient pas les premiers symptômes. Les yeux irrités, des maux de tête, de la fièvre. J'attendais avec impatience le moment où le gouvernement annoncerait une campagne de vaccination générale contre un nouveau virus. J'étais prête à y traîner ma famille dans la minute, qu'ils le veuillent ou non.

— Sauf que tu n'as jamais entendu parler de ce nouveau vaccin ?

— Jamais. J'étais mal, tu imagines. Je commençais à perdre espoir. Et puis l'année 2019 est passée, et on a fêté le Nouvel An 2020.

— Sans que rien ne se produise ?

— Rien du tout.

— Es-tu sûre qu'aucun cas de grippe masculine n'aurait été signalé tardivement ?

— Certaine. Je surveille les sites d'information. Il n'y a eu aucune victime d'un virus inconnu. Mais aucun vaccin non plus...

— C'est incompréhensible !

— J'ai fini par trouver l'explication.

— Il ne peut pas y en avoir. Sans vaccin, la Grande Grippe n'a pas pu être éradiquée !

— Si, et d'une façon très simple. L'épidémie a en fait été stoppée au tout début. Grâce à ton prélèvement sanguin, les chercheurs ont étudié le virus dès juin 2019. Ils ont donc pris de l'avance. Alors, quand les premiers cas sont apparus, ils ont tout de suite identifié la maladie et ils ont pu agir immédiatement. Résultat, la grippe ne s'est pas propagée, et les hommes sont toujours vivants.

— Tu crois ?

— C'est toi-même qui l'as dit, non ? L'année qui marque le début de la Renaissance est 2019. Nous sommes en 2020 et rien de ce genre n'a eu lieu. C'est donc que le problème est réglé.

J'essaie de remettre les événements dans l'ordre et j'arrive à la même conclusion qu'Andrea. Il n'y a pas d'autre explication possible. Oui, cela s'est sûrement passé ainsi.

Quel soulagement ! Un moment, j'ai bien cru que la Renaissance allait avoir lieu.

Nous nous dirigeons vers la grille du lycée. Si les hommes du Moyen Âge ont un avenir serein, il en va différemment pour moi. Cela fait déjà près de quatre jours que je suis ici et j'ignore toujours comment rentrer chez moi. Y penser de nouveau m'oppresse.

Je marche les yeux fixés sur le macadam de la cour quand j'entends Andrea s'étonner :

— C'est mon frère ! Qu'est-ce qu'il fait là ?

Je relève aussitôt la tête. En effet, Pierrick se tient à l'entrée du lycée. Il est en train de discuter avec Antarès.

Cela me déplaît aussitôt. Pierrick n'est plus scolarisé au lycée. Quel intérêt trouve-t-il à une conversation avec quelqu'un d'aussi antipathique que ce surveillant ?

— On parie qu'il est venu pour jouer les gardes du corps ? reprend Andrea en levant les yeux au ciel. Tu te souviens, l'an dernier, quand ce mec de première t'avait emmerdée... À tous les coups, Pierrick est là pour s'assurer qu'aucun gros lourd ne te tourne autour.

Je n'aime pas que l'on parle de moi dans mon dos. Tandis que nous avançons vers eux, je fais la grimace.

— Que se disent-ils, à ton avis ?

— Facile, répond Andrea. Je connais bien mon frère. Il a sûrement expliqué qu'il était un ancien élève, que sa sœur et une autre fille étaient scolarisées ici, et qu'il voulait savoir si tout se passait bien. À mon avis, il joue la carte de la complicité masculine.

Comme pour confirmer ses dires, Pierrick tape dans le dos du surveillant d'un geste viril. Mais aussitôt, je vois les traits d'Antarès se contracter et il repousse Pierrick, d'un geste brutal.

Surpris, Pierrick dévisage Antarès qui se tient maintenant dans une attitude défensive, prêt à se battre.

La suite me semble évidente. Le surveillant n'aurait jamais dû se comporter ainsi. Sans doute ignore-t-il que le frère d'Andrea pratique assidûment la boxe. Je m'exclame :

— Ton frère va le massacrer !

Et j'avoue être tentée de m'en réjouir... Mais Andrea me détrompe :

— Je pense pas. C'est pas le genre de Pierrick.

— Le surveillant l'a agressé. Il va répliquer, forcément.

Pourtant, Andrea semble avoir raison car Pierrick ne riposte pas. Son visage exprime simplement la désapprobation. Nous sommes tout près, maintenant, et je l'entends demander :

— Pourquoi tu as fait ça ?

Antarès ne prend même pas la peine de répondre. Il se contente de s'en aller, les dents serrées.

— Qu'est-ce qui s'est passé ? demande Andrea en regardant le surveillant s'éloigner d'un pas rapide.

— Je sais pas, répond Pierrick, perplexe. C'est comme s'il avait pas supporté que je le touche.

— Tu as dû lui dire un truc pas sympa, insiste Andrea avec un léger ton de reproche.

— Non, je t'assure. J'ai rien fait. Il est chelou, ce mec.

Je me retourne. Antarès a disparu à l'intérieur du lycée. Comme Pierrick, je pense que ce garçon n'est pas normal. Et j'aimerais bien savoir pourquoi...

CHAPITRE 8

Au dîner ce soir-là, le père d'Andrea a préparé des lasagnes végétariennes. C'est gentil de sa part, il se souvient que j'avais bien aimé cette recette.

Tout en mangeant, il discute avec Pierrick de ses cours à l'université pour devenir professeur de sport. Tiago donne un morceau de pain à l'un de ses rats, je crois que c'est Naruto. Mais un autre museau dépasse, puis un troisième. En se rendant compte que Tiago a sorti ses trois rats, son père proteste. En principe, ils ne doivent venir dîner en famille que chacun son tour. Tiago revendique une dérogation, les rats ont besoin d'une vie sociale, sinon ils sont malheureux. Cela crée un débat.

Moi je ne dis rien. Je pense à ma mère et à ma petite sœur. Que font-elles, en ce moment même ? Juste quand je me pose cette question, je me rends compte combien la distance qui nous sépare est vertigineuse. Je suis en 2020, elles sont en 2188. Très loin de moi.

Andrea me jette un regard attentif. Je sais qu'elle me comprend. Elle me glisse à l'oreille :

— On va trouver une solution. Tu rentreras bientôt dans ta famille, j'en suis sûre.

J'aimerais lui faire confiance mais je suis quand même angoissée.

Notre manque d'entrain à toutes les deux doit sembler pesant au reste de la famille car, maintenant, tout le monde mange en silence.

— Vous avez vu ? dit le père d'Andrea pour faire la conversation. Nous avons de nouveaux voisins.

— Dans la maison d'en face ? demande Pierrick.

— Oui. Les proprios ont trouvé des locataires. J'ai seulement vu une femme mais je suppose qu'il y a toute une famille.

— C'est clair, la baraque est grande, commente Pierrick.

Andrea et moi avons fini notre yaourt. Impatientes de monter dans notre chambre, nous débarrassons la table et plaçons la vaisselle sale dans la machine.

Dès que nous sommes en haut, Andrea récupère son téléphone et consulte les prévisions météorologiques. Je me penche sur son épaule pour savoir si un coup de vent est prévu dans les jours qui viennent.

Mais ce n'est pas le cas.

— Anticyclone, constate Andrea.

Que dire de plus ? La nuit tombe sans qu'aucune de nous ne prononce un mot.

Par le rideau entrouvert, je vois la Lune qui brille, un quartier fin dans le ciel noir. À côté de moi, Andrea s'est endormie.

Pourrai-je bientôt rentrer chez moi ? Cela fait presque quatre jours que je suis partie. Quatre jours, ce n'est rien, mais toute une vie ?

Je ne pense qu'à ça. Impossible de dormir.

J'ai peur.

Le lendemain matin, pendant un instant avant d'ouvrir les yeux, je ne sais plus où je suis. Je crois me trouver dans mon lit, à la maison. Si je tends le bras, je pourrai attraper ma lampe de chevet et faire fonctionner la dynamo. Ensuite je me lèverai et j'irai dans la cuisine me préparer une tartine à la confiture de groseille... Mais je réalise que je suis toujours au Moyen Âge en reconnaissant la voix d'Andrea.

— Réveille-toi, dit-elle. On a cours à huit heures.

Je grommelle. Elle pose sa main sur mon épaule et insiste gentiment :

— On n'a pas le choix.

— Je ne vois pas pourquoi je serais obligée de fréquenter ton lycée.

— Moi si. Tu dois éviter de te faire remarquer.

— Peu m'importe. Même si par miracle je réussissais à voyager aujourd'hui, ce serait sans doute trop tard.

Les Autorités ont forcément remarqué mon absence. Ma vie est finie.

— Pour l'instant, on n'est sûres de rien. Alors en attendant, il faut vivre normalement.

— D'accord, mais sans aller au lycée.

— En théorie, tu as plus de seize ans, tu peux arrêter d'aller en cours. Par contre, je te rappelle qu'on a mon père sur le dos. Alors, si tu veux éviter un conflit avec lui, il va falloir te lever.

Elle a raison, même si c'est ridicule. Je n'ai pas le choix, je dois obéir. Ma vie est peut-être détruite mais je dois faire comme si j'avais encore un avenir. Je me lève avec la sensation pénible que tout cela est vain.

Je vois que, ce matin encore, Andrea choisit le trajet direct pour le lycée, au lieu de faire un détour par le rond-point. Morose, je lui demande :

— Ne retrouves-tu plus Mathias, le matin ?

— Non.

L'an dernier, elle avait l'habitude de rejoindre son meilleur ami chaque jour.

— Pourquoi ?

— Dépêche-toi, répond-elle. Si tu traînes comme ça, on va encore être en retard.

Et elle accélère le pas.

Être en retard au lycée n'est pas un problème pour Andrea. Si elle prétend s'en soucier, c'est donc qu'elle ment, comme l'atteste d'ailleurs son regard fuyant.

Mathias est un garçon de dix-huit ans. J'ai eu l'occasion de le rencontrer lors de mon premier séjour ici. Moins laid que certains hommes, il souffre tout de même des caractéristiques physiques qualifiées de viriles et jugées séduisantes par les femmes du Moyen Âge. Cela dit, malgré son aspect repoussant, il a des qualités, sinon Andrea n'aurait pas fait de lui son meilleur ami.

Accessoirement, Mathias est amoureux d'Andrea. L'an dernier, bizarrement, elle n'avait aucune conscience des sentiments de son ami. Au contraire, moi qui n'ai que des connaissances théoriques sur l'attirance entre hommes et femmes, j'avais remarqué rapidement qu'un sentiment de ce genre existait chez Mathias. Quand j'avais communiqué avec Andrea sur ce point, elle avait été sincèrement surprise. La confirmation de son incompétence en EPS. Comme quoi les gens du Moyen Âge ne sont pas tous aguerris aux relations mixtes.

— Mathias est loin, m'avoue Andrea au moment où je la rattrape. C'est pour ça que je ne le vois plus.

— Où ça, loin ?

Elle reste un instant silencieuse, puis m'explique. Quand Mathias est parti, l'an dernier, il avait l'intention de voyager pendant quelques semaines dans l'est de l'Europe. Mais alors qu'il devait revenir chez lui à temps pour la rentrée des classes, il a décidé de prolonger son itinéraire. Même s'il ne lui restait plus d'économies, il a poursuivi sa route vers l'est, se débrouillant avec des petits boulots, logeant chez l'habitant...

— Ça fait presque un an, maintenant, termine Andrea.

— Est-ce qu'il te donne des nouvelles de temps en temps ?

— Bien sûr. Enfin, pas à moi directement, précise-t-elle, un peu mal à l'aise. Mais je peux le suivre malgré la distance.

Andrea sort son téléphone de sa poche. Sur le petit écran, elle me montre des photos. Je n'y vois pas Mathias, mais tout un tas de gens différents. Sur une image, il y a des individus qui marchent, portant des sacs de voyage. Ils sont sur une plage, on voit les vagues derrière eux, mais ils ne semblent pas être en vacances et ont des visages fatigués. Sur une autre image, un enfant tient entre les mains une arme qui semble vraiment grande par rapport à sa petite taille. Il ne sourit pas, n'a pas l'air de s'amuser, et je ne suis pas sûre que cela soit un jouet.

Je me souviens maintenant que Mathias avait le projet de devenir photoreporter.

— C'est son compte Instagram, dit Andrea. Je le suis aussi sur Facebook.

Je ne sais pas ce qu'est Facebook mais je continue de contempler ces photos. Elles sont tristes, mais belles.

— Il te manque ?

— Oui, avoue Andrea. Mais je suis contente pour lui. Je crois qu'il est heureux d'avoir fait ce choix.

Malgré tout, Andrea semble mélancolique. Je devine qu'elle regrette de ne pas avoir davantage de nouvelles de lui. Je me dis que j'aurais peut-être dû éviter le sujet.

— Parfois, reprend-elle, je me demande si j'ai pas un problème.

Je m'apprête à lui demander lequel, mais j'ai l'impression qu'elle ne recherche pas vraiment le dialogue avec moi. C'est plutôt comme si elle réfléchissait tout haut. Et, en effet, elle poursuit :

— Si j'étais amoureuse de lui, tout serait plus simple. J'ai essayé pourtant...

— Tu sais, dis-je gentiment, je ne suis pas une spécialiste, mais il me semble que ce sont des choses qui ne se contrôlent pas.

— Dommage.

Je ne sais pas quoi ajouter pour la réconforter. Ça me fait de la peine de la voir malheureuse.

— C'est comme s'il me manquait quelque chose, reprend-elle. Une pièce qui aurait été oubliée au moment de ma fabrication. Résultat, je suis bizarre. Incapable de tomber amoureuse d'un garçon génial comme Mathias.

— Peut-être que tu es asentimentale, tout simplement.

— Comme la plupart des femmes de ton époque, c'est ça que tu veux dire ?

— Oui. C'est très courant à l'époque moderne et parfaitement bien admis.

Un instant, j'imagine Andrea s'épanouissant en 2188, mais je chasse vite cette idée ridicule de ma tête. Mon amie du passé heureuse à l'époque moderne ? Absurde !

Quelques instants plus tard, nous arrivons au lycée. Évidemment, la grille est fermée et les élèves sont tous entrés en classe. Avec Andrea, impossible d'être à l'heure. Elle part au moment où il faudrait arriver.

Elle cherche des yeux un surveillant pour nous ouvrir mais la cour est déserte.

Soudain, je m'arrête. J'entends et je reconnais une mélodie. Un peu lointaine, étouffée, mais tellement familière… Elle me tétanise et me bouleverse à la fois.

C'est « Dors, petite fleur ».

La voix qui la fredonne est sourde, le son vient du fond de la gorge, les paroles ne sont pas prononcées. Mais je reconnaîtrais l'air entre mille.

Je m'avance sans bruit le long de la grille et je vois son épaule à moitié cachée par le mur. Il est assis par terre, adossé contre le métal, et me tourne le dos. Je n'ai pas vu son visage mais je sais déjà que c'est lui.

Antarès.

Bien sûr.

Il est persuadé d'être seul et continue à fredonner. Je connais si bien les paroles que j'ai l'impression de les entendre. Ça fait comme ça : « Dors, petite fleur, demain il fera jour. Dors, petite fleur, demain tout ira mieux. » C'est la berceuse que ma mère me chantait.

De son côté, Andrea n'y a pas fait attention. Elle est restée en arrière et appuie avec insistance sur la sonnette. Antarès se redresse, sorti brutalement de sa rêverie. Je me recule mais c'est trop tard, il m'a vue.

Et il sait que je l'ai entendu. Il me regarde et semble terrorisé.

Je le suis également, car c'est clair désormais.

Il sait d'où je viens.

Mais moi aussi, je sais maintenant qui il est vraiment.

Inconsciente de ce qui est en train de se jouer, Andrea nous rejoint.

— On est en retard, désolée, intervient-elle d'un ton léger. Tu peux nous ouvrir ?

Antarès reprend contenance et sort une clé de sa poche pour déverrouiller la grille.

— Merci, répond Andrea.

Nous entrons. Il referme la grille derrière nous et tandis que nous nous éloignons, je sens qu'il me suit de son regard inquisiteur.

Dès que nous avons tourné au coin du bâtiment, je me tourne vers Andrea et je déclare :

— Antarès vient du futur.

CHAPITRE 9

Andrea me regarde, incrédule.

— Tu n'es pas sérieuse ?

— Il vient de mon époque.

— À ton époque, les hommes n'existent plus, objecte-t-elle.

Je me tais. Comment lui expliquer ? Moi-même je pensais que c'était impossible... Toute ma vie, j'ai entendu parler de l'extinction des mâles humains. J'ai grandi persuadée qu'ils avaient disparu de la surface de la Terre depuis plus de cent cinquante ans. Et maintenant, je découvre que c'est faux ? Ce sont tous mes repères qui sont en train de s'effondrer !

— Ils sont tous morts à cause de la grippe masculine, insiste Andrea.

Alors je lui explique.

Pour moi, jusqu'à aujourd'hui, il s'agissait d'une rumeur. Une sorte de fable que tout le monde avait entendue au moins une fois mais à laquelle personne n'accordait foi. Quelque chose de fascinant, d'un peu effrayant, que l'on se raconte le soir pour se faire peur, comme les histoires de fantômes ou de loups-garous. Selon cette légende, en 2188, il existait encore quelques hommes. Des individus isolés, vivant cachés, hors du monde.

Andrea me regarde, abasourdie.

— Tu ne m'avais jamais dit ça !

— C'était juste une légende. Je n'y ai jamais cru.

— Et maintenant, tu penses que c'est vrai ? Antarès est né à ton époque ?

— Il connaît « Dors, petite fleur ». Je l'ai entendu chanter. C'est une berceuse de la fin de la Renaissance. « Dors, petite fleur, demain il fera jour. Dors petite fleur, demain tout ira mieux. Aujourd'hui tu te sens seule, aujourd'hui tu as peur, mais demain le soleil se lèvera. »

Je fais les gestes avec les mains, comme ma mère le faisait pour moi, les doigts ouverts tels les pétales d'une fleur s'agitant doucement au vent.

— Ça ne veut rien dire, objecte Andrea. C'est peut-être une mélodie qui existe depuis des siècles. Il y en a plein comme ça. Tout le monde les connaît et on ne sait même plus depuis quand elles existent.

— Pas celle-là. Elle a été composée par une musicienne très connue dans les années 2025. Elle fait allusion à la période difficile que ça a été, même pour les femmes, car à l'époque elles étaient encore attachées à l'existence des hommes.

— C'est impossible. Tu me l'as expliqué toi-même. Les femmes de ton époque savent comment se reproduire avec seulement des ovocytes, mais XX plus XX égale XX. Cela donne forcément des bébés filles.

— Nos biologistes ont dû trouver un moyen.

— Non, ça ne colle pas. Tu oublies un détail. Un garçon qui naîtrait à ton époque serait aussitôt contaminé par la grippe masculine. Vous êtes toutes porteuses du virus. Il ne survivrait pas.

— Moi non plus, je ne comprends pas comment c'est possible, mais pourtant je suis sûre de moi.

— Antarès est quelqu'un de bizarre, reconnaît Andrea, mais tout de même...

— Antarès vient du futur. Toi-même tu l'as reconnu.

— Qu'est-ce que tu racontes ? s'étonne-t-elle.

— Tu l'avais remarqué, de la même façon que tu m'avais remarquée quand je suis arrivée à ton époque, la première fois. Tu es attirée par les gens qui viennent de loin, comme par un aimant.

— Mais non !

— C'est ainsi. Tu es fascinée par les voyageurs. Tu ne peux pas t'en empêcher.

Andrea se retourne vers l'entrée du lycée, comme si elle pouvait encore voir Antarès. Je l'entends murmurer :

— Antarès, un garçon du futur ?

Mais après quelques secondes de perplexité, elle sourit et s'exclame :

— Mais c'est génial !

Pourquoi Andrea a-t-elle toujours des réactions inappropriées ? Ce que je viens de lui dire est tout sauf une bonne nouvelle ! Mais évidemment, avec son goût pour tout ce qui est surprenant, elle est ravie.

Déjà, elle fait volte-face et m'entraîne vers l'entrée du lycée.

— Il faut qu'on lui pose la question.

— Ah non !

Je l'avoue, cela m'angoisse. Je préférerais ne plus jamais le revoir. Par chance, quand nous parvenons à la grille, Antarès n'est plus là. Mais, têtue, Andrea se dirige aussitôt vers le bureau de la vie scolaire où l'on trouve d'habitude les surveillants. En entrant dans le bâtiment administratif, nous tombons sur Mme Ragon.

— Qu'est-ce que vous faites là, vous deux ? aboie-t-elle.

— Nous cherchons Antarès, répond Andrea. Pour un billet de retard.

— Une fois de plus ? L'avertissement que vous avez reçu au conseil de classe du deuxième trimestre ne vous a pas suffi ?

— Je vais faire un effort, promis. On peut y aller, maintenant ? insiste Andrea.

— Voyez ça avec un autre surveillant.

— Ça serait mieux avec Antarès, ment Andrea. C'est lui qui nous a demandé de venir le voir.

— Ça fait cinq minutes que je le cherche partout, répond Mme Ragon avec mauvaise humeur. Il a disparu je ne sais où.

J'échange un regard avec Andrea. Elle pense la même chose que moi. Si Antarès n'est pas à son poste dans le bureau de la vie scolaire, ce n'est pas un hasard. Il se sait démasqué. Il a fui. Ça veut dire que j'ai raison.

Nous ressortons sans tenir compte des protestations de Mme Ragon qui nous rappelle que nous ne serons pas admises en cours sans billet de retard.

Andrea veut à tout prix rattraper Antarès avant qu'il ne nous échappe, mais nous ne le voyons nulle part. A-t-il déjà eu le temps de quitter les lieux ?

— Il y a une issue de service, lance Andrea. Du côté du gymnase. C'est la meilleure solution pour partir discrètement.

Nous filons de l'autre côté du lycée. Elle court, je la suis avec réticence.

Elle avait raison. Débouchant derrière le gymnase, nous apercevons Antarès. Il se retourne et nous voit. Aussitôt, il se met à courir d'une foulée rapide et disparaît au coin du bâtiment.

Andrea et moi avançons le plus vite possible pour le rejoindre mais quand nous atteignons la sortie, Antarès s'est volatilisé.

— Merde, commente Andrea.

Je regarde tout autour de moi sans comprendre comment il a pu ouvrir la grille aussi vite et s'évanouir dans la rue en quelques secondes.

— C'est pas possible, estime également Andrea. Il est forcément encore dans l'enceinte du lycée.

Nous commençons à chercher derrière le gymnase, en vain. Andrea entre dans le bâtiment et j'en fais autant.

Le terrain de sport est désert. La salle résonne à chacun de nos gestes. Nous fouillons les vestiaires puis la réserve où sont stockés les ballons et les agrès. Nous traversons le terrain, explorons le côté dédié à la gymnastique, couvert de gros tapis de mousse. Antarès est introuvable.

— Il a dû réussir à s'enfuir, dit Andrea, déçue.

Nous sommes sur le point de quitter le bâtiment quand un mouvement attire mon regard.

La corde lisse se balance doucement.

Je lève la tête vers le plafond à plusieurs mètres de hauteur et ne vois d'abord rien. Je plisse les yeux et finis par discerner une ombre noire qui se démarque sur une poutre de bois clair, à une dizaine de mètres de la corde. Noire, la couleur du vêtement que porte Antarès. Je me concentre pour mieux voir. Rien ne bouge là-haut, mais je ne me trompe pas. Je chuchote :

— Il est là.

Suivant mon regard, Andrea lève les yeux en l'air. Elle aussi doit faire un effort pour le situer dans la pénombre.

— Comment il a fait pour monter aussi vite ? s'étonne-t-elle à voix basse.

Mais malgré nos efforts pour parler discrètement, Antarès a compris que nous l'avions repéré. Il se redresse d'un mouvement souple, ne cherchant plus à rester invisible. Il nous domine de là-haut, et sa longue silhouette est menaçante. Lentement, il s'accroupit sur la poutre. Je jurerais que ses yeux sombres me fixent. Il se prépare maintenant à sauter. On dirait un chat efflanqué, un félin sauvage prêt à tout pour se défendre.

— Il est fou, c'est trop haut ! s'exclame Andrea.

Antarès ne semble pas avoir peur. Moi, je me prépare à le stopper dans sa fuite dès qu'il aura atterri sur le sol. Puisque nous en sommes là, je veux le faire parler.

Mais en un instant, il me prend au dépourvu. C'est sur moi qu'il s'abat ! Son poids cumulé à la force de sa chute me jette à terre, sonnée. Ma tête cogne contre le sol, heureusement protégé par un tapis de gymnastique. Quand je reprends mes esprits, Antarès est déjà debout.

Je ne veux pas le laisser s'échapper. Je tends le bras et parviens à attraper sa cheville. Déséquilibré, il tombe, mais se redresse plus vite que moi. Il va réussir à s'enfuir quand Andrea se jette sur son dos. Elle est petite mais s'accroche à lui de toutes ses forces. Ça me laisse le temps de me relever et de venir le plaquer au sol en pesant de tout mon poids. Il se débat mais, seul contre deux, il est coincé. Je tiens ses poignets fermement. Andrea me prête main-forte.

— Qu'est-ce que vous me voulez ? dit-il rageusement.

Je ne relâche pas mon étreinte. Je vois qu'il est furieux d'être ainsi immobilisé. Mais il n'a pas le choix...

— Je sais qui tu es, lui dis-je d'un ton accusateur.

— C'est pas un secret. Je m'appelle Antarès Kazan.

Quel menteur ! J'insiste :

— Tu viens des temps modernes.

— Je ne comprends rien à ce que tu dis !

Malgré son regard agressif, il a l'air d'un animal acculé. J'ai le sentiment très vif que ce contact forcé avec nous l'insupporte. Les muscles tendus, il est prêt à se dégager dès que nous relâcherons notre prise sur lui.

— Dis-nous la vérité, insiste Andrea. Tu peux nous faire confiance, on est de ton côté. Est-ce que Pénélope a raison ? Tu viens du futur ?

— Vous êtes folles, répond-il avec arrogance.

— Pénélope m'a toujours dit que les hommes avaient disparu de l'avenir, reprend Andrea. Et toi, tu es là... Comment c'est possible ?

— Je suis né en 2002, j'ai dix-huit ans. Vous voulez voir mes papiers ?

— C'est pas très difficile d'obtenir des faux papiers, rétorque Andrea. Il suffit d'être un peu démerde.

— Vous cherchez les ennuis, proteste-t-il. Je suis surveillant, je vous rappelle. Un comportement comme le vôtre mérite le conseil de discipline.

Je l'observe attentivement. Je cherche en lui une ressemblance avec moi, quelque chose indiquant qu'il vient lui aussi des temps modernes... Mais j'ai beau le regarder, je n'en trouve aucune.

Je commence à douter. Et si je m'étais trompée ? Un garçon en 2188, c'est incroyable. Et puis, comment aurait-il fait pour voyager jusqu'en 2020 ? Les voyages temporels requièrent un cerveau adapté, des capacités de concentration et une sensibilité aux éléments qui ne sont pas à la portée d'un homme. Non, décidément, c'est absurde. Je suis perturbée par mon séjour forcé au Moyen Âge et j'ai imaginé n'importe quoi. Antarès ne peut pas être un garçon du futur.

Mais il perçoit mon hésitation. J'ai desserré imperceptiblement mon étreinte. D'un geste brusque, il parvient à libérer son bras gauche. J'esquive de justesse son coup de poing, mais mon mouvement me déséquilibre et Antarès en profite. Il me repousse et se dégage. Un instant plus tard, il est debout, face à nous. Son regard n'exprime que de la haine.

— Salope d'agrégée, siffle-t-il.

Et il s'enfuit en un instant.

Je ne cherche pas à le poursuivre. J'ai ma réponse.

Antarès est bien mon contemporain.

Je reste là, immobile. Sous le choc.

Ce n'était donc pas une légende.

Comment ai-je pu grandir et vivre en ignorant quelque chose d'aussi important ? Et, si moi je l'ignorais, qui était au courant ? Les Autorités ? Mes professeures au lycée ? Ma mère ?

Même si ce secret est bien gardé, même si une infime minorité de femmes savent, qu'importe. Je me sens trahie.

— Je trouve ça trop bien ! s'enthousiasme Andrea.

Je la regarde, incrédule. Trop bien ? Comment peut-elle affirmer ça ?

— Je me demande combien ils sont en réalité, reprend-elle. Si ça se trouve, finalement, il y a des milliers d'hommes à ton époque.

Des milliers ? Quelle absurdité ! Je le lui fais comprendre d'un ton sec :

— C'est impossible. L'existence d'Antarès est forcément une exception. Une erreur.

— Je ne vois pas pourquoi, rétorque-t-elle. Si une femme a réussi à donner naissance à un garçon, aucune raison que d'autres ne l'aient pas fait aussi.

— Tu dis n'importe quoi !

J'ai crié. Évidemment, elle réagit bien, c'est facile pour elle. Elle a grandi dans un monde où un être humain sur deux est un homme, et cela n'a rien d'un secret. Alors que moi...

Ma désillusion doit se lire sur mon visage, ou alors Andrea a progressé en EPS, car elle pose amicalement sa main sur mon épaule.

— Ne le prends pas comme ça... dit-elle gentiment.

— Comment veux-tu que je le prenne ?

— C'est plutôt une bonne nouvelle, non ?

— Apprendre que j'ai grandi dans le mensonge ? Je ne vois pas en quoi ce serait une heureuse révélation.

— Tu réagis comme si tu n'avais jamais vu un homme de ta vie. Exactement comme tu l'aurais fait il y a un an ! Mais tu as changé, tu ne penses plus de cette façon.

Je suis blessée de voir à quel point Andrea ne me comprend pas. Il faut tout lui expliquer ou quoi ?

— Déstresse un peu, reprend-elle. Maintenant, toi aussi tu trouves que les garçons ont le droit de naître !

Je rétorque sèchement :

— Au Moyen Âge, peut-être. Mais certainement pas à l'époque moderne.

— Perso, je ne vois pas la différence.

— En 2188, la société s'est organisée autrement.

— Tu ne peux pas dire ça, s'étonne Andrea, déconcertée. Je ne te reconnais plus...

Elle semble sincèrement déçue. Qu'imaginait-elle ? Je m'agace :

— C'est si difficile à concevoir ? Un garçon à mon époque, ce n'est pas dans l'ordre des choses !

— Tu ne t'attendais pas à ça, tu es étonnée, un peu perturbée même... Mais calme-toi et regarde les choses objectivement. La présence d'hommes à ton époque est une excellente surprise !

— Non !

Furieuse, je la laisse en plan. Je quitte le lycée. Je n'ai jamais été aussi en colère de toute ma vie.

Andrea n'essaie pas de me suivre. Elle a dû comprendre qu'il ne valait mieux pas.

Heureusement, il n'y a personne à la maison. Je suis seule avec mon indignation.

Je fouille dans la cuisine et je trouve un paquet de chips, des bonbons qui imitent vaguement les fraises mais dont le nom évoque bizarrement un cheval au galop, et une boisson qui ressemble à de l'Orangina mais sans couleur. Sur l'étiquette, il y a marqué Schweppes. J'hésite. Est-ce du produit pour faire le ménage ? Non, sans doute pas, sinon la bouteille serait rangée sous l'évier, pas avec les provisions. Je l'ouvre et je bois directement au goulot.

Mais ça ne suffit pas à me réconforter. Ni ça, ni les chips, ni le chocolat fondu.

Je me sens tellement seule. Pourquoi Andrea ne m'a-t-elle pas comprise ?

À l'école, on m'a toujours enseigné que les hommes avaient disparu depuis longtemps, qu'ils étaient tous morts à la Renaissance. Et aujourd'hui, je découvre que c'est faux !

Je me sens perdue. Comment un garçon peut-il être conçu à mon époque ? Est-ce que des gamètes mâles circulent librement ? Est-ce ainsi que des opposantes réussissent à donner naissance à des bébés garçons ? Et où vivent ces garçons ? Où se cachent-ils ? Dans des bunkers, des grottes ? Sont-ils aussi nombreux qu'Andrea le dit ? Comment parviennent-ils à survivre à la grippe masculine ? Pourquoi personne ne m'en a jamais parlé ? Et pourquoi maintenir les citoyennes dans le mensonge ? Tant de questions sans réponse.

Mais ce que je ne supporte pas, c'est de réaliser à quel point j'ai été naïve.

J'ai mal au ventre. Je ne sais pas si c'est à cause des chips et du Schweppes, ou de cette tristesse qui m'envahit.

Je monte à l'étage pour aller me blottir sous la couette. En passant devant la chambre de Pierrick, je constate que la porte est entrouverte. Un tout petit espace d'un centimètre à peine entre le chambranle et le battant... Je détourne la tête et passe mon chemin. C'est la chambre du frère d'Andrea, je ne peux pas y entrer sans y être invitée.

Mais deux pas plus loin, je fais demi-tour. Je pousse lentement la porte et j'entre dans la pièce.

Un désordre impressionnant s'offre à mes yeux. Le lit n'est pas fait et un ordinateur est posé sur la couette, entre un paquet de gâteaux vide et une bouteille d'eau entamée. Je fais attention où je mets les pieds car le sol est encombré de vêtements sales et de livres de cours.

L'odeur de Pierrick est là, partout. J'essaie de respirer doucement car j'ai la tête qui tourne.

Sur le côté, près de la fenêtre, est accroché un gros sac de frappe. Je sais que Pierrick l'utilise pour s'entraîner à la boxe. Je m'approche, curieuse. Je donne un petit coup dedans, pour voir. C'est à la fois mou et dur. Je recommence. Plus fort. Ça fait du bien.

Alors je continue.

Je frappe, de toutes mes forces. Encore et encore.

Je crie à chaque coup, je laisse sortir ma colère du plus profond de moi. Elle sort par mes poings, par ma gorge, par chaque pore de ma peau. Je suis en nage.

Ce sac, c'est mon époque. C'est mon enfance, mon adolescence. Mon école, mon lycée. Mes amies. Ma maison.

Mes illusions.

Puis, à bout de souffle, je m'arrête. Je pousse un long soupir et je ferme les yeux.

— Ça fait du bien, hein ?

En entendant sa voix, je me retourne d'un mouvement vif.

Pierrick est sur le pas de la porte. Il me regarde.

Depuis quand est-il là ? Il n'a pas l'air fâché mais je suis mal à l'aise. Je repousse mes cheveux collés sur mon front par la sueur.

— Excuse-moi. Je n'aurais pas dû entrer dans ta chambre sans te le demander.

— C'est pas grave. Tu tapes fort.

— J'en avais besoin.

— J'ai vu. Tu ne t'es pas fait mal ?

Je regarde mes mains. Il a raison, mes phalanges sont à vif.

— La prochaine fois, mets des gants. Il faut soigner ça.

Il va à la salle de bains et revient avec un petit flacon et du coton.

— Assieds-toi.

Il tire sur la couette pour faire rapidement le lit et je m'assieds. Il vient à côté de moi et tamponne mes doigts avec le produit.

— C'est de l'antiseptique. Ça ne pique pas.

Nous restons silencieux. Il prend son temps et ses gestes sont doux.

Je ne m'attendais pas à cela.

— Voilà, dit-il.

— Merci.

— Tu veux en parler ?

Il me regarde, attentif. Pourquoi est-ce que j'hésite ? La question ne se pose même pas.

— Non. Ça va aller.

— Comme tu préfères, répond-il en respectant mon silence.

Cette fois, il n'a pas l'air déçu.

Je me lève et je sors de sa chambre. D'un coup, je me sens vide et j'ai froid. Comme s'il y avait plusieurs degrés d'écart entre la chambre de Pierrick et le reste du monde.

C'est là, dans le couloir d'une maison médiévale, entre deux portes, que je comprends.

En réalité, je le sais depuis longtemps.

Je suis amoureuse.

D'un garçon.

CHAPITRE 10

Debout dans la chambre d'Andrea, je suis sonnée.

Amoureuse d'un garçon… Comment une chose pareille a-t-elle pu m'arriver, à moi, une fille des temps modernes ? Une asentimentale ?

C'est l'univers qui s'écroule. Je pensais être une fille normale, je croyais me connaître moi-même… Je m'étais trompée.

Voilà pourquoi je ne réussissais pas à repartir à mon époque. Le vent, la Lune ne pouvaient rien y changer. C'était ma volonté qui faisait défaut. C'est pour lui que je suis revenue au Moyen Âge. Je refusais de l'admettre mais c'était bien ma principale motivation. Bien sûr, je voulais m'assurer que les hommes vivraient, je voulais aussi revoir Andrea. Mais avant tout, je désirais de nouveau sentir l'odeur de Pierrick.

Je suis attirée par un homme. Mal rasé. Musclé. Large d'épaules.

Si ma mère l'apprenait... Si ma petite sœur savait...

J'ai honte.

Jamais je ne pourrai rentrer chez moi. Je serais incapable de justifier ce que je suis devenue. Une étudiante agrégée qui voyage sans autorisation. Une femme amoureuse d'un homme.

Une aberration. Je n'ai plus ma place parmi les miens.

Comment vais-je pouvoir continuer à vivre désormais ? Manger, dormir, effectuer les gestes du quotidien, faire comme si tout était normal, comme si tout cela avait encore un sens...

Mais savoir au fond de moi que j'aime un garçon.

— Pénélope ? appelle Andrea. T'es où ?

J'entends les pas de mon amie qui monte l'escalier. Elle ouvre la porte.

— Je voulais pas te faire de peine, s'excuse-t-elle. Je te comprends, tu sais. Tu es bouleversée, tout simplement.

Si elle savait à quel point elle a raison... Tout à l'heure, si j'ai mal supporté d'apprendre qu'il y avait des hommes à mon époque, c'était surtout parce que je commençais à comprendre... Il y a un homme dans mon cœur. Mais je prends sur moi pour ne pas laisser voir combien je me sens mal.

À ce moment-là, un brouhaha monte du rez-de-chaussée, comme si la maison était soudain envahie par une foule de gens bavards à la voix haut perchée.

— Ah oui, commente Andrea en soupirant. On est mardi, c'est jour de réunion. Le salon va être invivable pendant deux heures.

— Pourquoi ?

— L'OSAT, tu te rappelles ?

Je me souviens très bien. L'Organisation pour la Sauvegarde des Animaux de la Terre. Tiago l'a créée l'an dernier dans le but d'amener ses contemporains à un comportement écoresponsable et, à l'oreille, elle a pris de l'ampleur.

— Surtout, ne descends pas, me conseille Andrea. La moyenne d'âge tourne toujours autour de onze ans.

Mais j'ai besoin de bouger. J'étouffe ici. Je décide d'aller voir...

Une trentaine d'enfants, filles et garçons, ont envahi le salon. Ils sont assis en grappes sur le canapé, par terre, sur la table basse. Il y en a partout. Ils discutent bruyamment, prennent des notes, s'interpellent.

— Tu tombes bien, dit Tiago en me voyant. Tu as adhéré l'an dernier mais tu n'as pas encore signé notre manifeste.

Je me force à sourire.

— Bien sûr. Donne-moi ton papier. Je vais signer.

— Pas de papier, répond-il sans hésiter. Ça pollue. Et puis l'encre, ça ne veut rien dire. On pourrait faire une liste très longue avec tous les documents signés et jamais respectés. Non, tu dois signer avec ton sang.

Et Tiago me tend une épingle. Je suis un peu surprise.

— Je dois me piquer le doigt ?

— Oui. Suis-moi.

Il m'entraîne dans le jardin derrière la maison et m'explique que je dois déposer une goutte de mon sang dans la terre, parce que je ne signe pas un pacte avec les autres humains, mais avec ma planète.

Je m'exécute et je dépose une goutte de sang sur le sol humide du jardin. Elle disparaît, absorbée par la terre brune.

— Maintenant, déclare Tiago, c'est comme si tu étais mariée avec la Terre. Tu ne dois pas lui faire de mal et tu dois l'aimer et la protéger jusqu'à ta mort.

Il est très sérieux malgré ses onze ans. J'aime ça chez lui.

— Tu as fait signer combien de personnes depuis l'an dernier ?

— Plus de deux cents, me répond-il fièrement. Pierrick et Andrea, presque la moitié de mon école primaire, toute ma classe au collège, et des copains du judo. C'est avec les adultes que j'ai du mal.

— Ils ne veulent pas signer ?

— Oh si ! Ils sont même nombreux à vouloir le faire. Mais je sais pourquoi. Ils veulent me faire plaisir parce que je suis un enfant et qu'ils me trouvent trop mignon à jouer les écolos comme ça. Je déteste le mot mignon. En réalité, ils oublieront leur promesse dès que j'aurai le dos tourné. C'est des hypocrites. La preuve, quand je leur demande de signer avec leur sang et d'arrêter la viande, ils changent tous d'avis.

— Résultat, se moque Andrea en nous rejoignant, l'OSAT ne regroupe que des enfants.

— À part papa, proteste Tiago.

— J'ai constaté cela. Votre père aussi est devenu végétarien.

— Oui, répond Tiago. Il a enfin compris que la planète ne peut pas supporter sept milliards de carnivores.

— Et il en a eu marre que tu jettes systématiquement à la poubelle les steaks hachés et le jambon qu'il achetait, précise Andrea.

— La fin justifie les moyens.

Tiago arbore un large sourire, et cela me touche plus que je ne l'aurais imaginé.

J'ai pensé pendant trop longtemps que les médiévaux étaient tous un peu attardés. Moins évolués, tout simplement. Une fois de plus, je me rends compte qu'il s'agissait de préjugés. Tiago en est la preuve. Le petit frère d'Andrea est généreux et sensible. Il est aussi volontaire et actif. À lui seul, il est la démonstration que les garçons peuvent être des personnes merveilleuses.

Je me sentais dévastée, mais c'est un autre sentiment que j'éprouve à présent. Comme un apaisement, qui me surprend. Je respire plus calmement.

Puisque je ne peux plus retourner chez moi... Puisque je suis condamnée à vivre au Moyen Âge... ne pourrais-je pas y être heureuse ? Et si mon corps avait eu raison de refuser ce voyage retour ?

Et si ma vie était désormais ici, près de Pierrick ?

Mon cœur bat fort et tout vacille autour de moi. J'hésite, je ne suis sûre de rien mais je me tourne quand même vers Andrea et je lui demande :

— Est-ce que je peux rester chez toi ?

Ma question la déconcerte, je pense qu'elle n'en a pas compris la portée.

— Euh... oui, répond-elle, bien sûr, mais tu le sais déjà, mon père a donné son accord, tu peux rester tant que tu y es obligée...

En effet, elle n'a pas saisi. Je précise donc :

— Je veux dire, chez toi pour toujours.

Elle écarquille les yeux.

— Pour toujours... toujours ?

— Oui. Je vais rester vivre ici.

Andrea s'attendait à tout, sauf à ça. Elle ne sait pas comment réagir.

— Tu dis ça sous le coup de la colère, à cause d'Antarès, mais dès qu'il y aura du vent, ou à la prochaine Lune, tu seras bien contente de rentrer chez toi.

— Non.

— OK, tu es furieuse, sous le choc, tout ça. Je comprends et même je serais vraiment contente si tu restais ici. Mais réfléchis… Chez toi, c'est là-bas !

— Plus maintenant.

— Et ta mère ? Ta petite sœur ?

Je m'assombris. Andrea a tapé juste.

— Je sais. Elles vont me manquer terriblement.

Ça me fait tellement mal de me dire que jamais je ne les reverrai… J'essaie de me rassurer en me disant que peut-être, un jour, j'irai les chercher. J'aurai assez de puissance pour les emmener et elles seront heureuses avec moi, au Moyen Âge. Mais en attendant, je viens de le comprendre, je n'ai plus le choix. J'affirme :

— Je dois faire ma vie ici.

Je pensais qu'Andrea se réjouirait, mais au contraire, elle semble ennuyée.

— Pénélope… Je ne sais pas si tu es capable de t'habituer à mon époque.

— Je ferai les efforts nécessaires. Il va bien falloir.

— Tu es tellement différente de moi… Je le vois bien, quand tu croises mon père, ou au lycée… Tu es toujours mal à l'aise…

— Ne dis pas de bêtises. Je me suis habituée aux hommes.

— Un peu, mais pas complètement…

— Je continuerai de progresser. Le passé me conviendra un jour. Cela me demandera peut-être beaucoup de travail, mais je dois devenir une médiévale.

— Regarde les choses en face… Il y a quelques heures encore, tu voulais rentrer chez toi à tout prix !

Je sais pourquoi elle tente de me dissuader. Il lui manque une information essentielle. J'hésite un peu, c'est tellement personnel… Mais Andrea est mon amie et je lui fais confiance. Alors, je la regarde dans les yeux et je lui dis la vérité :

— Je suis amoureuse de ton frère.

Et en disant cela, ma voix a tremblé. Mais Andrea me regarde avec douceur et sa bienveillance me fait chaud au cœur.

— Oui, je sais, répond-elle simplement.

Elle n'a plus d'arguments à opposer. Elle comprend maintenant pourquoi je dois faire ma vie à son époque.

À ce moment-là, le téléphone d'Andrea bipe. Elle lit rapidement le message sur l'écran.

— C'est un texto de mon père, dit-elle, contrariée. Il veut qu'on passe au commissariat. Toi et moi.

— Mais pourquoi ?

— Je sais pas. J'espère juste qu'on ne va pas croiser Lionel. Il me stresse trop.

Ce n'est pas moi qui dirai le contraire. Lionel Leval est le premier homme avec lequel j'ai été en contact rapproché, lors de mon voyage initial au Moyen Âge. Je me souviens du choc que j'avais ressenti en le voyant. Il était si masculin... Si laid ! Et plus il s'approchait de moi, plus j'étais choquée. Vus de près, les détails de sa physionomie étaient effrayants. Je sais maintenant que j'aurais dû garder mon calme, et certainement pas le frapper comme je l'ai fait. Mais il faut me comprendre. J'étais seule, perdue, terrorisée. Je n'étais pas certaine que les hommes étaient des êtres humains, eux aussi.

Le problème, c'est que Lionel Leval n'a jamais oublié les points de suture auxquels il a eu droit à cause de moi.

Un peu tendue, je pars avec Andrea en direction du commissariat situé dans le centre-ville. Nous nous demandons pourquoi son père nous fait venir...

Je ne sais pas trop non plus ce que je vais découvrir sur le lieu où il travaille. J'ignore quel genre de justice existe à l'époque d'Andrea. Par exemple, je ne sais plus si la peine de mort est encore pratiquée au début du vingt et unième siècle. Si oui, vais-je trouver un gibet à l'entrée du commissariat ? À moins que les condamnés ne soient tués par des médicaments administrés à doses excessives ou par une décharge électrique ?

J'essaie de rester calme. Je suis consciente d'avoir parfois une vision erronée de ma nouvelle époque. Il n'est pas évident de saisir les nuances qui existent entre le Moyen Âge central et le Moyen Âge tardif. Peut-être les contemporains d'Andrea sont-ils suffisamment civilisés pour avoir aboli la peine de mort ? Maintenant que j'y pense, je crois me souvenir qu'Andrea avait affirmé que cette sanction définitive n'était plus pratiquée, mais je n'en suis plus trop certaine.

En entrant dans le commissariat, je constate avec soulagement qu'il n'y a pas de sombres cachots suintant l'humidité. Ils sont peut-être ailleurs, au sous-sol par exemple. Ici, je ne vois que des bureaux encombrés de papiers et d'ordinateurs.

Même si elles sont minoritaires, les femmes sont présentes. Ce qui est dommage, c'est qu'elles sont déguisées en hommes, portant des vêtements qui leur donnent une allure virile. Cela ne rend pas le lieu très attrayant.

Soudain, je me crispe. Lionel est là, à quelques mètres de moi. La dernière fois que je l'ai vu, il nous pourchassait, Andrea et moi, et semblait prêt à commettre le pire. Je le surveille, sur la défensive...

Sa cicatrice est bien visible sur sa pommette, tout près de l'œil gauche, mais je ne me sens pas coupable.

Il n'avait pas à se montrer aussi terrifiant, avec son uniforme de policier et son arme à feu accrochée à la ceinture.

Nous passons devant lui en le saluant à peine et je sens son regard désapprobateur qui pèse sur moi. Heureusement, il ne bouge pas.

Le père d'Andrea dispose d'un bureau à l'écart. Nous le rejoignons, ce qui nous permet d'échapper au regard de Lionel.

Il nous accueille, l'air préoccupé.

— J'ai repris ta demande d'asile auprès de l'Ofpra pour qu'on finisse de la compléter. Mais plus j'y pense, plus je me demande si tu ne serais pas en réalité une fugueuse. Le problème, c'est que j'ai eu beau fouiller, je n'ai trouvé nulle part d'avis de recherche te concernant. Pourtant, j'ai épluché tous nos fichiers. Rien. Il y a bien des ados considérés comme disparus, il y en a même des dizaines, mais aucun ne correspond à ton signalement.

— Alors pourquoi tu nous as demandé de passer ? demande Andrea, impatiente de repartir.

— Je veux vous montrer un appel à témoins. Ça te fera peut-être réfléchir, Pénélope.

Il a dit cela d'un ton grave. Il nous désigne deux chaises et nous nous asseyons devant son écran d'ordinateur.

La vidéo montre un couple parental mixte, je veux dire une mère et un père. Face à la caméra, ils supplient leur fille de leur dire où elle est. Ils sont au bord des larmes. D'après ce que je comprends, cela fait des mois qu'elle a disparu.

– C'est un appel à témoins qui a été diffusé il y a quelque temps, précise le père d'Andrea à mon intention. Ça te donne une idée de ce que ressentent peut-être tes parents à l'heure actuelle.

– C'est nul de faire ça, papa, proteste Andrea. C'est du chantage affectif ou quoi ?

Mais ces images ne me bouleversent pas. Sur l'écran, elles m'évoquent un film de fiction que je regarderais pour me distraire, et puis j'ai du mal à me projeter comme issue de ce couple composé d'un homme et d'une femme.

Non, ce qui m'émeut, c'est l'inquiétude du père d'Andrea. Il se sent perdu. Il n'est plus certain que je sois une réfugiée, il n'est pas vraiment persuadé que j'aie fait une fugue… Il n'a pas les moyens de comprendre mais il cherche quand même à m'aider. Je trouve ça touchant.

Pas assez tout de même pour lui dire d'où je viens. J'essaie de l'apaiser en lui faisant une réponse conciliante.

– Je vais y réfléchir, dis-je d'un air pénétré.

Mais je n'ai pas dû atteindre mon but car il semble désappointé. Il aurait sans doute préféré que je lui donne une adresse, un numéro de téléphone. Qu'il puisse contacter mes parents, que tout s'arrange enfin.

C'est malheureusement impossible. Ma situation est beaucoup trop compliquée pour ça. Je vais pourtant devoir veiller à ne pas lui causer trop de soucis, car j'ai besoin de son hospitalité.

Il n'insiste pas. Il se contente provisoirement de ma réponse et nous raccompagne à la maison.

Le soir, chez Andrea, la télévision est souvent allumée à l'heure des informations. Cette fois, une dirigeante politique est interrogée et parle du devoir d'intégration des migrants. Ayant choisi ma nouvelle terre d'accueil, je me sens concernée au premier chef. Je tends l'oreille pour écouter ses conseils. Je suis consciente que j'ai le devoir de m'insérer, et je suis prête à travailler dans ce sens. Oui, moi, migrante du futur, je veux m'intégrer !

Mais cette femme politique a des intonations agressives, et je ne suis pas sûre qu'elle soit ravie d'accueillir des migrants. Dans son discours, il est question d'efforts à fournir pour adopter le mode de vie local, ou de tests à passer pour vérifier le niveau de langue et les connaissances sur la culture du pays d'accueil. Cela m'inquiète un peu. Si je suis prête à considérer les hommes comme des êtres humains, je ne suis pas sûre d'être capable de répondre à un questionnaire sur le sujet. La perspective d'un QCM sur le genre masculin me préoccupe. Connaissant l'obsession des médiévaux pour les poils, je suis sûre que la question de la barbe serait évoquée. *À quelle fréquence les hommes se rasent-ils le menton : réponse A, tous les matins, réponse B, trois fois par jour, réponse C, une fois par mois ?* C'est que j'ignore la vitesse de repousse des poils masculins, moi ! Une question sur le sport me laisserait également démunie. *Quelle est l'activité sportive favorite des hommes : réponse A, la danse, réponse B, le football, réponse C, la natation ?* Que répondrais-je en situation d'examen ? Peut-être la danse... Oui, la danse est sûrement le sport préféré des hommes car elle peut leur permettre d'améliorer ce manque de grâce qui les caractérise...

Mais ce n'est pas tout. Dois-je vraiment adopter toutes les coutumes locales ? Vais-je être obligée de m'épiler les jambes et les aisselles, voire pire ? Serai-je forcée de me baigner avec un maillot de bain même si je déniche une plage déserte ? Ne pourrai-je plus jamais connaître le plaisir de nager nue ?

Un instant, le découragement m'envahit. Je trouve cette femme politique bien exigeante. Ne pourrait-on pas plutôt garder le meilleur des deux cultures, celle du pays d'origine et celle du pays d'accueil ?

Je me ressaisis bravement. S'il le faut, je m'adapterai. Pour Pierrick.

La tête me tourne un peu en réalisant quelle quantité d'informations je m'apprête à intégrer, mais je ne dois pas me décourager.

Pour être heureuse au Moyen Âge, je dois être capable de tous les sacrifices. Assimiler us et coutumes de l'époque, devenir aussi médiévale que les médiévaux.

Ce soir-là pourtant, le sommeil ne vient pas. Je reste allongée sur mon matelas, les yeux ouverts.

Dans la chambre voisine, Pierrick joue quelques airs sur sa guitare. Pas trop fort car il est tard. C'est joli, malgré quelques fausses notes.

Est-ce cela, être amoureux ? Apprécier tout ce que fait celui ou celle que l'on aime, même si ce n'est pas parfait ? Avoir en permanence l'esprit occupé par son image ?

Je trouve quand même bien étrange d'être amoureuse d'une personne du sexe opposé. N'est-il pas plus naturel d'aimer quelqu'un qui vous ressemble ? J'éprouve des sentiments pour quelqu'un qui est à peu près l'inverse de moi sur tous les points. Quelqu'un dont je ne connais pas le mode de fonctionnement, dont je n'ai pas la clé.

J'essaie de me souvenir de ce que j'ai appris sur le sujet en cours d'EPS. Le chapitre sur les sentiments amoureux n'était pas très développé puisqu'il ne concerne qu'une minorité de personnes à mon époque. Par ailleurs, je l'avoue, je n'étais pas très attentive. Je me croyais asentimentale. Je ne pensais pas être concernée un jour par la question. Je regrette maintenant de n'avoir pas écouté la professeure.

Il me semble toutefois que le chapitre sur l'amour parlait d'humeur changeante, d'une alternance incontrôlée d'exaltation et de désespoir. De motivation extrême et de capacités décuplées dès lors qu'il s'agissait de l'être aimé. Je trouve ça très bizarre. Ce n'est pas un super-pouvoir, tout de même ! Je me souviens aussi des effets physiologiques, manque d'appétit et manque de sommeil.

Pour l'instant, je ne suis pas concernée par le premier effet, mais le second se vérifie bien. Il est deux heures du matin et je n'ai toujours pas fermé l'œil.

Je suis impatiente d'être à demain. J'espère croiser Pierrick dès le matin avant de partir au lycée. J'ai tellement aimé ce moment passé avec lui tout à l'heure, dans sa chambre... L'exaltation, oui, c'est bien ça.

Je me retourne dans mon lit, cherchant une position favorable au sommeil. Mais soudain, un sentiment terrible m'envahit. L'angoisse.

Quand je le verrai, que vais-je lui dire ? Va-t-il s'intéresser à moi ?

Mon manuel d'EPS avait raison. Je viens de passer à l'état de désespoir.

J'ai l'impression que mon cœur a rétréci dans ma poitrine. Serré par la crainte. Contracté par la panique. Cette question tourne dans ma tête, m'empêchant de penser à quoi que ce soit d'autre.

Et si Pierrick ne m'aimait pas ?

CHAPITRE 11

Le lendemain matin, je suis nerveuse. Assise à la table du petit déjeuner, je me tourne régulièrement vers la porte de la cuisine. Mais Pierrick ne se montre pas.

— Il est parti tôt pour la fac, me dit Andrea.

Elle a lu dans mes pensées. Je suppose que c'était facile.

— Ça va ? insiste-t-elle.

— Oui.

Elle ne me questionne pas davantage mais continue de m'observer du coin de l'œil tout en mangeant ses céréales. C'est un peu désagréable.

Quelques minutes plus tard, nous partons en cours. Nous sommes mercredi et je crois que nous n'avons cours que le matin. Je suis décidée à être studieuse. Il me faut écouter attentivement les professeurs si je veux être un jour capable de construire mon avenir ici.

Mais alors que nous montons la rue qui mène vers le lycée, une voix amusée interpelle Andrea :

— Hé ! Depuis quand tu arrives à l'heure au lycée, toi ?

Surprise, mon amie tourne la tête et son visage s'éclaire d'un large sourire.

— Mathias !

Andrea court vers lui et se jette dans ses bras.

— Tu m'as tellement manqué !

— Toi aussi, tu m'as manqué, répond le jeune homme.

Le nez dans les cheveux d'Andrea, il inspire à fond et cela le rend heureux. Je ne suis pas la seule à être sensible au parfum des autres.

— Depuis quand tu es rentré ? s'étonne Andrea, ravie. Tu aurais pu m'appeler !

— Tôt ce matin. Train de nuit. Je suis venu directement ici.

En effet, Mathias porte sur l'épaule un sac de voyage passablement usé.

Je trouve qu'il a beaucoup changé depuis l'an dernier. Il a toujours ces cheveux bruns un peu longs et bouclés, ces yeux sombres avec de longs cils noirs. Mais sa peau est différente, moins fine, tannée par le soleil. Sa façon de se tenir n'est plus la même non plus. Il a l'air plus grand et pourtant, je suis presque sûre que ce n'est pas le cas. Je crois qu'il est sorti de l'adolescence, tout simplement.

En le regardant, Andrea rayonne de plaisir et je suis heureuse pour elle.

— On sèche les cours ? propose-t-elle.

Mathias éclate de rire.

— Tu as les épreuves de français dans trois semaines, je te rappelle !

— Justement, j'ai encore tout le temps. Je t'offre le petit déj. Je suis sûr que tu n'as rien mangé dans le train. Tu te souviens de Pénélope ?

— Bien sûr, répond-il en me souriant. Tu as pu obtenir le statut de réfugiée, finalement ?

— Pas encore. Bientôt peut-être.

Quelques minutes plus tard, nous nous installons dans un café. Andrea commande des croissants en vérifiant qu'elle a assez d'argent pour payer. Elle insiste pour que Mathias lui donne tous les détails de son voyage. Il raconte en citant des pays dont j'ignore l'existence, des noms qui me semblent étranges mais qu'Andrea semble connaître. Il parle de guerres civiles, de réfugiés, d'otages et d'esclaves, de mines antipersonnel et de bombardements. De souffrance. De mort. À travers ses yeux, je vois le Moyen Âge sous un jour terrible.

— Tu vas rester, maintenant ? demande Andrea.

— Je suis là pour quelques semaines seulement. Après, je repartirai. Plus loin.

Je lis la déception sur le visage de mon amie.

— Bien sûr. Je suis bête de t'avoir posé la question. Tu as toujours voulu faire ça.

— C'est un peu grâce à toi, répond Mathias. Si on était partis à deux, tout aurait été différent…

— Je sais.

— Je serais sûrement rentré avec toi pour reprendre les cours au lycée. Je n'aurais pas prolongé mon voyage.

Andrea se tait, mal à l'aise.

— Je suis désolée.

— Ne le sois pas. Tu vois, c'était bien comme ça.

Je l'observe attentivement. Il y a des intonations sereines dans sa voix, comme s'il avait trouvé la façon de vivre qui lui convenait.

— Allez, lance-t-il en souriant. Vous avez suffisamment séché pour aujourd'hui. Il faut retourner au lycée. Et puis moi aussi, j'ai des choses à faire. Au fait, tu es libre, demain à dix-huit heures ?

— Oui… Pourquoi ?

Mathias sort un petit carton de sa poche.

— Alors je compte sur toi. Tu es la bienvenue aussi, Pénélope.

Andrea lit le carton que lui a donné Mathias. Par-dessus son épaule, je vois qu'il s'agit d'une invitation à unc remise de prix.

— C'est génial ! s'exclame Andrea, abasourdie. Tu as remporté ce concours ?

— Oui, répond simplement Mathias.

Il a l'air modeste mais, d'après la réaction d'Andrea, je devine qu'il s'agit d'un concours prestigieux.

— Waouh ! reprend Andrea. Je suis impressionnée.

— Oui, c'est une chance. Ça va financer mon prochain voyage.

— C'est un prix international qui récompense chaque année un jeune photographe, m'explique Andrea. C'est absolument dingue !

Radieuse, elle se tourne à nouveau vers Mathias.

— Ton père doit être fier !

— C'est clair, s'amuse Mathias. Ne le lance pas sur le sujet, sinon tu en as pour des heures.

— Ça m'étonne pas, sourit Andrea.

— À demain alors !

Mathias s'éloigne en nous faisant un signe de la main.

Arrivées au lycée, nous passons au bureau de la vie scolaire pour récupérer des billets d'absence. Andrea se dévisse la tête pour tenter d'apercevoir Antarès. Je pensais que le retour de Mathias lui avait permis d'oublier ce garçon, mais je me rends compte que ce n'est pas le cas. J'aurais dû m'en douter. Un garçon du futur, c'est forcément fascinant à ses yeux.

Cela me contrarie. D'accord, Antarès vient du futur, et alors ? À part ce détail, c'est juste un garçon, et

Andrea en a déjà vu plein. Mais évidemment, depuis que nous connaissons ses origines, elle ne pense qu'à lui.

— Viens, dit-elle. Antarès doit être ailleurs, à l'administration peut-être. Je veux absolument lui parler.

— Vu sa réaction hier, je ne pense pas qu'il ait envie de me revoir. Je te rappelle qu'il m'a insultée.

— Oui, il n'a pas l'air d'aimer les agrégées. Je me demande comment il a su que tu en étais une.

— C'était facile. À part les élèves passant leur épreuve du BAC, personne n'a le droit de se déplacer ainsi dans le temps. Seules les agrégées peuvent voyager vers le passé, il s'agissait donc d'une déduction évidente.

— En tout cas, ça n'avait pas l'air de lui faire plaisir.

Je lève les yeux au ciel. Comme si j'étais là pour faire plaisir à un garçon du futur !

Mais Andrea a beau s'agiter, nous ne croisons Antarès ni dans les bureaux ni dans la cour. Pas découragée pour autant, Andrea se renseigne et apprend d'un autre surveillant qu'il n'est pas venu travailler ce matin. Moi, ça me convient.

En revanche, Andrea s'inquiète.

— C'est ta faute. Tu lui as fait peur. Il t'a prise pour une George.

Qu'il me craigne et m'évite, c'est parfait. Je serais ravie de ne pas avoir à le croiser trop souvent. J'espère même qu'il ne viendra plus au lycée. Il s'agirait d'une excellente chose.

À la fin de l'heure de cours, nous changeons de salle pour aller en français. Derrière moi, Andrea ne cesse de se retourner dans l'espoir d'apercevoir Antarès.

— Peut-être qu'il était en retard ce matin... Peut-être qu'il est arrivé, maintenant...

— Peu importe. Tu ne dois pas manquer les cours. Le bac est un examen important.

— Tu es mal placée pour me donner des leçons, rétorque-t-elle. Je te rappelle que tu es en train de sécher tous les cours de ton lycée en 2188.

D'un coup, je visualise mon ancien établissement, tellement plus agréable que celui d'Andrea. Je repense à ma vie d'avant et ça me fait de la peine. Mais je me ressaisis :

— Ce n'est plus mon lycée.

Et j'entre dans la salle de classe.

Le cours de français est donné par une charmante vieille femme aux cheveux gris. Les élèves terminent l'étude d'un roman du Moyen Âge central intitulé *L'éducation sentimentale*. Cela raconte l'histoire de Frédéric, un étudiant un peu paresseux qui espère mener une vie agréable avec de l'argent qu'il n'a pas gagné. Sur un bateau fonctionnant à l'énergie fossile, il ne s'inquiète pas pour la pollution causée par la combustion du charbon, mais tombe amoureux d'une femme qui pourtant ne fait pas attention à lui. Cette femme est éblouissante, et je ne comprends pas comment c'est possible, puisque de nombreuses couleurs de peau existent chez les humains, du plus clair au plus foncé, mais le phosphorescent n'en fait pas partie.

Par la suite, Frédéric passe beaucoup de temps à essayer de croiser de nouveau cette femme, mais ne lui parle presque jamais. Malgré tout, il pense tout le temps à elle.

Et là, j'ai un flash.

C'est mon histoire !

Moi aussi je pense tout le temps à Pierrick. Moi aussi j'ai l'impression qu'il est un être inaccessible. Et moi aussi je suis prête à tout pour qu'il m'aime en retour !

La professeure explique alors le mot « cristallisation », et je comprends que, si la femme du roman est éblouissante, c'est de façon imagée, aux yeux de Frédéric. C'est exactement ça !

C'est décidé. *L'éducation sentimentale* est désormais mon roman préféré. Frédéric, c'est moi. Je sais, il s'agit d'un garçon, mais je découvre à cette occasion que je suis capable de m'identifier à un individu de sexe mâle.

Je veux en savoir plus, lire toutes les pages de ce livre, même si elles sont nombreuses. Hélas, c'est déjà la fin du cours.

Encore bouleversée par ma découverte de ce roman, je suis Andrea dehors. Je crois qu'elle n'a pas tellement écouté le cours. Elle est toujours obsédée par Antarès :

— Il faut le trouver, déclare-t-elle.

— Je ne vois pas pourquoi. On s'en branle.

J'en ai profité pour expérimenter une nouvelle expression locale. Puisque cette époque est maintenant la mienne, autant travailler l'étendue de mon vocabulaire.

— Tu peux arrêter de faire ta médiévale ? s'agace Andrea. Parle normalement.

Je suis un peu déçue. Ai-je un accent ? Est-ce cela qui la gêne ? J'insiste :

— Antarès est chelou, laisse tomber.

— Et moi, je te dis qu'il a besoin de nous !

Elle me crie presque dessus. Je décide de modérer l'emploi de tournures médiévales. Cela semble l'irriter. De toute façon, cet effort permanent est épuisant. Je vais faire une petite pause et reprendre un langage qui m'est plus naturel.

— Pourquoi penses-tu que ce garçon souhaite notre compagnie ? J'ai plutôt eu le sentiment inverse.

— Réfléchis. Il est exactement comme toi, il y a un an. Il est perdu à une époque qui n'est pas la sienne, et il ne connaît personne. Tu imagines que c'est facile ?

Sur le principe, j'avoue qu'Andrea n'a pas tort. Je n'y avais pas pensé.

Dans les faits, j'ai plutôt le sentiment qu'Antarès s'est très bien adapté tout seul. Après tout, il a réussi à trouver des faux papiers, et un travail. Ce n'est pas rien. Cependant, mon amie ne me laisse pas le temps d'exprimer ce point de vue.

— J'ai besoin de ton aide, déclare-t-elle.

— Si c'est pour te permettre de retrouver la trace d'Antarès, ne compte pas sur moi.

— Si tu refuses, je te mets à la porte de chez nous !

Et elle me regarde d'un air aussi menaçant que possible. Elle tient donc tant que cela à revoir Antarès ?

Bien sûr, je ne suis pas dupe. Jamais elle ne me chasserait de sa maison. Mais, par amitié pour elle, je soupire et j'accepte.

— Que dois-je faire ?

— Je veux m'introduire dans le bureau du comptable. Fais diversion.

La façon dont elle me dévisage à ce moment-là ne me plaît pas du tout...

CHAPITRE 12

— Jusqu'à aujourd'hui, reprend Andrea en m'entraînant dans le bâtiment administratif, ton physique a plutôt été source de galères. Pour une fois, il va nous être utile.

Maintenant, je suis carrément inquiète. Qu'attend-elle de moi ?

— Ne fais pas cette tête, dit Andrea. C'est très simple. Tu vas draguer le comptable.

— Ah non ! Hors de question !

— Je croyais que les hommes ne te faisaient plus peur, dit-elle pour me mettre au défi.

Piquée, je redresse la tête.

— Je n'ai pas peur. Ce n'est pas le problème.

— Alors fonce. Le voilà ! Tu attends qu'il ouvre sa porte puis tu te lances.

Aussitôt, Andrea s'éclipse, me laissant seule face à un homme un peu vieux, de constitution chétive, avec des cheveux longs attachés par un élastique. C'est lui que je dois draguer. Je réprime difficilement une grimace de dégoût.

Bien obligée pourtant, j'observe plus attentivement ma cible. Je pensais jusqu'alors que les hommes feraient mieux de laisser pousser leurs cheveux pour adoucir leurs traits mais, en voyant le résultat sur celui-là, je modifie mon opinion.

À part ce détail, il n'a pas l'air méchant. Il met la clé dans la serrure et ouvre la porte. C'est le moment.

Je m'avance vers lui, prête à agir. Après tout, c'est l'occasion de tester mon pouvoir de séduction. J'en suis capable, je veux y croire. Il se retourne vers moi, l'air interrogateur. J'ouvre la bouche pour commencer mon opération charme et conquête...

Mais là, j'ai un blanc.

Parfois je me sens stupide. C'est comme si je n'avais pas la bonne grammaire. Maîtriser le vocabulaire ne suffit pas. C'est un ensemble de pratiques que je ne possède pas encore. Comment les femmes draguent-elles les hommes ? Au fond, je l'ignore. Je me sens démunie.

Jetant un coup d'œil par-dessus l'épaule du comptable, je ne vois plus Andrea. Elle s'est faufilée dans le bureau. Il faut que je lui laisse le temps de chercher. Je m'adresse à nouveau à ma cible.

Dois-je lui dire qu'il est beau ? Lui proposer un rendez-vous pour le soir ? Sourire ou avoir l'air sérieux ? Montrer une partie de mon corps dénudée ? Oui, mais laquelle ? J'hésite.

— Je peux vous aider, mademoiselle ? s'impatiente le comptable.

Comme je ne sais pas quoi répondre, je décide de lui envoyer un message non verbal le plus ambivalent possible pour qu'il puissc y lirc lc sous-texte adéquat.

Je lui fais un clin d'œil.

Si je ne me trompe pas, cet homme devrait aussitôt succomber à mon charme.

Bizarrement, ce n'est pas ce qui se passe.

— Écoutez, je n'ai pas que ça à faire. Si vous avez un problème, adressez-vous à madame Ragon.

C'est donc que ma parade amoureuse n'a pas été assez explicite. Je suis inquiète car Andrea n'est toujours pas sortie du bureau. Je dois à tout prix le retenir encore.

Hélas, je ne connais pas grand-chose aux rites nuptiaux chez l'humain. Ma seule référence concerne les animaux. Mais il y a sûrement des points communs ! Je décide de m'en inspirer.

Je secoue mes cheveux, rejette les épaules en arrière et cambre la taille. Puis je pose ma main droite dans le dos du comptable, et de la main gauche, je l'entraîne dans une valse langoureuse. Il n'y a pas de musique, mais j'y remédie en chantant.

— Qu'est-ce que vous faites ? s'exclame mon partenaire, abasourdi.

Il tente d'interrompre notre étreinte, mais je ne lui laisse pas l'occasion de se dégager. Ce n'est pas difficile car il m'arrive à peine à l'épaule. Je le tiens fermement contre moi et je tourne, je virevolte. Je pense aux libellules qui volent près de l'étang, non loin de chez moi, unies deux par deux, en forme de cœur. Comme elles, j'évolue avec grâce dans le couloir, même si cet homme n'a pas le sens du rythme. Ou peut-être qu'il n'apprécie pas mon initiative ? Cela doit être ça car cette fois, il parvient à me repousser, mécontent.

— Je n'apprécie pas votre plaisanterie ! me reproche-t-il.

Préoccupée à l'idée qu'Andrea se fasse surprendre, je jette un coup d'œil derrière le comptable. Heureusement, mon amie est sortie du bureau à temps. Elle est en train de me regarder, l'air interloqué. La valse était-elle inappropriée ?

Heureusement, quand le comptable, fâché, fait volte-face et retourne dans son bureau, il ne se doute de rien.

— C'est bon, dit Andrea en m'entraînant rapidement dans la cour.

— Tant mieux. Il dansait très mal. Qu'est-ce que tu voulais exactement ?

— Antarès est employé par le lycée, m'explique-t-elle. Qui dit employé dit salaire. Qui dit salaire dit fiche de paye avec son adresse marquée dessus. J'ai trouvé en deux minutes.

— C'est un projet ridicule. Je n'aurais pas dû t'aider.

— Trop tard, tu l'as fait. Antarès habite dans le bas de la ville. On va y aller.

— Pourquoi t'obstines-tu ? Ce garçon ne va te causer que des problèmes !

— Tu sais quoi? me répond-elle avec un petit air narquois. C'est exactement ce que je me suis dit quand je t'ai rencontrée.

Ce n'est pas très gentil de sa part.

Une demi-heure plus tard, nous sommes devant un immeuble de plusieurs étages. C'est un vieux bâtiment qui date peut-être même du Moyen Âge central. Les murs ne sont pas très droits, et un coup de peinture serait le bienvenu. Andrea essaie d'ouvrir la porte cochère, mais elle est protégée par un code à plusieurs chiffres. Heureusement, un habitant sort du bâtiment et nous en profitons pour entrer.

— Je ne sais pas à quel étage il habite, dit Andrea. Il faudrait demander à un voisin. Mais cette fois, je prends les choses en main. Tu es trop nulle pour draguer les mecs.

Là, je trouve qu'elle exagère. Quelle ingrate ! Ne lui ai-je pas permis de récupérer l'adresse d'Antarès ? Même si le comptable n'a pas apprécié ma technique, je veux lui prouver qu'elle a tort de mépriser mes capacités.

— Voilà quelqu'un, dis-je. Laisse-moi faire.

C'est une vieille dame en chaussons, elle traîne les pieds à chaque pas. Je me demande quel âge elle a. L'espérance de vie au Moyen Âge n'est pas très longue.

Je m'avance vers elle.

— Bonjour madame, dis-je en souriant. Nous cherchons un garçon, grand, maigre, cheveux noirs, teint pâle, et pas bavard du tout.

— Le jeune homme qui loue une chambre sous les toits ? C'est au dernier étage, la porte à droite au bout du couloir.

— Merci madame.

— Je vous en prie, mademoiselle.

La vieille dame va chercher son courrier. Je lance un regard fier à Andrea.

— Tu vois bien que je sais draguer !

— C'était une mamie, se moque Andrea.

C'est exact, mais tout de même, il me semble que je m'en suis bien sortie. Je tiens à le souligner :

— Je ne suis peut-être pas encore au point avec les hommes, en revanche je sais très bien draguer les vieilles femmes. Moi, je trouve que c'est un brillant début.

— C'est pas faux, reconnaît Andrea, amusée.

Nous montons les escaliers. Au dernier étage, Andrea frappe à la porte de droite. Pas de réponse. Elle insiste. Je tends l'oreille. J'ai entendu du bruit à l'intérieur. Je chuchote :

— Il est là. J'en suis sûre.

Dans la porte est incrusté un œilleton pour regarder sur le palier. Je devine Antarès immobile juste derrière, tendu, agressif. Ça ne me plaît pas du tout. Je savais bien qu'il n'apprécierait pas notre visite !

— Allons-nous-en.

— Non, répond-elle.

Et elle frappe à nouveau, plus fort cette fois.

Moi, je suis inquiète. Antarès se méfie de moi. Il me prend pour une agrégée diplômée, une envoyée des Autorités. Cela fait de nous ses ennemies, forcément. Pour se protéger, il est sûrement capable de tout.

— N'insiste pas, dis-je à Andrea. C'est trop dangereux.

Je tire mon amie vers l'escalier mais elle résiste.

— Ne raconte pas de conneries, proteste-t-elle.

Et cette fois, elle tambourine carrément contre la porte.

— Antarès, c'est moi, Andrea. Ouvre !

Mais alors que je réfléchis à un argument pour la convaincre de renoncer, la porte s'entrouvre doucement. Antarès apparaît dans l'entrebâillement. Il me dévisage longuement, d'un regard inexpressif.

— Entrez, dit-il sur un ton neutre qui me fait froid dans le dos.

Aussitôt, mon instinct me dicte de m'enfuir. Pourquoi accepte-t-il de nous laisser pénétrer chez lui ? Ce comportement amical est des plus suspects. C'est forcément un piège. Il veut nous attirer à l'intérieur pour mieux se débarrasser de nous. Je crie pour mettre en garde Andrea :

— N'y va pas ! Tu risques ta vie !

— Tu es vraiment parano, me répond-elle.

Et elle entre chez Antarès sans hésiter.

Est-elle idiote ou est-ce moi qui me trompe ? Antarès est-il vraiment un danger ou, au contraire, un être humain trop seul, qui a besoin d'amis ? Je m'y perds. Depuis que je vis au Moyen Âge, je suis consciente de me tromper parfois sur les gens, en particulier sur les hommes. Cette fois encore, ne devrais-je pas faire confiance à Andrea ? Elle connaît mieux le sujet que moi…

Prudemment, je la suis dans l'appartement.

Je regarde autour de moi, aux aguets. Le logement d'Antarès est composé d'une seule pièce, avec un coin pour faire la cuisine et un simple matelas posé à même le sol. Il n'y a presque rien ici, à part quelques livres et des emballages de nourriture. Pas vraiment de fenêtre, seulement un vasistas qui s'ouvre sur le ciel. Ce n'est ni confortable ni accueillant. Un abri plus qu'une maison.

Malgré l'inconfort des lieux, je reconnais tout de même qu'Antarès ne s'est pas mal débrouillé. Je suis bien placée pour savoir qu'il est difficile d'arriver à une époque inconnue et de s'y adapter. Lui a réussi à se procurer une fausse identité, un travail, un logement. Cela dénote une certaine forme d'intelligence, ou au moins un sens pratique développé.

Mais je ne prends pas le risque d'observer les lieux trop longtemps. Ce serait imprudent de quitter Antarès des yeux. Il pourrait saisir un couteau sur l'évier, ou n'importe quelle autre arme dissimulée dans un recoin de la pièce.

Pourtant, même si c'est toujours de la haine que je lis dans ses yeux, il ne semble pas vouloir m'agresser, du moins dans l'immédiat. Il se contente de m'interpeller :

— Que veux-tu ? Me ramener à l'époque moderne pour me livrer aux Autorités ?

C'est sûrement ce que ferait une agrégée comme George. Ma position est très différente, mais comment le lui expliquer ?

— Tu ne pourras pas me contraindre, reprend-il durement. On ne peut pas faire voyager quelqu'un qui n'en a pas la volonté.

— Ce n'est pas mon intention.

— Tu préfères m'achever ici même ? Comme tu veux. Vas-y. Peu m'importe.

Et il reste là, les bras légèrement écartés, comme s'il s'attendait à ce que je l'assassine sur-le-champ.

— Ne t'inquiète pas, intervient Andrea. On te l'a dit, on est de ton côté.

Cette fois, Antarès se tourne vers Andrea. Avec elle, il emploie un ton moins agressif.

— Tu ne sais pas de quoi tu parles. Cette fille est dangereuse.

— Non, je t'assure, répond Andrea. D'abord, malgré son caractère un peu pénible, elle est sympa. Et en plus, elle n'est pas vraiment agrégée.

Antarès est déconcerté :

— Tu sais ce qu'est une agrégée ?

— Je connais Pénélope. Je sais d'où elle vient.

Antarès dévisage Andrea, l'air perdu.

— Comment pourrais-tu le savoir ?

— Je t'explique. Moi, je suis une fille normale. Enfin, je veux dire, une fille d'aujourd'hui.

— Je sais ça... C'est évident, tu n'as rien à voir avec quelqu'un qui... quelqu'un comme Pénélope.

— Tu peux aller au bout de ta phrase, l'encourage Andrea. Quelqu'un qui vient du futur.

Antarès nous observe, désorienté.

— Qui êtes-vous exactement, toutes les deux ?

Andrea se tourne vers moi et sourit légèrement.

— Pénélope est née le 2 juin 2171. Moi, je suis née le 14 mars 2003. Nous sommes amies depuis à peu près un an. Et toi ?

Antarès se décide enfin à avouer :

— Je suis né le 15 juillet 2170.

CHAPITRE 13

J'avais beau le savoir, ces mots résonnent dans ma tête et me font mal. 2170. À un an près, Antarès est né en même temps que moi. Cela me met mal à l'aise. Il le voit et insiste :

— Nous sommes pareils, toi et moi. Des humains du futur.

Je ne peux pas laisser passer une telle contre-vérité. Je le reprends avec brusquerie :

— Bien sûr que non. Je n'ai rien à voir avec toi. Moi, je suis née de façon légale. Je suis issue des gamètes de ma mère et de ceux d'une donneuse, comme tout le monde.

Je sens sur moi le regard désapprobateur d'Andrea, et l'idée que je me montre injuste me vient à l'esprit... Mais mon indignation reprend rapidement le dessus. J'insiste avec mépris :

— XX plus XX donne forcément XX. Un bébé fille,

cent pour cent X. Toi, tu n'es qu'un garçon. Tu as un Y quelque part. Ça veut dire que tu n'as pas été conçu normalement.

— Normalement ? ironise-t-il. C'est quoi, « normalement » ?

— « Normalement », c'est comme je viens de le décrire. Dans un laboratoire agréé, avec des gamètes validés par les biologistes.

— En d'autres temps, « normalement » signifiait autre chose. Demande à Andrea.

Et il me regarde d'un air narquois. Je trouve cela insupportable.

— Ne me prends pas pour une idiote. Je sais parfaitement comment les bébés étaient conçus au Moyen Âge. Je tiens juste à te rappeler qu'il s'agit d'une méthode obsolète.

— C'est pourtant cette méthode-là que ma mère a employée, à peu de chose près. Je suis issu de la rencontre entre un ovule et un spermatozoïde.

Il a dit ça avec fierté. Moi je trouve cette idée vraiment répugnante. Comment sa mère a-t-elle pu faire une chose pareille ? Elle doit être folle.

— Et où les a-t-elle trouvés, ces spermatozoïdes ? Ça ne court pas les rues !

— Comme si tu l'ignorais, répond Antarès, provocant. Tu ne peux pas être naïve à ce point. Tu sais forcément ce qui se dit.

C'est vrai, j'ai une petite idée sur la façon dont cela a pu se passer. J'avais entendu une rumeur à ce sujet. Et puis c'est la seule explication possible. J'avance donc cette hypothèse :

— Ta mère a eu accès à des gamètes mâles congelés.

— Exactement, confirme fièrement Antarès. Le reste s'est fait tout seul.

Il voit bien que ça me choque et il me nargue. Mon instinct ne m'avait pas trompée. Il est détestable.

— Et comment ta mère a-t-elle fait, une fois enceinte ? Elle a forcément dû cacher sa grossesse !

— Elle s'est débrouillée, répond-il comme s'il n'y avait là rien d'insurmontable.

— C'est impossible. Elle n'a pas pu s'inscrire dans une maternité. Elle n'a pas pu te déclarer à l'état civil. Tu n'avais pas le droit d'exister.

— Et pourtant, je suis là, bien vivant.

Il garde la tête haute, sans honte. J'ai envie de le gifler.

— Pénélope, intervient Andrea, tu ne peux pas reprocher à Antarès d'exister.

— Mais enfin, tu réalises ? Un bébé conçu avec des spermatozoïdes, c'est une aberration !

— Je te rappelle que moi aussi, je suis née comme ça, réplique Andrea.

Décidément, tout le monde se ligue contre moi. Je serre les dents et je lâche :

— Je ferais mieux de rentrer à l'époque moderne pour le dénoncer aux Autorités !

Bien sûr, je ne le pense pas vraiment, puisque j'aurais de gros ennuis si je retournais là-bas, mais je veux lui faire peur.

— Pas de problème, rétorque simplement Antarès. De toute façon, je m'en fous. Ma vie est déjà finie. Dans quelques mois, je serai mort.

Un instant, je me demande ce qu'il veut dire. Je suis déconcertée. Peut-être fait-il allusion à la grippe masculine ? Pourtant, c'est absurde...

À mon époque, tout le monde connaît les dates clés de l'histoire du monde. Trois mille cinq cents ans avant notre ère, invention de l'écriture. 476, chute de l'Empire romain et fin de l'Antiquité. 2019, début de la Renaissance. Antarès a beau être un garçon, il ne peut pas les ignorer. Or nous sommes en 2020. N'a-t-il pas remarqué que la Grande Grippe n'est pas apparue ? Comment peut-il croire que la Renaissance va encore survenir ? Comme si l'histoire pouvait avoir un an de retard !

— Calme-toi, dis-je en levant les yeux au ciel. Personne ici ne va mourir.

— Les hommes vont tous mourir, insiste-t-il. Les premiers signes annonçant la grippe masculine ne sauraient tarder.

— Non, renchérit Andrea d'un ton amical. La grippe masculine n'existera jamais.

— Bien sûr que si, affirme Antarès. C'est imminent. Nous sommes déjà en mai 2020. Le virus a sûrement fait ses premières victimes. Les journaux n'en ont pas encore parlé mais c'est une question de jours.

Je secoue la tête. Décidément, quel idiot. Je vais devoir tout lui expliquer.

— Andrea et moi avons modifié l'avenir. La Renaissance n'aura pas lieu.

Il me regarde d'un air incrédule. Je m'arme de patience pour clarifier la situation. J'espère qu'il a les capacités intellectuelles suffisantes afin que nous n'y passions pas des heures.

— C'était l'an dernier, la première fois que je suis venue au Moyen Âge. Je te passe les détails mais, en gros, nous avons réorienté le cours de l'histoire.

— Nous avons fourni les informations nécessaires aux chercheurs pour qu'ils éradiquent la grippe avant même qu'elle ne fasse des morts, précise Andrea.

— C'est impossible, rétorque Antarès. Personne ne peut changer le fil du temps.

— Si. La preuve, les hommes sont toujours en excellente santé. Regarde autour de toi. Ça se voit, non ?

Comme Antarès fait une drôle de tête, Andrea prend la peine de lui expliquer en détail comment nous sommes parvenues à communiquer un échantillon de mon sang à un médecin afin que des recherches soient entreprises.

Lentement, Antarès semble enfin saisir que nous avons agi à temps pour empêcher la Grande Grippe d'éradiquer les hommes.

— Alors, je vais vivre ? demande-t-il, l'air égaré.

Sa rapidité de compréhension laisse vraiment à désirer. Je soupire avant de confirmer :

— Si tu évites de sauter d'un avion sans parachute, oui.

Il ne dit plus rien. Abasourdi, il répète seulement, dans un murmure :

— Je vais vivre...

Après cela, il reste muet. Il regarde dans le vide comme si son cerveau avait disjoncté. On dirait qu'il a oublié notre présence. La nouvelle lui a fait un choc, et je me demande s'il sera capable de le surmonter. Notre révélation a-t-elle endommagé ses connexions neuronales ? Je me penche vers Andrea et je murmure :

— Je crois qu'il va faire un malaise. Peut-être faudrait-il lui proposer un verre d'eau ?

Mais mon amie me fait signe de laisser Antarès tranquille.

Je suis surprise qu'elle ne relance pas l'échange avec lui, l'assaillant de questions sur son histoire, sa résistance au virus et son voyage vers le Moyen Âge. Cette retenue ne lui ressemble pas.

Elle reste là, regardant le garçon du futur en silence. Je crois qu'elle est touchée par sa détresse.

Quand nous regagnons la rue, je constate que je ne me suis pas trompée. Elle est encore bouleversée.

— Tu te rends compte ? me confie-t-elle. Antarès pensait qu'il allait mourir ! Ça devait être horrible pour lui... Savoir que la mort est là, tout près, et qu'elle peut frapper à chaque instant !

Puis elle ajoute :

— Moi, j'ai tellement peur de ça...

Elle se tait et d'un coup, je comprends pourquoi l'histoire d'Antarès l'affecte autant.

Je me rappelle mon étonnement en arrivant ici, l'an dernier. J'avais du mal à imaginer qu'une famille puisse ne se composer que d'un père et de ses enfants. J'ignorais alors tout de la disparition de la mère d'Andrea. Kidnappée un dimanche matin, alors que Pierrick n'avait que huit ans, Andrea six ans, et que Tiago n'était encore qu'un bébé. Puis, sans doute, tuée. Andrea a grandi ainsi, accablée par le poids de ce terrible drame.

Bien sûr qu'elle a peur de la mort. Bien sûr que, dans ces conditions, l'histoire d'Antarès la bouleverse. Lui a grandi avec la mort qui menaçait, depuis toujours. Elle a grandi avec la mort qui a déjà frappé.

Je passe mon bras autour de ses épaules pour tenter de la réconforter. Nous rentrons à la maison, sans rien ajouter.

Quand nous poussons la porte, le père d'Andrea nous accueille d'un sourire. Il nous réchauffe le déjeuner et nous demande si tout se passe bien au lycée. Plus sérieux, il ajoute :

– N'oubliez pas que le bac de français approche !

Andrea acquiesce et quand nous avons fini de manger, elle prend un livre. Cela lui permet de faire bonne figure, mais je vois bien qu'elle a l'esprit ailleurs. Elle ne tourne même pas les pages.

De mon côté, je poursuis la lecture de *L'éducation sentimentale*. De temps à autre, je lève la tête dans l'espoir de voir Pierrick rentrer, mais pour l'instant il est toujours à l'université.

Je me concentre donc sur mon roman. Je pense qu'il est grand temps pour moi d'abandonner le *Guide du comportement médiéval* au profit des ouvrages de Gustave Flaubert.

C'est là que je comprends ! Je n'ai pas eu besoin de lire longtemps pour avoir cette révélation.

Le personnage principal, Frédéric, tombe amoureux de madame Arnoux, non parce qu'il discute longuement avec elle, ni parce qu'elle lui semble intelligente ou drôle. Non. Il l'aime… car il la trouve belle !

Comment ai-je pu ne pas y penser avant ? C'est la clé qui me manquait !

Je me lève, cherchant fébrilement un miroir. Je me souviens qu'il y en a un dans l'entrée. J'y vais aussitôt et j'entreprends de m'évaluer.

Jamais je n'ai douté de ma beauté. Elle m'a toujours semblé naturelle, évidente. Ma peau est régulière et douce, d'un teint hâlé qui devient doré quand il y a du soleil. Mes lèvres sont roses et mes dents blanches. Mes cheveux, soyeux et légers, tombent gracieusement sur mes épaules. Mon corps est tonique et souple. Toute ma personne respire la santé et l'équilibre.

Mais maintenant, je me demande... Est-ce cela, être belle ? Ces critères sont-ils bien ceux des médiévaux ? Peut-être que je devrais être blonde ? Il m'a semblé que cette teinte de cheveux avait un statut privilégié, ici. Peut-être que mon nez est trop épais... Peut-être que mes yeux devraient être bleus ?

L'idée qui me vient alors m'effraie plus encore. Peut-être que Pierrick trouve que je ne sens pas bon...

Je me sens mal, j'ai l'impression d'étouffer. Vite, j'ouvre la porte et je fais un pas dehors. Dans le petit jardin devant la maison, je respire longuement pour reprendre mes esprits.

Je suis désespérée. Si Pierrick me trouvait belle, il me l'aurait déjà dit... Il serait déjà amoureux de moi, comme Frédéric épris de Mme Arnoux au premier regard !

Un sifflement me sort de mon angoissante réflexion. C'est un garçon de mon âge qui passe dans la rue en me dévisageant. Je crois savoir que, par ce bruit, il exprime son admiration pour ma personne.

Il n'y a pas si longtemps, je me serais sentie agressée par un tel comportement. Mais aujourd'hui, c'est différent.

Si je me fie à l'avis de ce garçon, je suis donc belle. C'est également ce que les différentes réactions lors de mon premier séjour au Moyen Âge laissaient penser. Je n'aurais pas dû en douter.

Mais je crois qu'en réalité, les choses sont plus complexes que ça. La beauté ne suffit pas.

Il y a aussi les accessoires.

En effet, d'après ce que j'ai pu constater, la façon de se vêtir compte beaucoup au Moyen Âge. C'est sur ce point que je dois travailler.

C'est ainsi que, de retour dans le salon, je demande à Andrea :

— Pourrions-nous aller faire des achats, cet après-midi ?

Pour être plus convaincante, je reformule de façon médiévale :

— J'ai trop envie d'aller faire du shopping. Tu kiffes ma proposition ?

— Tu recommences à parler médiéval ? demande-t-elle en retenant un fou rire.

— Je m'assimile.

— Je vois ça. Et donc, tu veux aller faire les magasins. Tu as besoin de quelque chose ?

— Grave. Une masse de trucs.

— Sérieux, Pénélope... Tu n'es pas obligée de parler comme ça !

— Tu devrais plutôt m'encourager. Je fais des efforts pour m'intégrer.

— Ça te va pas du tout, s'esclaffe-t-elle.

J'hésite sur la façon d'énoncer ma réponse. Les expressions locales pour exprimer l'indifférence sont nombreuses. Laquelle choisir ? Je m'en branle, je m'en bats les... Les quoi, déjà ? La fin de cette expression-là m'échappe. Qu'importe, j'opte pour celle qui me semble la plus usitée :

— Je m'en fous. L'essentiel est que je sois comme tous les autres jeunes.

Elle hausse les épaules en souriant.

— Si ça peut te faire plaisir. Et pour le shopping, c'est d'accord. De toute façon, j'arrive pas à réviser.

Je ne suis pas mécontente de mon échange avec Andrea. J'estime avoir assez bien maîtrisé la langue de l'époque et après quelques achats, je serai tout à fait au point.

Je veux devenir une championne de l'intégration au Moyen Âge.

Je me demande si Pierrick nous conduira en voiture, comme l'an dernier. Sur ce point, je suis très partagée. D'un côté, j'espère que oui, de l'autre, je souhaite que non. Le désir et la peur sont mêlés en moi. Cette ambivalence est visiblement un symptôme récurrent des sentiments amoureux. C'est un peu pénible.

Mais Pierrick n'étant toujours pas rentré, Andrea s'adresse à son père.

— Papa, demande-t-elle, on a quelques courses à faire. Tu es d'accord ?

— Vous n'avez pas révisé très longtemps, fait-il remarquer avec réprobation.

— Justement, il nous manque un bouquin. On reprendra les révisions après, promis.

Le père d'Andrea est un peu sceptique, mais il cède.

— Je vous dépose.

— Ou plutôt, propose Andrea, on fait de la conduite accompagnée. Ça fera quelques kilomètres de plus sur mon livret.

— Tu es sûre ? objecte-t-il, un peu mal à l'aise. La dernière fois, tu voulais abandonner.

— Mais non, prétend Andrea. J'en avais marre, c'est tout. Tu es énervant en moniteur d'auto-école. Mais aujourd'hui, c'est bon, je suis remotivée.

Ai-je bien compris ? Est-ce Andrea qui va conduire la voiture ? Je ne sais pas pourquoi, cette idée me déplaît... D'ailleurs, je ne pense pas me tromper en affirmant que c'est également le cas de son père...

C'est pourtant bien Andrea qui s'installe au volant, son père à côté d'elle. Nerveuse, je m'assieds à l'arrière. J'ai un mauvais pressentiment.

– Attache bien ta ceinture, me rappelle le père d'Andrea.

Cela sonne à mes oreilles comme un avertissement. La ceinture de sécurité est un accessoire indispensable au Moyen Âge car les accidents de la route sont très nombreux. Cela n'empêche pas les médiévaux de continuer à utiliser ce moyen de transport, comme s'ils se pensaient immortels.

Les minutes qui suivent sont terribles. Même le père d'Andrea est crispé. À chaque carrefour, je le vois s'accrocher à la poignée de la portière et rentrer la tête dans ses épaules. Moi non plus, je n'en mène pas large.

Andrea a beaucoup de qualités, mais aucun talent pour manœuvrer une voiture. Elle s'arrête quand il faudrait avancer, avance quand il faudrait ralentir et manque de faucher plusieurs passants. Son père lui lance de nombreuses interjections : « Le rétroviseur ! » ou « Feu rouge ! » ou encore « Priorité à droite ! », auxquelles Andrea répond : « J'ai vu » et « Pas de problème ». Le pire, c'est qu'elle est aussi détendue que nous sommes nerveux. J'en ai des sueurs froides. Je me cramponne et je finis par fermer les yeux. Très fort.

Puis le moteur se tait. Je dois être vivante car j'entends la voix satisfaite d'Andrea :

— Et voilà ! Je me gare de mieux en mieux, non ?

— Si si, répond son père.

Je rouvre les yeux et constate que nous sommes arrivés. Le père d'Andrea semble épuisé. Comme je le comprends.

— À plus ! lance Andrea avec bonne humeur. Et t'inquiète pas, on rentrera en bus !

Nous descendons toutes les deux de voiture et marchons vers l'entrée du centre commercial. Le trajet a été éprouvant, mais cela en valait la peine. Je retrouve cet endroit qui m'avait tant impressionnée l'an dernier...

Quand les portes vitrées coulissent automatiquement pour nous laisser pénétrer dans cet espace dédié aux achats, je ressens un frisson de plaisir...

CHAPITRE 14

Le lieu est vaste et lumineux. Des escaliers mécaniques fonctionnant à l'électricité permettent d'accéder sans effort aux étages. Une petite musique est diffusée en sourdine, sans heurts. Ça sent bon le pain au chocolat encore chaud. Tout semble facile ici.

J'essaie de compter les magasins de vêtements qui s'alignent sous mes yeux dans une interminable perspective. Cinq… six… sept… Et je n'en ai qu'un aperçu limité ! C'est grisant. Il y a aussi des marchands de bijoux, des boutiques spécialisées en affaires de sport, des endroits où l'on ne vend que des sacs… Et chacun propose des dizaines et des dizaines de modèles. Quelle abondance ! Plus je le connais, plus j'aime le Moyen Âge. Je suis très excitée.

— De quoi tu as besoin ? me demande Andrea. Un nouveau jean ? Des baskets ? Un tee-shirt ?

— Non. Des chaussures à talons, du vernis à ongles et un soutien-gorge.

Andrea est interloquée.

— Tu détestes les talons. Tu trouves ça ridicule. Les soutiens-gorge aussi. Tu m'avais fait une crise quand j'avais voulu t'en acheter.

— J'ai changé d'avis. Je veux posséder ces objets.

Et sans lui laisser le temps d'argumenter, je me dirige vers un magasin de chaussures situé un peu plus loin, juste après un vendeur de protections multicolores pour les téléphones.

Dans la boutique de chaussures, je repère aussitôt une paire qui correspond parfaitement à ce que je cherche. Il s'agit de sandales à fines brides dorées, dont le talon mesure environ dix centimètres. J'ai un léger doute, soudain. Réussirai-je à marcher avec des chaussures pareilles ? Cela semble périlleux, mais c'est ce modèle que je veux. Je les essaie.

Andrea me regarde faire avec scepticisme.

Une fois debout, je manque de perdre l'équilibre. De tels talons vont me demander un peu d'entraînement. Non seulement c'est instable, mais ce n'est pas non plus très confortable. Les brides me blessent déjà au pied droit.

— Parfait, dis-je. Je les prends.

Andrea secoue la tête, affligée.

— Pénélope… tu n'es pas obligée de porter ça pour plaire à mon frère.

— Bien sûr que si. Je veux être belle.

— Tu es déjà belle. Plus belle que n'importe qui ici.

— Ce n'est pas assez. Sinon, Pierrick m'aimerait déjà. J'ai besoin d'accessoires.

— Même si ces accessoires te font mal ? Tu vas avoir des ampoules.

— Peu m'importe. Payons plutôt ces sandales. As-tu assez d'argent ?

Andrea regarde l'étiquette et acquiesce :

— Ça ira.

Nous passons à la caisse et je ressors de la boutique avec mes sandales aux pieds. Elles scintillent sous les spots du centre commercial. Je souris d'aise.

— Tu marches comme une autruche qui aurait un caillou coincé sous la patte, critique Andrea.

— Dans quelques minutes, je serai habituée. Trouvons un soutien-gorge, maintenant.

Je claudique pour m'enfoncer plus loin dans le centre commercial. Là-bas, j'aperçois ce que je cherche.

Même les sous-vêtements disposent de leur magasin dédié : une boutique entièrement consacrée aux culottes et aux soutiens-gorge. Par contre, il n'y a pas de chaussettes. J'en déduis que, dans la catégorie sous-vêtements, seuls les culottes et les soutiens-gorge sont considérés comme des accessoires de séduction. Pas les chaussettes, qui se trouvent ainsi reléguées dans des boutiques de seconde zone.

Pour ce qui est des soutiens-gorge, il y en a de toutes les couleurs et de tissus variés. Andrea m'entraîne vers le coin où sont exposées des brassières de sport, mais je pointe du doigt un tout autre modèle :

— C'est celui-là que je veux.

Il s'agit d'un soutien-gorge en dentelle fuchsia. Je manque de me tordre la cheville en avançant pour le prendre, je ne suis pas encore tout à fait habituée à mes sandales, mais je parviens à le saisir tout de même.

— Tu es sûre ? grimace Andrea.

— Certaine.

— Je suppose que tu ne connais pas ta taille, soupire-t-elle.

— Si. Un mètre et quatre-vingt-cinq centimètres.

— Non. Ta taille de soutien-gorge. Il y a le tour de poitrine et le bonnet.

— Quel bonnet ?

Je ne comprends pas le rapport. Nous sommes au printemps, pas en hiver ! Pourquoi veut-elle que j'achète un bonnet ? Voyant ma mine perplexe, Andrea lève les yeux au ciel.

— Laisse tomber. On va prendre celui-ci, celui-là et hop, tu essaies.

Après un rapide coup d'œil sur les étiquettes, Andrea a décroché du portant deux soutiens-gorge et me les tend. Je commence à retirer mon tee-shirt mais elle m'arrête aussitôt :

— Pas ici, tu es folle ! En cabine.

J'ai encore failli faire une gaffe. J'avais oublié que le Moyen Âge a des règles extrêmement strictes en ce qui concerne la nudité.

Cachée derrière un rideau, j'essaie le soutien-gorge. Attention, il ne faut pas me prendre pour une idiote. J'en ai déjà porté, plein de fois. C'est très utile quand on fait du sport. Mais les modèles médiévaux sont différents de ceux que je connais. Ici, les bretelles sont fines et ça tire un peu sur les épaules. L'ensemble manque d'élasticité et je me sens oppressée quand je referme les agrafes dans mon dos. De toute évidence, ce n'est pas le confort qui est recherché, sinon les fabricants auraient choisi du tissu molletonné. Celui-là gratte.

Mais ce qui m'intrigue le plus, ce sont les deux petits coussins amovibles qui sont glissés dans ce qu'on appelle les bonnets. À quoi servent ces coussinets ? Ils sont remplis de toutes petites billes, un peu comme le sac de frappe de Pierrick. Je les remets en place. Ça y est, je sais ! Ils sont là pour donner l'impression que les seins sont plus gros. Exactement comme la boîte de chocolats que j'ai vue hier dans la cuisine d'Andrea, qui était rembourrée de plastique pour donner l'impression qu'elle était pleine de confiseries, alors qu'en réalité elle était à moitié vide. Je suis prise d'un fou rire.

— Qu'est-ce qu'il y a ? me demande Andrea à travers le rideau.

— Rien, rien. Vous êtes des petits filous, vous, les gens du Moyen Âge.

J'en déduis donc qu'ici les gros seins valent mieux que les petits seins et je place définitivement les coussinets dans mon soutien-gorge. Avec ça, je serai parfaite.

Quelques minutes plus tard, nous nous arrêtons dans une boutique qui propose un véritable arc-en-ciel de vernis à ongles. Impossible de choisir une couleur tant elles sont toutes attirantes. À côté de moi, Andrea s'impatiente.

— Prends celui-là, dit-elle en pointant du doigt un vernis bleu acier. Il ne fait pas trop pétasse.

— C'est quoi, « pétasse » ?

— C'est toi si tu prends du vernis rouge. Parce que, avec les sandales dorées, ça serait le pompon.

Je suis un peu perdue. Sa réponse n'est pas claire et j'ignore si « pétasse » est un terme péjoratif ou mélioratif. Est-ce que ça veut dire qu'elle approuve finalement le vernis rouge ? Existe-t-il une hiérarchie dans les couleurs ? Le petit flacon de vernis bleu foncé dans une main et le rouge sang de l'autre, j'hésite.

— « Pétasse », c'est comme Nelly, si tu préfères.

Cette précision me renseigne enfin. Nelly, la fille blonde de la classe. Andrea la déteste. « Pétasse » est donc un terme insultant. Je vais essayer de m'en souvenir.

— D'accord. Va pour le vernis bleu. Et ça, qu'est-ce que c'est ?

J'ai saisi un petit tube qui se dévisse, laissant apparaître une minibrosse enduite d'une matière noire un peu gluante.

— Du mascara.

— Pour écrire ? Comme un stylo-plume ?

— Non, rétorque Andrea. Ouvre les yeux. Est-ce qu'on est dans une papeterie ?

Je regarde autour de moi et je vois toute une rangée de crayons. Cela me porte à croire que nous nous trouvons bien dans un magasin polyvalent qui vend également des fournitures scolaires, mais quelque chose me chiffonne. Ça n'est pas cohérent. Enfin, je comprends. C'est du maquillage ! De la même façon que les Égyptiens se mettaient du khôl autour des yeux, ou les courtisanes du Moyen Âge central se dessinaient des faux grains de beauté sur la joue, les femmes du Moyen Âge tardif ont des crayons pour se farder et mettent de la teinture sur leurs cils !

Comme pour confirmer mon intuition, je vois une cliente tester le mascara. C'est donc ça : une petite brosse non pour se laver les dents, mais pour se décorer les yeux !

Évidemment, je suis très intéressée. Je devine que, parmi les standards médiévaux, les longs cils noirs sont très prisés. Je repère également, juste à côté, une série de gros bâtons un peu mous qui sont sûrement du rouge à lèvres.

J'ai déjà vu des filles se maquiller dans les toilettes du lycée, mais je ne pensais pas qu'il y avait autant de matériel pour cela. Et plus j'avance dans la boutique, plus je découvre de choses intrigantes ! De petites boîtes contenant une palette de poudre irisée aux couleurs variées, des pinceaux de différentes formes et tailles, et tout un tas de choses dont j'ai du mal à identifier l'usage. Mais que c'est joli ! Enthousiaste, je m'apprête à faire des essais quand Andrea me prend par le bras.

— C'est bon, on va pas y passer la journée non plus.

Je l'observe. Sur ses cils, pas de mascara. Sur ses lèvres, pas de rouge brillant. Aucune trace de poudre irisée. Visiblement, je ne peux pas compter sur elle pour m'enseigner l'art de se maquiller. Pire, elle veut me freiner dans mon élan !

— Laisse-moi, dis-je en la repoussant. Je suis occupée.

Et je dévisse avec intérêt un petit pot de paillettes argentées. Très impolie, Andrea me l'arrache des mains et tente de me tirer hors du magasin, sous le regard désapprobateur de la vendeuse.

— Pénélope, tu ne vas quand même pas devenir ce genre de fille !

— Pourquoi pas ?

— Tu ne te rends pas compte ? Tu es en train de te faire manipuler ! Tu cèdes à cette pression débile qui pèse sur les filles en permanence ! Soyez belles, soyez minces ! Ayez de beaux cheveux brillants, une peau lisse, des jambes fines et longues !

Je hausse les épaules :

— Ça ne me dérange pas. Je suis déjà comme ça. J'essaie juste d'être encore mieux.

— Tu étais la première à te révolter contre ça ! L'an dernier, tu trouvais notre comportement ridicule. Tu étais une suffragette en croisade contre les diktats du Moyen Âge !

— Je vis ici, désormais. Je dois m'intégrer.

— Pour certaines choses, oui, mais pas pour les trucs stupides ! Il est où, ton esprit critique ?

J'avoue qu'Andrea n'a pas complètement tort. Il n'y a pas si longtemps, j'aurais refusé de me plier à ces coutumes d'un autre temps...

— Tes ancêtres se sont battues contre ça, ajoute Andrea sur un ton plein de reproches. Tu as oublié ?

Je suis contrariée. Je pense à ma grand-mère qui travaille au gouvernement et qui serait horrifiée de me voir attirée par des tubes de rouge à lèvres, qui plus est dans le but de plaire à un garçon.

Mais je ne suis plus une enfant. Je sais maintenant que la société dans laquelle j'ai grandi se trompe sur de nombreux points. Je pense aux mensonges qui ont bercé mon enfance. « Les hommes sont mauvais, les hommes ne méritent pas de vivre. Les hommes sont tous morts. » Je ne les supporte plus.

Moi je connais un homme qui mérite de vivre et je suis amoureuse de lui.

Alors je tiens bon. J'assume et j'affronte Andrea. De toute façon, elle m'agace quand elle joue les donneuses de leçons. Comme si une fille du futur n'était pas capable de comprendre comment fonctionne le Moyen Âge !

Sur le mur opposé sont disposés des dizaines de petits flacons en verre, aux formes variées et élaborées. Ma curiosité atteint son comble. Je traverse le magasin pour aller voir ça de plus près. Quelles merveilles le Moyen Âge a-t-il encore inventées ? Très vite, je comprends. Il s'agit de parfums ! Des dizaines de parfums différents ! Que dis-je, des centaines ! Certains évoquent la rose, d'autres le jasmin, un autre encore la cannelle...

Je me souviens alors du flacon de parfum chez Andrea, l'an dernier, et cela me paraît évident. Comme le maquillage et les vêtements, les odeurs artificielles sont essentielles au Moyen Âge. Sinon, cette boutique ne proposerait pas autant de fragrances différentes. Avec cela, je vais pouvoir acquérir la certitude que mon odeur est agréable pour Pierrick. Je n'en reviens pas. C'est une aubaine !

— Je veux du parfum.

— Du vernis à ongles, du mascara, du rouge à lèvres, et maintenant du parfum ? Tu crois vraiment que c'est ça qui compte pour plaire à mon frère ?

— Oui.

Andrea me regarde droit dans les yeux.

— C'est idiot.

— Donne-moi de l'argent.

J'essaie d'attraper son porte-monnaie mais elle m'en empêche.

— Non, lance-t-elle. C'est pour ton bien !

Et elle sort de la boutique. Sans elle et son argent, je ne peux rien faire. Un instant, je suis tentée de voler un flacon de parfum, mais la vendeuse me surveille. À regret, je m'en vais les mains vides, abandonnant également le petit pot de vernis bleu.

CHAPITRE 15

Quand je rejoins enfin Andrea, elle est déjà dehors.

L'air frais me surprend et je me rends compte que le vent a tourné au nord. Je me sens désorientée. Au milieu de toutes ces boutiques, j'ai perdu la notion du temps qui passe, un peu comme dans une bulle. Il me faut quelques secondes pour sentir de nouveau où est la Lune.

Il faut dire que, avec mes nouvelles chaussures, je dois me concentrer à chaque pas pour ne pas tomber. Cela me ralentit beaucoup et m'épuise. J'ai mal aux chevilles.

Je sens monter en moi une vague de déprime mais je la maîtrise. Pour une première approche, c'est déjà ça. J'ai échoué sur le parfum mais, au moins, j'ai des chaussures et un soutien-gorge adaptés à mon projet.

— On rentre, déclare Andrea sans s'arrêter.

Je n'arrive pas à suivre son rythme. Il y a du monde tout autour, des femmes, des enfants, mais aussi des hommes. Nombreux. Certains me regardent. Est-ce à cause de mes sandales ? D'un coup, je ne suis pas très à l'aise. Je ne sais plus où est l'arrêt de bus, j'ai peur de me perdre et je ne réussis pas à marcher plus vite.

– Attends-moi...

– Tes ballerines sont dans le sac plastique que tu tiens dans la main, répond-elle d'un ton moqueur. T'as qu'à les mettre.

– Non, je dois m'entraîner à marcher avec mes talons...

– C'est toi qui vois. Je te ferais juste remarquer qu'avec ces chaussures, tu es plus grande que Pierrick.

Cette remarque me laisse perplexe. Je comprends à l'intonation d'Andrea que cela n'est pas anodin, mais pourquoi ?

– Et alors ?

– Tu es une fille, répond-elle. Les filles doivent être plus petites que leur copain, ou à la rigueur de la même taille. Pas plus grandes.

Voilà une règle non dite que je n'avais pas appréhendée. Andrea précise :

– C'est la honte pour un mec de sortir avec une fille plus grande que lui.

Je trouve ça illogique. Je me demande si Andrea ne se trompe pas.

— Es-tu certaine de ce que tu affirmes ? D'après moi, un garçon devrait être heureux de sortir avec une fille de grande taille. Cela signifie qu'elle a été bien nourrie pendant sa croissance et qu'elle est donc en bonne santé.

— Tu es au Moyen Âge, je te rappelle. Ici, le garçon doit se montrer fort, courageux et capable de protéger la fille. Il doit donc être plus grand qu'elle.

Je réfléchis un instant, mais cette affirmation continue de me paraître absurde.

— C'est normal de vouloir protéger la personne dont on est épris. Sauf que moi aussi, je veux protéger Pierrick.

— C'est pas ton rôle, réplique Andrea. Si tu veux être une vraie médiévale, tu dois avoir envie d'être protégée par lui, pas l'inverse.

Tout cela me semble contradictoire.

— Si vous devez être petites pour séduire les hommes, pourquoi est-ce vous qui mettez des chaussures à talons ? Cela devrait être le contraire !

— Ne me demande pas pourquoi mes contemporains sont des idiots, rétorque Andrea. J'aurais trop de mal à te l'expliquer.

— Alors, que dois-je faire ? dis-je en regardant avec perplexité mes pieds chaussés de talons.

— Tu mets des baskets, comme moi.

Et Andrea repart d'un pas vif, indifférente à mes difficultés pour la suivre. Je me demande même si elle ne le fait pas exprès. Je sens la colère monter en moi. Pourquoi ne s'efforce-t-elle pas de me comprendre ? Je manque de me tordre la cheville pour la rattraper et je me place face à elle pour lui couper la route.

— Je crois que tu fais erreur. Il me semble que j'ai raison.

— De porter des chaussures comme ça ? Non.

— C'est toi qui t'obstines à rejeter les règles de ton époque, mais observe la vie tout autour de toi. Cela fonctionne ainsi. Le monde est fait pour les femmes qui portent des sandales à talons.

— Heureusement non. Le monde est fait pour les gens qui ont un cerveau, et porter des chaussures comme ça dénote un QI largement en dessous de la moyenne.

— Et ça alors ? C'est quoi ?

Je désigne une gigantesque publicité qui s'étale sur le mur du centre commercial. On y voit une femme à l'allure conquérante. Elle porte du rouge à lèvres. Du mascara. Du vernis à ongles. Des chaussures aux talons vertigineux. Comment Andrea peut-elle ignorer ces injonctions ? Au Moyen Âge, pour être une femme heureuse, il faut posséder ces attributs.

— C'est une pub, rétorque Andrea.

— Je sais bien. Comme ici.

Je lui montre une autre affiche qui se déroule sous nos yeux, dans un grand panneau lumineux. C'est un couple heureux qui sourit, un peu arrogant. Une fois encore, la femme arbore tous les accessoires nécessaires.

— ... Et là.

Une nouvelle publicité lui succède, se déroulant à son tour devant nous grâce à un petit moteur. De nouveau une femme. De nouveau du rouge à lèvres, du mascara, des talons.

— Ce sont les multinationales de la mode qui essaient de faire du chiffre d'affaires. Ça ne veut rien dire.

— Tu te trompes.

— Regarde-moi, ordonne Andrea. Est-ce que je porte des talons ? Non. Et ça ne m'empêche pas d'être heureuse.

— Tu es aussi nulle en code de la mode qu'en code de la route.

— Tu es mal placée pour me donner des leçons.

— Pour l'instant, je suis encore légèrement inadaptée à ton époque, mais au moins je fais des efforts. Alors que toi, tu n'en fais aucun !

— Je n'ai aucune envie de me plier à ces diktats débiles.

— Évidemment, puisque tu es asentimentale !

C'est sorti tout seul et je me rends compte immédiatement que je l'ai blessée.

— Pardon.

— Non, tu as raison, répond-elle d'une voix blanche. En fait, tu es plus douée que moi pour tout ça.

Je regrette d'avoir dit cela. Andrea a beau avoir l'air forte, toujours volontaire et battante, je sais qu'elle est plus complexe que cela... Très fragile, par moments. Mais il est trop tard, le mal est fait. Elle est triste, maintenant.

— C'est plutôt marrant, ajoute-t-elle avec un sourire amer. Tu viens d'un monde de femmes mais, finalement, tu es très vite tombée amoureuse d'un garçon. Alors que moi, je n'y arrive pas.

— Excuse-moi. Je n'aurais pas dû dire ça. C'était méchant.

— Non. C'était vrai. Il me manque une partie du cerveau. Celle qui sert à être insouciante, avoir plein d'amis, et un copain en prime.

— Peut-être que tu n'as pas de relations amoureuses, mais moi je trouve que tu es une excellente amie.

Je vois que cela lui fait plaisir, mais elle est trop pudique pour l'exprimer. Elle soupire.

— Allez, on bouge, dit-elle en se dirigeant vers l'arrêt de bus.

Je la suis, de nouveau confrontée à cette sensation étrange d'être perchée sur des chaussures si hautes.

— Tout le monde va te regarder, dans le bus, me fait remarquer Andrea. Ce sont pas des chaussures pour tous les jours.

— Tant mieux, dis-je en faisant un effort pour marcher le plus naturellement possible. Je veux être exceptionnelle.

— Tu pourrais remettre tes ballerines, au moins pour rentrer à la maison. Tu saignes, là, sur le côté.

— Tu me connais mal. Je ne vais pas abandonner pour si peu.

Nous approchons de l'arrêt de bus quand un homme nous barre la route. Je me méfie aussitôt. Il a le crâne rasé. Pas chauve, non. Volontairement débarrassé de ses cheveux. Je trouve cela déroutant. Il porte des petites lunettes rondes, et ses yeux de serpent me détaillent avec attention. Son sourire tente d'endormir mes soupçons.

Je sais que les hommes sont des êtres humains, mais je n'oublie pas qu'ils sont responsables de milliers d'agressions de par le monde. Je bande mes muscles, prête à bondir pour l'immobiliser, sauvant ainsi ma vie et celle d'Andrea. Mais serai-je capable de me battre, chaussée de mes sandales à talons ?

— Bonjour, dit-il d'un ton aimable.

Il est poli, et cela me rend encore plus suspicieuse. Quel mauvais coup prépare-t-il ? Je tire Andrea derrière moi pour la protéger. Elle est trop petite, elle ne saurait pas se défendre. Cela a l'effet escompté, l'homme ne regarde que moi.

— Je vous observe depuis quelques instants… Quel âge avez-vous ?

— Passez votre chemin, dis-je d'un ton menaçant.

— Dix-sept ans ? Dix-huit ans ? insiste-t-il.

— Nous n'avons pas envie de vous parler.

— Je vois ça. Vous mesurez combien ? Au moins un mètre quatre-vingts, non ?

— Je mesure ce que je veux. Laissez-moi tranquille.

— Attendez, je vous donne ma carte.

Il glisse sa main dans la poche intérieure de sa veste. Je recule un peu. Est-il armé ? Il me tend alors, non pas un pistolet, mais un petit bout de papier cartonné avec son nom et son numéro de téléphone.

— Je suis recruteur pour une agence de mannequins.

Ayant dit cela, l'homme attend ma réaction comme s'il avait prononcé un mot magique, mais je ne vois pas pourquoi. Un mannequin est une grande poupée en plastique qui sert à présenter les vêtements dans un magasin. Quel rapport avec moi ? Andrea repousse mon bras étendu devant elle pour faire bouclier et revient à mes côtés. Elle semble avoir compris.

— Merci, mais ça n'intéresse pas mon amie.

— Pas de problème, je ne force personne. On pourrait quand même en discuter ?

— Je viens de vous dire qu'elle ne veut pas devenir top-modèle, répète Andrea.

Top-modèle ? Ça, c'est différent, je connais la signification de ce terme ! C'est le métier de ces filles que l'on voit sur les affiches tout autour de nous.

Le recruteur continue de me dévisager avec intérêt.

— Vous avez un potentiel rare, me dit-il. Comment vous appelez-vous ?

Je le savais. Ce sont mes sandales dorées qui lui ont permis de me remarquer. La preuve qu'avec elles, je suis incroyablement attirante..

— Vous êtes sourd ? répond Andrea avec une certaine agressivité. Faire la potiche sur un podium ou se mettre à moitié nue pour vendre des conneries, c'est quelque chose qu'elle ne fera jamais !

J'interviens :

— Ça dépend. Serais-je rémunérée pour ma prestation ?

Andrea me regarde, choquée, comme si j'avais dit une vulgarité.

— Pénélope, tu ne vas pas vendre ton corps !

— Le vendre, non. J'en ai besoin. Mais le louer, pourquoi pas ?

— Tu es sérieuse ?

— Tu ne veux pas me payer du parfum. Il faut bien que je gagne de l'argent par moi-même.

Dans le bus qui nous ramène à la maison, je tiens précieusement la carte de l'homme au crâne rasé.

Je lui ai promis de me rendre à son bureau dès que possible.

Butée, Andrea fait la tête. Elle ne décoche pas un mot pendant tout le trajet.

— Tu vois, j'avais raison. Si tu portais des sandales dorées avec de hauts talons, peut-être que cet homme t'aurait sollicitée, toi aussi.

— Ce mec chasse les jolies filles, c'est son métier, réplique Andrea. Il t'aurait repérée même si tu avais été pieds nus.

— Tu te trompes. Je dois ma réussite à mes nouvelles chaussures, c'est évident. Comment peux-tu méconnaître à ce point les règles qui régissent ta propre époque ?

Par la vitre, je vois des affiches de publicité à chaque arrêt, et sur les murs des immeubles aussi. C'est comme si elles me criaient que j'ai raison de me conformer aux pratiques locales. Pourquoi Andrea s'entête-t-elle à les ignorer ?

Elle n'a jamais été amoureuse. Elle ne peut pas me comprendre.

CHAPITRE 16

Je passe presque toute la nuit à lire *L'éducation sentimentale*. C'est du travail. Il y a beaucoup de pages et je ne comprends pas tout. Frédéric perd un temps fou à réfléchir aux études qu'il veut entreprendre et à la façon de se faire des relations mondaines. Il ne voit pas souvent la femme qu'il aime.

Je l'avoue, je saute ces passages qui ne m'intéressent pas. Je veux me documenter sur les relations amoureuses, pas sur la façon de monter un plan de carrière.

Ma patience est enfin récompensée. Quelques pages avant la fin, je découvre une scène assez émouvante où Frédéric comprend que cette femme l'aimait en retour, et ce depuis le début. Tous les deux sont devenus vieux. Ils ont perdu de nombreuses années, mais le protagoniste ne semble pas le regretter plus que ça.

Moi, je décide de m'y prendre autrement.

Je vais faire comprendre à Pierrick que je l'aime, et sans attendre d'avoir des cheveux gris.

Au lever du jour, je repose le livre terminé et j'agis.

Comme la femme du roman, je coupe une mèche de ma chevelure.

Andrea dort encore et je sors discrètement de la chambre pour aller offrir mes cheveux à Pierrick en gage d'amour.

C'est vrai, je trouve cette pratique un peu bizarre. Une preuve de plus concernant l'obsession des médiévaux pour les poils et les cheveux. Bien sûr, s'il faut offrir une partie de son corps à l'être aimé pour preuve de ses sentiments, la mèche de cheveux est un choix judicieux. Offrir un morceau de ses poumons, pour dire « je ne respire que pour toi », ou un morceau de son estomac, pour dire « j'ai perdu l'appétit à cause de toi », ne serait pas très malin.

Un instant, je me demande si je n'aurais pas pu me contenter de me couper les ongles et d'en offrir un à Pierrick. Après tout, c'est joli aussi, un ongle. Ça a la forme d'une petite lune... Mais je décide de m'en tenir aux consignes de Gustave Flaubert. Mieux vaut ne pas me montrer créative dans un domaine où je suis novice.

J'avance donc dans le couloir, ma mèche de cheveux à la main. Ça y est, je suis devant la porte de Pierrick.

Je vais frapper, lui tendre mon présent, et il comprendra sans que j'aie besoin de parler. Pratique. Finalement, la communication entre les garçons et les filles est quelque chose de facile.

À l'arrêt devant la porte de Pierrick, je suis prise d'un mauvais pressentiment. Est-ce vraiment une bonne idée d'aller donner ma mèche de cheveux au garçon que j'aime ? Décryptera-t-il bien le sens de mon geste ? Andrea me dirait certainement que je fais n'importe quoi, mais qui a raison ? Mon amie, ou Flaubert ?

Je ne dois pas me laisser gagner par le trac. Je vais me montrer courageuse pour parvenir à mes fins. Je frappe à la porte.

Pierrick ouvre.

Je lui tends ma mèche de cheveux.

— C'est pour toi, dis-je.

Et j'attends sa réponse.

Qui ne vient pas. L'air perplexe, il tient mes cheveux comme s'il ne savait qu'en faire.

Un sentiment de gêne m'envahit. Une fois de plus, je me suis emmêlée les pinceaux avec les siècles.

Quand parviendrai-je à assimiler que les natifs du Moyen Âge tardif considèrent le Moyen Âge central comme une époque désuète ? Pour moi, toute la période précédant la Renaissance est un peu floue, mais pas pour eux !

Vite, je dois me sortir de cette situation embarrassante. Paniquée, j'improvise :

— C'est une tradition de chez moi.

— Super. Mais en quel honneur ?

Pourquoi me demande-t-il des précisions ? Ne pouvait-il pas se satisfaire de cette explication ?

— Ça correspond à... un porte-bonheur. Avant ton prochain combat de boxe.

Cette fois, il semble touché. Je souffle (discrètement) de soulagement.

— C'est gentil, sourit-il. Je dois en faire quoi, exactement ?

Pas de chance, il insiste. Que répondre ? Je cherche désespérément une idée quand je me souviens de ce que faisait ma mère pour que je me sente en forme, la veille d'un examen. Elle utilisait de la citronnelle et de la mélisse, mais je m'en inspire tout de même.

— Une infusion, dis-je.

— Pardon ? s'étrangle Pierrick.

Je m'enfonce, je le vois bien. Aussitôt, je fais du rétropédalage.

— Non, bien sûr. Je plaisante. Tu dois simplement les déposer dans un coin de ta chambre. De toute façon, les traditions sont souvent stupides.

— En tout cas, ça me fait plaisir que tu aies fait ça pour moi. Je te remercie.

Je bafouille que ce n'est rien, et je me sauve pour regagner la chambre voisine.

Je l'ai échappé belle. Un peu plus, et mon initiative se terminait en catastrophe. À l'avenir, il me faudra veiller à m'en tenir strictement aux comportements du vingt et unième siècle.

Tant que je n'aurai pas remédié à ces petites maladresses, les chaussures à talons resteront mon meilleur atout. Cependant, avant de pouvoir les porter à nouveau, il me faut effectuer quelques préparatifs, sinon je risque de passer une douloureuse journée. Sous le regard affligé d'Andrea, j'entreprends de protéger mes ampoules avec du sparadrap.

— Tu es sûre que tu veux porter ces chaussures pour aller au lycée ?

— Oui. Pourrais-je avoir un téléphone également ? Tous les jeunes de ton époque en possèdent un.

— Je vais voir ce que je peux faire. Mon père en a un vieux qu'il n'utilise plus, je crois.

— Pas trop ancien quand même, s'il te plaît. Je ne veux pas avoir l'air d'une fille du Moyen Âge central.

— Au Moyen Âge central, me rappelle Andrea, il n'y avait pas encore de téléphones. Encore moins de portables.

— Dans ce cas, j'accepte.

Je chausse mes sandales et je sors de la chambre, décidée. Andrea croit-elle que j'ai acheté ces chaussures pour qu'elles restent dans leur boîte ? Pourtant, je suis bien forcée de m'avouer que je ne me sens toujours pas très assurée sur ces talons. Ça tiraille muscles et tendons au niveau de la cheville.

Je porte également mon soutien-gorge neuf. C'est inconfortable mais je pense qu'il sera plus facile de m'habituer à cette gêne autour de mon thorax plutôt qu'à mes sandales haut perchées.

Prête à partir, j'attends Andrea devant la maison. Les volets du pavillon d'en face sont fermés. Si vraiment quelqu'un a emménagé là, il s'agit d'une personne discrète.

Andrea me rejoint. L'événement est notable : elle est prête à l'heure. Je sais pourquoi. Elle est impatiente de revoir Antarès. J'ai l'impression qu'elle pense à ce garçon en permanence.

Elle claque la porte derrière nous et avance vers le lycée d'un pas vif. Et évidemment, elle se met à parler de lui.

— Son histoire est quand même incroyable, dit-elle. Moi, je le trouve super-courageux.

Je n'ai pas envie de la contrarier, alors je grommelle une réponse inintelligible.

— J'arrive pas à imaginer sa vie quand il habitait

encore à ton époque, reprend-elle. Il devait se cacher en permanence, je suppose.

Elle continue de réfléchir tout haut.

— J'ai bien compris que les garçons ne sont pas censés exister dans le futur, mais est-ce que les femmes ont le droit de dire qu'elles le regrettent ? Qu'elles préféreraient un monde mixte ?

— Tu me demandes si la liberté d'expression existe à l'époque moderne ?

Mon époque d'origine n'est pas parfaite, mais ce n'est pas non plus l'enfer !

— Oui, insiste Andrea. Les opposantes sont pourchassées et incarcérées, non ?

— J'ai grandi dans une démocratie, figure-toi.

— Alors il y a des élections ?

Comme si la réponse n'était pas évidente.

— Évidemment.

— Et il y a un parti qui critique les Autorités ?

— Bien sûr. Le RPD.

Je ne suis pas certaine qu'Andrea comprenne bien comment fonctionne une démocratie. J'essaie quand même de le lui expliquer.

— Nous avons deux gros partis politiques, qui représentent... mettons à peu près quatre-vingts pour cent des votes. Ces deux partis gouvernent le plus souvent en alternance. Tantôt l'un gagne les élections, tantôt c'est l'autre.

— C'est exactement comme chez nous, commente-t-elle. On a la droite et la gauche.

Je la regarde avec scepticisme. Andrea a la manie de considérer la société médiévale comme évoluée. C'est pourtant antinomique. Même si je possède désormais un sens critique me permettant de regarder mon époque avec objectivité, je ne suis pas sûre que l'organisation politique du Moyen Âge soit vraiment du même niveau que la nôtre. J'apprécie la vie ici pour plusieurs de ses aspects, mais je n'irais tout de même pas affirmer que cette époque soit moderne.

Ce n'est toutefois pas le moment de rentrer dans ce débat et je poursuis sans relever.

— À côté des partis traditionnels, nous avons des partis plus radicaux. D'un côté, celui dont je viens de te parler, le RPD, Rassemblement Pour la Diversité. Ses sympathisantes estiment que l'on devrait réhabiliter la mémoire des hommes et cesser de dire que le monde est meilleur sans eux. Elles sont considérées comme proches des résistantes. De temps en temps, elles mènent des actions assez musclées, parfois violentes.

— Tu m'avais dit une fois que, chez toi, il y avait une alerte genre Vigipirate.

— Vigilance rouge, oui. C'est à cause de la branche la plus radicale du RPD qui préparait apparemment des manifestations non autorisées. À l'opposé, le PF, le Parti Féminin, exige une féminisation absolue de toute la société.

— Ce sont des extrémistes aussi ?

— Oui. Pour te donner une idée, ses membres ne parlent qu'au féminin. Avec elles, les mots n'ont plus de genre autre que féminin. « La soleil, la voyage dans la temps, la pantalon. »

— Carrément.

— Ça les rend faciles à identifier. Quand elles parlent, on sait à qui on a affaire. Ces deux partis, le RPD et le PF, n'ont jamais été au pouvoir, mais ils font parfois des scores importants aux élections. Les partis traditionnels sont alors tentés de faire alliance avec eux.

— En gros, c'est comme ici.

Si ça lui fait plaisir de penser ça…

— Et le RPD sait qu'il y a des hommes cachés à ton époque ? reprend-elle.

Elle m'énerve.

— Des hommes ? Pourquoi emploies-tu le pluriel ? À ce jour, nous n'avons de certitude que sur l'existence d'un garçon, Antarès. À mon avis, il n'y en a pas d'autres. Il est une sorte d'erreur, si tu préfères.

— Sympa pour lui.

— Je suis réaliste. Désolée si ça te choque.

— Mais peut-être qu'ils sont plus nombreux que tu le penses, insiste Andrea.

— Je suis certaine que non.

— On dirait vraiment que cette idée te déplaît.

— Évidemment. Au Moyen Âge, la présence d'hommes est une excellente chose. Toute la société est organisée autour d'eux, et elle serait terriblement déstabilisée s'ils devaient disparaître. Pour mon époque, c'est différent. Les hommes sont en trop.

— J'arrive pas à croire que tu puisses sortir une connerie pareille.

— Tu ne peux pas comprendre. Tu n'as jamais quitté le vingt et unième siècle.

— Pourquoi tu détestes Antarès à ce point ?

— Je n'ai rien contre lui. Il m'indiffère.

— C'est pire que ça, me blâme-t-elle. Tu es toujours désagréable avec lui, c'est pénible. Il va falloir que tu sois plus sympa, maintenant qu'il vit ici.

— Je ne suis pas obligée de ressentir de l'amitié pour ce garçon.

— Si. Il vient de ton époque et à mon avis, ça n'a pas toujours été facile pour lui. C'est un minimum d'être gentille avec lui.

— De toute façon, lui non plus ne m'aime pas.

— C'est pas étonnant, vu la façon dont tu te comportes en sa présence. Alors promets-moi de te montrer un peu plus cool. Tiens, on pourrait l'inviter à boire un verre, après les cours ! Enfin non, pas aujourd'hui. C'est la remise du prix de Mathias.

— En ce qui me concerne, tout à l'heure, je ne suis pas libre.

— Et pourquoi ça ? s'étonne-t-elle.

— Je veux me rendre à l'agence de top-modèles.

La foule des élèves franchissant la grille nous sépare un instant. J'ai quand même le temps de voir le regard désapprobateur d'Andrea. Quand elle me rejoint dans la cour, elle me relance immédiatement sur le sujet.

— Tu veux vraiment devenir mannequin ?

— Je me suis documentée. J'ai consulté Internet. Il s'agit d'un métier prestigieux à ton époque.

— Personnellement, j'ai plus d'admiration pour d'autres professions.

— Peut-être, mais ton avis ne compte pas. Tu n'y connais rien. Sache que tes contemporains sont fascinés par les jeunes femmes qui défilent sur les podiums.

— Mes contemporains ne sont pas toujours une référence.

— Par ailleurs, il s'agit d'un emploi extrêmement bien rémunéré. Si je deviens mannequin, je pourrai m'acheter tout ce que je veux. Je ne serai plus obligée de te supplier pour que tu me donnes un peu d'argent.

— Ne me dis pas que tu penses encore à cette histoire de parfum ?

— Pourquoi es-tu opposée à ces coutumes de ton époque ?

— Je t'ai déjà expliqué. Les publicités veulent te faire croire que tous ces accessoires sont indispensables, mais c'est juste pour gagner de l'argent sur ton dos.

— Moi aussi, je t'ai déjà expliqué. Maintenant que je vis à ton époque, je dois en respecter les pratiques. Et s'il faut que je mette du parfum pour inspirer de l'amour à Pierrick, alors j'en mettrai.

J'aurais aimé qu'Andrea me comprenne, mais elle lève les yeux au ciel et avance sans m'attendre. Je la rattrape.

— Et justement, à ce sujet, je voudrais savoir quand je pourrai posséder un téléphone. Je veux pouvoir envoyer des messages, recevoir des appels et faire des selfies.

— Tu sais ce qu'est un selfie, toi ?

— Bien sûr. Ton époque est mon époque, l'as-tu oublié ?

Cela devrait lui faire plaisir mais c'est tout le contraire.

— Je préférais quand tu étais une fille du futur, se contente-t-elle de répondre.

Et elle me laisse.

Je reste là au milieu de la cour, pas vraiment surprise, mais tout de même déçue par sa réaction.

Il y a des dizaines de jeunes de mon âge tout autour de moi. Ils savent où ils vont, ils se connaissent depuis des mois, des années parfois. Pas moi. Je me sens un peu triste. C'est mon nouveau lycée, et je m'y sens seule...

Si ma mère et ma petite sœur étaient là, elles sauraient ce qu'il faut me dire pour me remonter le moral. Si elles apprenaient que j'étais amoureuse, elles se réjouiraient pour moi et feraient tout pour m'aider. Ça serait comme une fête à la maison.

Enfin, jusqu'à ce que je leur confie que la personne dont je suis éprise est un homme. Là, c'est certain, ce serait la fin de tout.

CHAPITRE 17

Alors que nous nous dirigeons vers le bâtiment des sciences, nous croisons Tiago. Il semble de très bonne humeur.

— Ça y est ! s'exclame-t-il en nous voyant. Un adulte a enfin adhéré à l'OSAT !

— Qui ça ? demande Andrea. Un prof ?

— Non. Un surveillant du lycée.

J'échange un regard avec Andrea. Elle a eu la même intuition que moi.

— Antarès ? demande-t-elle prudemment à son petit frère.

— Exactement ! Comment tu as deviné ? Il parle pas beaucoup et parfois, je le trouve un peu bizarre, mais à part ça, il est vraiment cool. Je sais pas si ça m'aidera à imposer le bio à la cantine, mais il m'a promis qu'il en parlerait au proviseur.

Et Tiago s'éloigne, le sourire aux lèvres.

Moi, je suis un peu surprise. Je n'imaginais pas Antarès capable de sympathiser avec Tiago. Je ne l'imaginais pas capable de sympathiser avec qui que ce soit, d'ailleurs.

Mais je n'ai pas le temps de réfléchir davantage à la question car la sonnerie nous fait hâter le pas vers la salle de SVT.

Andrea et moi nous asseyons à la même table. Je m'intéresse au cours qui va commencer et j'interroge mon amie à voix basse :

— Quel est votre sujet d'étude en ce moment ?

— On est dans le chapitre « Masculin-Féminin ». Les appareils reproducteurs, la fécondation, tout ça.

— Chez les végétaux ?

— Non. Chez les humains. À mon avis, tu vas apprendre pas mal de choses.

Et elle me regarde d'un air amusé.

Cela ne me dit rien qui vaille... Immédiatement, des images m'assaillent. Je ne suis pas une ignorante, j'ai des notions concernant la reproduction sexuée chez les médiévaux. Elle ressemble à s'y méprendre à la reproduction chez les mammifères.

Le professeur entre dans la salle et nous demande d'ouvrir nos livres à la page 232.

Soudain, j'ai la tête qui tourne. Et si... Non, ce n'est pas possible... Mais je réfléchis et je me dis que tout est possible ici.

Je déglutis.

Comment les jeunes médiévaux apprennent-ils à se reproduire ?

Comment savent-ils quelle est la méthode appropriée, les gestes et comportements à adopter ?

Comment parviennent-ils à maîtriser ce moment très technique qu'est l'accouplement ?

C'est forcément ainsi. Ils ont des TP.

Je me sens défaillir.

Dans l'heure qui vient, cette salle de classe va devenir un cours pratique de reproduction à l'ancienne !

J'ai très envie de m'enfuir en courant mais, si je fais cela, je serai stigmatisée... Or je me suis promis d'adopter les pratiques locales !

Il va falloir que je sois brave.

Tétanisée, je regarde autour de moi. Avec quel garçon vais-je être placée en binôme ? Pourrai-je choisir ? Est-ce le professeur qui décide et, si oui, selon quels critères ?

Je me penche vers Andrea et je chuchote :

— Je ne me sens pas très bien...

— T'inquiète, répond-elle. C'est juste un cours.

Je la trouve bien nonchalante ! C'est tout de même une affaire sérieuse ! Évidemment, elle a grandi avec l'idée que tout cela est normal, mais je ne peux pas m'empêcher d'être surprise. Ne devrait-elle pas se montrer légèrement nerveuse à l'idée de devoir commencer son apprentissage ?

Dans mon livre, je découvre des images qui ne me sont pas familières. Je connais bien le dessin de l'utérus ou des ovaires, mais le schéma que j'ai sous les yeux m'est inconnu.

Le cours commence. Le professeur ne prend même pas le temps de projeter les images sur le tableau blanc pour les commenter. Déjà, il demande deux volontaires.

Un garçon lève la main. Je n'ai jamais fait attention à lui auparavant. Il n'est ni grand ni petit. Ni gros ni maigre. Ni blond ni brun. C'est un garçon, simplement. Je l'observe sans parvenir à déterminer s'il est attirant ou non.

Puis je me retourne pour voir quelle fille se portera volontaire afin de former un binôme avec lui.

Mais aucune ne lève la main. Elles ne semblent même pas intéressées par la question. Elles attendent la suite, l'air de s'ennuyer.

C'est à ce moment-là que le professeur me désigne.

— Pénélope, s'il vous plaît.

J'ai envie de hurler. Pourquoi moi ? Je ne me suis même pas proposée ! Je suis au contraire la moins motivée de toutes les filles présentes dans cette salle !

La moins avertie aussi ! Je n'entends plus qu'un bourdonnement dans mes oreilles. J'ai l'impression que plus rien n'est réel autour de moi.

Lentement, comme dans un mauvais rêve, je me lève.

— Allez-y, insiste le professeur.

Et il fait un petit geste de la main pour m'encourager à ne pas perdre de temps.

Je fais quelques pas vers mon partenaire qui m'attend, debout devant le tableau.

C'est donc ainsi que cela se passe ? Sans explications théoriques préalables ? Et surtout, sans que les affinités ou antipathies entre élèves soient prises en compte ?

Le garçon sort dans le couloir et je le suis. Le TP a donc lieu dans une salle voisine, pour plus d'intimité je suppose. Je ne sais pas si je dois m'en réjouir.

Quelques mètres plus loin dans le couloir, le garçon pousse une porte et s'avance dans une salle de cours déserte. Aucun aménagement spécifique n'y a été prévu.

Je garde mes distances. Tout cela me déplaît au plus haut point. Ne devrais-je pas m'enfuir, quitte à avoir un zéro sur vingt ?

Mais au lieu de commencer à se déshabiller, ou à me déshabiller, je ne sais pas, le garçon s'approche d'une machine appelée rétroprojecteur, et la saisit à bras-le-corps.

— Aide-moi, dit-il. Je peux pas la porter tout seul.

Je ne comprends pas où il veut en venir et je reste plantée là.

— Allez, insiste-t-il. Le prof va râler si on traîne ! Il peut pas faire son cours, sans le rétroprojecteur.

Je ferme les yeux. Mon soulagement est indescriptible. Je dispose d'un sursis, les TP ne commenceront pas dès le début du cours.

Je me place de l'autre côté du rétroprojecteur et, à deux, nous le portons jusqu'à la salle de cours où le reste de la classe attend.

Le rétroprojecteur branché, le professeur commence en effet par des explications théoriques. Il projette des images au tableau, et parle gamètes, patrimoine génétique et hormones. Quand nous abordons les traitements hormonaux favorisant la fécondité, Nelly lève la main pour proposer au professeur d'organiser une visite du laboratoire de recherche où travaille son père. L'enseignant semble intéressé, tandis que les autres élèves gardent un œil morne. Un garçon bâille. Une fille rêvasse en regardant par la fenêtre.

Je regarde l'horloge accrochée au mur. L'heure de cours est presque terminée et les binômes n'ont toujours pas été formés.

Alors je comprends. Je me suis méprise, une fois de plus ! Le cours restera théorique, bien sûr. Aucun exercice pratique n'est prévu. Je respire mieux.

Les élèves rangent leurs affaires avant de sortir de la salle.

— Ça va ? s'inquiète sincèrement Andrea. Tu faisais une drôle de tête, tout à l'heure, pendant le cours.

— Rassure-toi. Maintenant, je me sens merveilleusement bien.

Je suis tellement rassurée ! S'il y a des TP, ils ne sont visiblement pas au programme du jour.

Ils sont sûrement réservés aux élèves de terminale.

Après les SVT, nous enchaînons sur les cours suivants. Moi je n'attends qu'une chose. La fin de la journée. Quand la sonnerie retentira, je pourrai me rendre à l'agence de mannequins.

Enfin, nous traversons la cour pour sortir du lycée.

— Je suppose que tu n'as pas changé d'avis, lance Andrea.

— En effet. Toi, tu es invitée à la remise du prix de Mathias. Pendant ce temps, moi je vais à l'agence de mannequins.

Heureusement, Andrea m'épargne l'expression de sa désapprobation.

Elle devrait me comprendre. Là-bas, je vais trouver ma place. Un travail, de l'argent. Le début de mon autonomie. Je suis impatiente. C'est ma nouvelle vie qui va commencer ! Je marche d'un pas léger, je me sens joyeuse et optimiste.

Nous sommes presque arrivées à la maison quand, soudain, une voix me tétanise.

— Pénélope...

Elle n'a pas parlé fort, n'a pas crié.

Elle a juste murmuré mon nom mais cela me glace le sang.

Je me retourne lentement, je sais déjà que c'est elle. Debout, bien droite, tout près de nous. Impressionnante. Ses yeux sont vrillés sur moi.

George.

Mon cœur s'est arrêté de battre. Je suis pétrifiée.

— Je savais que je te trouverais ici, dit-elle simplement.

Et elle m'observe avec cette expression si dure qui la caractérise.

Saisie par la surprise, Andrea a reculé d'un pas. Je sens qu'elle est prête à me défendre. Mais que pourrait-elle faire contre une femme comme George ?

Mon ancienne professeure tend la main dans ma direction. L'idée même d'un contact avec elle me répugne et je me crispe en espérant qu'elle ne me touche pas.

— Va-t'en, dis-je.

— Ne me parle pas ainsi, répond-elle sévèrement. Tu ne crois pas que tu m'as fait assez de mal comme ça ?

— Laissez-la tranquille ! lance Andrea, les poings serrés.

— Tais-toi, assène George en tournant calmement la tête vers mon amie. Tu n'es qu'une médiévale. Cette discussion ne te concerne pas.

Elle fait passer tout le mépris dont elle est capable dans son seul regard, puis se tourne à nouveau vers moi. Je veux m'en aller mais elle me retient par le bras. Sa main me serre tellement fort que je laisse échapper un cri de douleur.

— Tu aurais pu mener une vie tranquille chez nous, sans jamais être inquiétée. Tout le monde te croyait... Tu as commis une erreur irréparable en revenant ici.

— Ma décision ne te regarde pas.

— Tu es une élève agrégée, toutefois, cela ne te donne pas le droit de voyager librement dans le temps. En retournant au Moyen Âge, tu as transgressé.

— Qu'est-ce que ça peut te faire ? Tu n'es même plus officiellement agrégée !

George encaisse, blessée. Je lis sur son visage la souffrance que le procès a occasionnée chez elle et la rancœur qu'elle me porte toujours.

— C'est exact, répond-elle. Par ta faute, je n'ai plus de vie. Toutes me rejettent. Je suis une bannie. Mais cela sera bientôt fini car tu vas réparer le tort que tu m'as causé.

— Je ne peux rien pour toi.

— Je vais te donner l'occasion de réparer ta faute. Cela fait sept jours que tu as disparu de notre époque.

Tu ne pourras pas te justifier. Personne ne croira tes mensonges une seconde fois. Alors tu vas rentrer avec moi et dire à toutes que tu as menti, que tu as trahi. Avouer que tu as essayé de modifier le cours du temps, de sauver les hommes, de tout bouleverser comme si tu en avais le droit. Comme si une fille de ton âge pouvait juger notre monde et le mettre en danger !

— Je n'ai rien changé. Tu l'as bien vu, notre monde est intact.

— C'est vrai, mais nous savons parfaitement, toi et moi, que tu as tenté de le détruire. C'est un crime. Plus personne ne doit l'ignorer. Viens avec moi.

— Je refuse de partir.

— N'aie pas peur. Je plaiderai l'indulgence. Tu échapperas peut-être à une sanction trop sévère.

— Ma décision est prise et elle ne changera pas. Je ne regagnerai jamais les temps modernes. J'ai choisi de vivre au Moyen Âge.

Je pensais que ma déclaration désarçonnerait George. Ce n'est pas le cas. Elle ne semble même pas étonnée et me regarde avec un petit sourire.

— Tu aimes ce garçon, n'est-ce pas ? susurre-t-elle. Le frère de cette fille qui t'héberge. Celui qui s'appelle Pierrick.

Comment a-t-elle deviné ? Elle a dû m'observer, surveiller mon comportement, chacune de mes réactions... Sans doute est-elle là depuis plusieurs jours, me suivant pour glaner les informations nécessaires afin de faire pression sur moi. Elle m'a sûrement espionnée quand j'allais au lycée, quand je parlais à Pierrick...

Je me raidis, tentant de ne rien laisser paraître. Mais elle sait déjà qu'elle a raison. Elle a lu mes émotions sur mon visage.

— Un homme, ironise-t-elle. Tu aimes un homme. Quel retournement de situation ! Pourtant, tout laissait croire que tu étais asentimentale. À part peut-être ce test des petits chats... Ta perception des phéromones est déficiente, c'est avéré depuis ce jour-là. Quoi qu'il en soit, ta déviance explique beaucoup de choses...

Elle a fait allusion à un de mes pires souvenirs. Elle me connaît bien et attaque mes points faibles.

Je m'efforce de prendre une voix assurée pour lui répondre :

— Je ne suis pas anormale. Ici, les femmes aiment les hommes.

— Mais les hommes font souffrir les femmes. Cela a toujours été ainsi.

— Tu ne sais pas de quoi tu parles.

— Parce que toi, tu le sais, peut-être ?

— Plus que toi.

— Comme tu es naïve... Mais cela m'arrange. Le rétablissement de la vérité n'est qu'une question de jours. Je n'ai plus qu'à attendre que la déception et la douleur te fassent revenir vers moi...

Elle tourne les talons et s'en va sereinement.

Je devrais la mépriser, me montrer indifférente à ses menaces. Je veux croire que j'ai raison et qu'elle a tort. Mais cette femme me terrorise. Elle n'est pas seulement physiquement impressionnante, elle est aussi particulièrement intelligente. Elle savait quels mots prononcer pour m'atteindre.

J'ai profondément conscience du risque que j'ai pris en choisissant le Moyen Âge. Le risque de ne jamais m'acclimater réellement. Le risque de ne jamais être aimée par Pierrick.

Le risque de souffrir.

Et si j'avais fait une erreur ?

— Ça va ? me demande mon amie, inquiète.

Non, ça ne va pas du tout.

CHAPITRE 18

— Viens, dit Andrea en me prenant par le bras. On rentre à la maison.

J'ai les idées confuses et je me sens perdue. Ma respiration s'accélère. C'est certain, cette fois, je n'échapperai pas à la crise de panique. J'étouffe déjà.

C'est sans compter sur Andrea. Dans le salon, elle me fait asseoir sur le canapé et me tend un sac en papier. Je respire dedans.

Lentement, je contrôle le rythme de mon cœur, et la sensation que l'air me manque cesse petit à petit.

— Tu te sens mieux ? demande Andrea.

J'acquiesce. Elle reprend le sac en papier et se plante devant moi en me regardant droit dans les yeux.

— OK, le retour de George est une mauvaise surprise. Mais c'est pas la fin du monde.

Elle essaie de dédramatiser, mais je crains qu'elle n'ait pas bien saisi les enjeux de notre rencontre avec George. La situation est tout simplement horrible.

Andrea semble deviner ce que je pense.

— Arrête, sinon tu vas devoir recommencer à respirer dans le sac. George est folle et dangereuse. On est d'accord là-dessus. Mais elle a dit quelque chose d'essentiel.

— Oui. Qu'elle attendrait patiemment et que, très bientôt, je me rendrais compte de mon erreur.

— Non. Ce qu'elle a dit de vraiment important, c'est qu'elle a besoin de toi. Tu vois ce que ça signifie ? Tant que tu lui es utile, elle ne peut rien tenter.

Son raisonnement tient debout… En y réfléchissant davantage, je pense qu'en effet, pour l'instant au moins, mon ancienne professeure a trop besoin de moi pour me détruire. Mais cela ne suffit pas à apaiser mon angoisse. George est tout près, elle me suit en permanence. C'est un cauchemar.

— Tu es toujours décidée à rester vivre ici, non ? insiste Andrea.

Je hoche la tête.

— Alors on fait comme si elle n'était pas là. De toute façon, tu l'as dit toi-même, elle ne peut pas te forcer à retourner dans le futur. Ce n'est pas seulement une question de Lune ou de vent, c'est avant tout une question de volonté.

À ce moment-là, j'entends la porte d'entrée s'ouvrir. Pierrick entre dans le salon.

— Salut les filles, lance-t-il avec le sourire.

Je dois avoir une drôle de mine car il m'observe plus attentivement.

— Tout va bien ?

— Oui oui, ment Andrea.

— Pénélope, insiste-t-il, ça va ?

Je déglutis et me force à le regarder dans les yeux, en espérant qu'il ne sache pas déceler mon mensonge.

— Tout va très bien.

Ma voix n'a pas tremblé et mes yeux n'ont pas cillé, pourtant il doit posséder des notions innées d'EPS car il continue de me scruter. Mais sans doute devine-t-il que nous ne lui en dirons pas davantage car il cesse de nous questionner et monte dans sa chambre.

Il n'est pas resté longtemps près de moi mais, comme si c'était de la magie, sa présence m'a fait du bien. Ma respiration s'est apaisée. Mon cœur bat de nouveau à son rythme, sans peur, sans angoisse.

George ne peut pas comprendre. Elle ne connaît pas Pierrick, elle ne connaît pas les hommes. Je ne veux pas me laisser influencer par ses menaces. Elle ne me fera pas changer d'avis.

Je vais vivre au Moyen Âge et y être heureuse.

Andrea a raison. George ne tentera rien contre moi.

Elle se contentera d'attendre que je craque. Mais cela n'arrivera pas.

Je dois faire abstraction de sa présence et me concentrer sur ma nouvelle vie.

Je me lève et annonce à Andrea :

— Je sors, comme prévu.

Mon amie est surprise :

— Tu veux quand même aller à l'agence de mannequins ?

— Oui. Ma vie est ici. Je vais poursuivre mes projets exactement comme j'en avais l'intention.

— Alors je t'accompagne, répond Andrea.

— Tu ne peux pas. Mathias t'attend, tu as promis d'assister à sa remise de prix.

— Je sais, mais avec George dans les parages, c'est quand même mieux d'être prudentes.

— Non. Tu as ta vie. J'ai la mienne. Je suis autonome.

— C'est pas raisonnable...

— Andrea... Je n'ai pas peur.

Elle me regarde et voit que je ne mens pas.

— Je suis une médiévale désormais. Je n'ai plus besoin d'aide.

— D'accord, accepte-t-elle.

Contrôlant mon appréhension, je rouvre la porte de la maison. Andrea est à mes côtés.

— Bonne chance, me dit-elle simplement.

— Je suis belle. Bientôt, je serai une célébrité et tout le monde me désirera.

Et je sors dans la rue.

En avançant, je ne peux pas m'empêcher de jeter un coup d'œil d'un côté, puis de l'autre. George est invisible, mais je ne me fais pas d'illusions. Elle est là, quelque part, et m'observe.

Je redresse la tête et regarde loin devant moi. Je dois surmonter mon inquiétude.

J'ai ma nouvelle existence à construire.

Je poursuis mon chemin vers la gare, la carte de l'homme au crâne rasé précieusement rangée dans ma poche. Dessus est inscrite l'adresse de son agence de top-modèles, et j'ai repéré comment m'y rendre hier soir, sur Internet.

Je suis de plus en plus à l'aise avec les talons hauts. Je me déplace d'un pas presque naturel. À la gare, j'introduis mon ticket dans la fente prévue à cet effet et j'arrive sur le quai. J'agis comme n'importe quelle fille du passé. C'est facile, finalement. Rien ne pourrait laisser penser que je n'appartiens pas à cette époque.

Mais, alors que le train approche, je sens mes craintes revenir. C'est la première fois que je me rends seule à Paris. De nombreux dangers m'y guettent sûrement. Et si George avait raison ? Et si ce monde était hostile ?

Je ferme les yeux. Je sais que, juste un peu plus haut, il y a la rue qui mène chez Andrea. Il suffirait que je fasse demi-tour pour être de nouveau à l'abri.

Mais je rouvre les yeux et je me force à avancer. Ces angoisses ne sont que des peurs ancestrales, irraisonnées. Je ne dois pas les laisser m'envahir.

La rame s'arrête devant moi en faisant crisser ses freins. J'appuie fermement sur le bouton qui déclenche l'ouverture de la porte et je monte. Je m'assieds sur une banquette, et le train redémarre.

Je regarde défiler le paysage par la fenêtre. Tout va bien se passer, tout va bien se passer...

Arrivée à destination, je descends de la rame et me mêle à la foule. Des centaines, des milliers de gens circulent dans la gare, c'est étourdissant. Je ne marche pas aussi vite qu'eux, j'ai du mal à m'orienter et je me fais bousculer. Mais personne ne fait attention à moi. Même mes sandales dorées ne provoquent qu'une indifférence générale. Constatant cela, je me détends un peu.

Je sors de la gare, remonte un boulevard. Je reconnais les intersections que j'ai mémorisées hier. Je tourne dans une rue plus calme. Je cherche le bon numéro. C'est là. Je sonne à la porte.

Dans les bureaux de l'agence, une jeune femme m'accueille d'un sourire. Je lui tends la carte du recruteur et elle me demande de patienter.

L'endroit est agréable. Tout est propre et joliment décoré. Il y a un canapé et des fauteuils de couleurs vives. Sur les murs sont exposées des dizaines de publicités, encadrées et mises sous verre. Je les regarde avec intérêt en me demandant ce que vaut chacune d'elles et au bout de combien de temps j'aurai gagné assez d'argent pour m'acheter ce que je veux.

Du parfum qui évoque les roses anciennes, comme celles qu'il y avait dans mon jardin. Du vernis à ongles bleu pour ne pas avoir l'air d'une pétasse. Du rouge à lèvres, du mascara. Que c'est cher d'être belle au Moyen Âge... Qu'importe. Ensuite, Pierrick m'aimera.

Mais soudain, mon cœur manque un battement. Là, sur le mur, juste sous mes yeux... Ce n'est pas possible. Et pourtant je la reconnaîtrais entre mille.

Vigdis.

J'en suis sûre, c'est elle. Son visage figure même sur plusieurs photos. Sur l'une, elle sourit en tenant un bâton de rouge à lèvres près de sa bouche entrouverte. Sur une autre, elle a au contraire un regard menaçant, ses cheveux blonds décoiffés pour avoir l'air sauvage. Je crois qu'il s'agit d'une publicité pour une voiture.

Je reconnais même l'affiche que j'avais remarquée l'an dernier, sur un arrêt de bus. Andrea ne m'avait pas crue, affirmant qu'il s'agissait seulement d'une fille aux traits similaires. Mais moi, j'étais déjà certaine de ne pas me tromper...

Vigdis… Je connais trop bien son visage pour faire une erreur. Je vois son sourire qui n'a pas changé, le grain de beauté qu'elle a toujours eu sur la joue. Seule l'expression de ses yeux est différente, un peu mélancolique.

C'est comme un petit voyage temporel, un saut dans le temps, sans bouger. Je sens l'odeur de chez moi. Je revis cet après-midi où, profitant d'une éclaircie, j'avais réussi à faire du vélo sans les petites roulettes. C'était Vigdis qui m'avait appris. J'entends sa voix qui m'encourage et son rire quand je m'éloigne en pédalant à toute vitesse. Puis la bruine avait recommencé à tomber et nous étions rentrées à la maison. Ma mère sortait tout juste du four un gâteau au chocolat, la cuisine embaumait le parfum du cacao… Rien que d'y penser, l'eau me vient à la bouche. J'étais heureuse, à cette époque-là…

Vigdis était ma voisine, de neuf ans mon aînée. Parfois ma baby-sitter, parfois mon amie. Je l'aimais et je l'admirais. Comme nous avons joué ensemble !

Et maintenant, je retrouve sa trace dans une agence de mannequins du Moyen Âge… Cela veut dire qu'elle vit à la même époque que moi, peut-être même tout près d'ici ! C'est merveilleux. Je ne sais pas comment elle est arrivée ici, ni pourquoi. Qu'importe. J'ai l'espoir de la revoir bientôt. Je suis tellement heureuse à cette idée !

L'homme d'hier interrompt mes pensées. Souriant, il s'avance vers moi, la main droite tendue en signe de bienvenue.

— Pénélope, je suis ravi que vous soyez là !

À ce moment-là, je ne pense plus à l'argent que je pourrais gagner en posant pour des publicités. Je ne veux qu'une chose : retrouver Vigdis.

— Comment s'appelle cette fille ?

— Vicky Diaz.

Ça ne peut pas être un hasard. J'avais raison. Vicky Diaz, Vigdis. Elle a médiévalisé son nom. Je suis tellement impatiente de la serrer dans mes bras !

— J'aimerais la rencontrer, dis-je.

— Vous n'êtes pas la seule, s'amuse l'homme au crâne rasé. Elle est actuellement à New York pour un shooting et elle repart la semaine prochaine à Milan. Depuis qu'elle est devenue l'égérie de Chanel, j'ai moi-même du mal à déjeuner avec elle !

Et il rit, heureux de m'apprendre que je ne vais pas revoir mon amie d'enfance. J'insiste :

— Quand sera-t-elle à Paris ?

— Aucune idée.

— J'ai vraiment besoin de la voir.

— Ça va être difficile. Non seulement Vicky est une star internationale, mais en plus elle ne voit pas beaucoup de monde. Elle est agoraphobe.

L'homme m'explique alors que mon amie fuit le contact avec les gens et que, malgré sa notoriété, elle vit de façon très solitaire.

— Elle travaille toujours avec la même photographe et garde systématiquement ses distances avec les gens, y compris avec moi. C'est bien simple, elle refuse même de serrer la main aux personnes autour d'elle. Ce n'est pas pour rien qu'on la surnomme la « reine des glaces ». Mais je la comprends. Elle est devenue une célébrité quelques mois seulement après son début sur les podiums, à cause de son Oscar à Hollywood. Elle n'avait que dix-sept ans. Son succès a été fulgurant, alors forcément ça l'a rendue un peu névrosée.

— Mais peut-être que vous pouvez me donner son numéro de téléphone ?

— Ça, ma chérie, répond-il en riant, c'est top secret !

Et l'homme change de sujet pour planifier avec moi un premier rendez-vous pour une séance de photos, le mois prochain. Il veut me constituer un book avant de m'envoyer dans des castings. Il parle aussi de contrat, de conditions de travail… J'acquiesce mais je n'écoute plus vraiment. Je suis tellement déçue qu'il refuse de m'aider à contacter mon amie.

Je ressors du bureau avec toutefois un espoir. Si je deviens mannequin, je pourrai sûrement croiser Vigdis. Nous nous rencontrerons lors d'un défilé ou d'une séance de prise de vue avec sa photographe attitrée, et elle me reconnaîtra. Ce seront alors de fabuleuses retrouvailles !

Je reprends confiance. Je dois juste être patiente.

Traversant de nouveau le hall de l'agence pour gagner la sortie, je repasse devant la série de photos de mon amie d'enfance. C'est comme si Vigdis me traçait la voie en me disant : « Regarde-moi ! Oui, tu peux vivre ici, tu as ta place, tu peux être heureuse au Moyen Âge ! »

Ça me fait du bien.

Plus rien ne me fait peur quand je regagne la rue. Je me sens prête à affronter le monde entier. La foule, les hommes. George. Bientôt, je retrouverai mon amie d'enfance ! La joie me donne le sourire.

Dans le train, je retire mes sandales. Elles me blessent terriblement, et ma peau est tout écorchée là où les lanières frottent.

Je ne les remets pas pour monter la rue vers la maison d'Andrea. Je préfère marcher pieds nus, c'est beaucoup moins douloureux.

Mais quand j'arrive devant la porte, je tombe nez à nez avec Pierrick. Quelle poisse ! Après tous les efforts que j'ai faits pour être séduisante avec mes sandales, voilà que je me retrouve devant lui, les pieds nus et sales. En plus, je n'ai même pas de vernis sur les orteils, faute d'avoir pu en acheter. Ce n'est pas comme ça que je vais susciter chez lui des sentiments amoureux !

Déjà, tout à l'heure, quand il est rentré à la maison, je n'étais pas à mon avantage. La frayeur causée par la présence de George avait sûrement altéré mon teint, peut-être même que j'avais les yeux rougis et les cheveux décoiffés. C'est très contrariant.

Heureusement, Pierrick ne semble pas gêné par ma tenue. Je crois d'ailleurs qu'il ne remarque même pas mes pieds.

— Tu tombes bien, me dit-il. J'ai récupéré l'ancien téléphone de mon père et j'ai mis une nouvelle carte SIM. Viens, je vais te montrer.

Je dépose mes sandales dans l'entrée et il m'entraîne vers le salon.

— Tu veux quoi, comme fond d'écran ? poursuit-il. Je t'ai mis des petits chats, mais je sais pas si ça te plaît.

Je fais la grimace. Les chatons me rappellent une fois de plus mon test de perception des phéromones.

— Je n'aime pas trop les chatons.

— Ah ? Comme tu préfères. Je peux les remplacer par autre chose.

Il me montre tout un tas d'images. Je me tiens tout près de lui, son épaule touche la mienne. J'aime bien ce contact. Sans mes sandales, je crois que nous faisons exactement la même taille.

— J'ai d'autres animaux, explique-t-il. Des lapins, des chiots, tout ça. Sinon, tu peux choisir un paysage. Désert, coucher de soleil, plage tropicale...

Je n'écoute pas vraiment ce qu'il dit. Seulement la musique de sa voix. Je suis touchée par les efforts qu'il fait pour trouver un fond d'écran qui me plaise. Comme je ne réponds pas à ses propositions, cela dure assez longtemps. Il continue de me présenter d'autres images tout en les commentant.

— Je peux aussi te mettre une aurore boréale, poursuit-il, ou les chutes du Niagara. Ou un glacier en Islande. Dis-moi ce qui te ferait plaisir et je le trouverai.

À ce moment-là apparaît à l'écran un ciel nocturne sur lequel se découpe une Lune ronde et pleine. L'inverse de la nouvelle Lune, et donc le symbole de mon choix : rester ici.

— Celui-là me plaît, lui dis-je.

— Très bien, répond Pierrick. Voilà, c'est fait.

Il valide ma décision et me tend le téléphone.

Un instant, j'ai l'impression que, comme moi, il regrette la fin de ce moment de proximité, mais je ne suis sûre de rien. Ce serait tellement plus simple si je pouvais lui poser la question... Mais je ne sais pas comment m'y prendre et je le laisse s'éloigner de moi.

CHAPITRE 19

Plus tard dans la soirée, Andrea rentre à la maison. Aussitôt, elle me cherche des yeux et, dès qu'elle constate que j'ai survécu à mon épopée à Paris, elle pousse un soupir de soulagement.

— J'étais quand même un peu inquiète. Est-ce que tu as revu George ?

— Non.

— Tant mieux. On a beau se dire qu'elle ne va rien faire contre toi, je préfère quand même qu'elle reste à distance.

Je ne peux qu'être d'accord avec elle.

— Alors, demande-t-elle, raconte. Tu as revu le mec chauve ? Tu vas vraiment devenir mannequin ?

— Je crois que oui, mais surtout, j'ai une merveilleuse nouvelle à t'annoncer !

Je suis impatiente de lui narrer ma rencontre avec Vigdis. Ou, plus exactement, avec les images de Vigdis.

Je commence par lui dire ma surprise devant les photos dans le hall d'accueil, puis je lui raconte ma discussion avec le recruteur, et je termine par la perspective de revoir un jour mon ancienne baby-sitter. Andrea me regarde, bouche bée.

— Vicky Diaz était ta baby-sitter ? s'exclame-t-elle. C'est incroyable !

Je lui rappelle cette affiche de l'Abribus, sur laquelle j'avais déjà reconnu Vigdis l'an dernier.

— J'avais pas fait attention, répond Andrea, et puis à l'époque Vicky Diaz était moins connue. En plus, moi, les *people*...

— Malheureusement, je ne sais pas comment la contacter dans l'immédiat.

— Pas étonnant. C'est une vraie star. On sait maintenant qu'une fille du futur peut parfaitement s'intégrer au Moyen Âge !

— Oui. Je me sens plus optimiste que jamais.

— En tout cas, je suis contente pour toi. J'espère que tu pourras la voir bientôt.

— Et de ton côté, comment s'est passée la remise du prix de Mathias ?

— Super. Il y avait plein de pros qui le félicitaient pour son travail. J'ai l'impression qu'il a un bel avenir devant lui. Il a peut-être arrêté le lycée sans décrocher le bac, mais il a déjà un métier qui lui plaît. Ça me fait plaisir. Il le mérite vraiment.

Pour fêter cette avalanche de bonnes nouvelles, elle va dans la cuisine et ouvre le placard.

— Chips ou crocodiles qui piquent ? propose-t-elle.

— Les deux ?

— OK, acquiesce-t-elle en souriant.

Fatiguée par toutes ces émotions, j'apprécie cet instant de calme. Nous nous délectons de ce repas sommaire en arrosant le tout avec de l'Orangina.

— Pour nous, ça va plutôt bien, reprend Andrea d'un air songeur, mais les choses sont plus difficiles pour Antarès.

Elle reste silencieuse et je crois qu'elle ne fait même plus attention à la couleur des crocodiles qu'elle avale.

— Tu crois qu'il se sent seul ? ajoute-t-elle.

Je hausse les épaules. Comment pourrais-je le savoir ? Ce n'est pas parce que nous sommes nés à la même époque que j'ai la faculté de connaître les pensées de ce garçon.

D'un coup, elle repousse le paquet de crocodiles et se lève.

— Allons-y.

— Pardon ?

— Je veux aller chez lui. Je suis sûre qu'il sera content de nous voir. Et puis mon père travaille tard aujourd'hui, il n'en saura rien.

Je proteste, mais Andrea est déjà en train d'enfiler ses tennis. Comme d'habitude, elle n'en fait qu'à sa tête.

Nous traversons la ville déserte à cette heure de la soirée. Au lieu de me blottir sous la couette, je marche aux côtés d'Andrea pour une mission de soutien moral en faveur d'un garçon du futur. Pénible.

Nous arrivons devant son immeuble. La porte cochère est fermée et nous ne connaissons toujours pas le code. À cette heure tardive, il y a peu de chances qu'un habitant de l'immeuble passe par hasard. Ce n'est pas plus mal. Nous allons être obligées de rentrer nous coucher.

Mais Andrea ne se décourage pas et appuie sur plusieurs boutons. Je tente de la raisonner :

— La probabilité de tomber sur le bon code est extrêmement faible. Il y a trop de combinaisons possibles.

Juste à ce moment-là, un bip se fait entendre et Andrea ouvre la porte. Comment a-t-elle réussi ?

— Mon petit frère a un copain qui habite ici, explique-t-elle. Je lui ai passé un texto et il m'a donné son code.

Je soupire, j'aurais dû me douter qu'Andrea trouverait une solution pour atteindre son but. Elle est comme ça, elle ne lâche jamais.

Nous montons au dernier étage et elle frappe à la porte. Pas de réponse.

— Il doit être sorti. Rentrons à la maison.

Mais Andrea ne tient pas compte de ma remarque et insiste.

— Antarès, crie-t-elle. C'est moi, Andrea !

Elle tend l'oreille mais aucun bruit ne nous parvient de l'intérieur du logement. Nous attendons un moment, en vain. Rien ne bouge.

— Tant pis, regrette-t-elle. Tu as sûrement raison.

Elle fait demi-tour et je me réjouis d'être rapidement de retour à la maison. Mais alors qu'elle passe devant la fenêtre qui donne sur la cour intérieure, son attention est attirée par quelque chose. Elle s'approche de la vitre pour mieux voir. Intriguée, elle ouvre la fenêtre et se penche en avant.

— C'est lui, chuchote-t-elle.

Je viens à ses côtés et, en effet, je devine la silhouette d'un homme qui se détache sur le ciel étoilé. À sa façon de se tenir un peu comme un chat, je reconnais Antarès. Il est assis au bord du toit et se tourne vers nous, surpris d'avoir été repéré.

— Attends, lui lance Andrea. On arrive !

Sans hésiter, elle enjambe l'ouverture et passe à l'extérieur. En équilibre sur la gouttière, elle avance lentement vers Antarès qui s'est relevé et la regarde faire, incrédule.

— C'est super ici, dit Andrea en progressant imprudemment tout au bord du toit. Au moins, tu es tranquille, personne vient t'emmerder.

— Sauf toi, répond Antarès.

Ça fait rire Andrea.

— Oui, sauf moi ! Désolée.

Elle est déjà tout près de lui et se redresse en cherchant l'équilibre avec ses bras. Elle me fait signe.

— Tu viens, Pénélope ?

À regret, j'emprunte le même chemin. Je n'aime pas cette situation, je ne suis pas certaine que les toits médiévaux soient très solides, surtout pas celui-là dont la vétusté saute aux yeux. Mais pas à pas, j'avance et je parviens à rejoindre Andrea et Antarès sans chuter.

Là, je me redresse moi aussi et je contemple le spectacle qui s'offre à nos yeux.

La ville s'étend au loin, scintillante. La nuit a gommé tous les aspects crasseux ou laids qui défigurent les rues et les maisons. Seuls les lumières des appartements et les phares de quelques voitures qui circulent à nos pieds nous rappellent que l'endroit est habité. Au loin, par une fenêtre ouverte, j'entends de la musique.

Je lève les yeux et je contemple la Lune, demi-sphère croissante. Tout est si calme...

Antarès s'est assis de nouveau et Andrea en fait autant. Je les imite. Nous restons muets un long moment, puis Andrea brise le silence.

— Ça n'a pas dû être facile pour toi, murmure-t-elle.

Antarès ne répond pas, perdu dans ses pensées.

— Comment tu as fait, pendant toutes ces années ? Tu devais rester cacher ?

— J'étais un garçon dans un monde où tous les hommes sont morts. Un garçon dans un monde bâti par les femmes et pour les femmes. Alors oui, évidemment, je devais me faire invisible.

— C'est dur, compatit Andrea. Tu devais te sentir seul.

— C'est comme ça, répond-il d'un ton neutre.

Moi, je veux bien prendre part à leur échange d'un air empathique, mais je trouve tout de même que le récit d'Antarès comporte de grosses incohérences. Je me dois de les souligner :

— Comment peux-tu expliquer que tu aies survécu depuis ta naissance ? Alors que toutes les femmes autour de toi étaient porteuses de la grippe masculine...

— C'est vrai, renchérit Andrea, curieuse. Comment tu as fait ? Tu es capable de résister à la maladie ? Tu es porteur d'une mutation génétique ou je ne sais quoi ?

— Non, rien de ce genre. Je suis un garçon normal. Si j'avais été en contact avec le virus, je serais mort.

— Alors pourquoi tu es encore vivant ?

Antarès semble réticent à l'idée de se confier à nous, mais il répond quand même :

— La grippe masculine se transmet exactement comme la grippe saisonnière. Cela veut dire qu'on peut s'en protéger en respectant strictement des consignes d'isolement. Moi, j'ai grandi dans une bulle.

— Tu veux dire, questionne Andrea, comme les enfants qui ont le cancer et qui n'ont plus de système immunitaire ?

— En quelque sorte. J'ai passé ma petite enfance dans une chambre isolée du monde.

— C'est horrible ! s'émeut Andrea.

— C'était une question de vie ou de mort. Quand ma mère s'occupait de moi, elle ne me touchait qu'à travers une paroi de toile isolante et transparente. Elle désinfectait chaque objet qu'elle m'apportait, et ma nourriture était stérilisée. Bien sûr, elle portait également un masque. Je n'ai jamais vu qu'une partie de son visage, ses yeux.

— Ça devait te sembler étrange, imagine Andrea.

— Ce sont les visages non masqués qui me semblaient étranges. J'en voyais sur les écrans, aux informations ou dans les films. Ils étaient même tous comme ça. Libres. J'avais du mal à m'y faire, comme si les images que je regardais appartenaient à un monde différent du mien. Moi, je croyais que la vie normale, c'était cacher sa bouche et son nez, et se désinfecter les mains en permanence.

— Tu voyais quand même d'autres personnes ?

Antarès contemple la Lune, pensif, puis reprend :

— De temps en temps. Toujours des opposantes. Quand ma mère pensait qu'elle était suivie par la police, par exemple, d'autres résistantes la relayaient.

J'ai grandi élevé par une dizaine de femmes différentes. Mais elles ne pouvaient jamais rester longtemps près de moi.

— C'était trop risqué ? demande Andrea.

— Oui. Quand j'avais sept ans, j'étais déjà autonome pour l'essentiel. Je passais des semaines entières sans voir personne.

Touchée, Andrea l'encourage à poursuivre et Antarès se met enfin à raconter.

Il nous dit le sentiment qu'il a très vite eu d'étouffer, et puis sa volonté de ne plus vivre enfermé. Ses sorties la nuit dès l'âge de huit ou neuf ans, seul, malgré les recommandations de sa mère. Il s'imposait à lui-même des consignes de prudence très strictes : ne jamais croiser personne, ne pas être vu. Rester à distance. Ne pas exister pour les autres. La vie humaine se résumait pour lui à de lointaines silhouettes.

Afin de ne pas se faire prendre, il n'empruntait jamais les rues. Il passait par les toits. Qu'importe si cela ralentissait sa progression. Il avait tout son temps, personne n'attendait son retour à la maison.

Régulièrement, il s'introduisait dans des magasins pour voler de quoi manger. D'autres fois, il se faufilait dans des maisons. Toujours discrètement. Toujours dans l'obsession de ne pas se faire repérer et de ne pas tomber malade. Voler, mais en petites quantités, sans effraction, que ce soit imperceptible. Et bien sûr, se désinfecter les mains dix fois, cent fois par jour.

Petit à petit, il a cessé d'avoir peur. Il est devenu plus rapide, plus souple, plus habile. Silencieux. Invisible. Il s'était habitué à voir dans la pénombre et à profiter de la lumière de la Lune. Elle est brillante pour ceux qui savent ouvrir les yeux.

Il était grisé par ce sentiment de liberté. C'était tellement nouveau pour lui.

Puis, cela n'a plus suffi.

— Le jour de mes seize ans, dit-il, j'ai décidé de partir.

Il se tait un moment avant de reprendre son récit. Il n'en a parlé à personne, ni à sa mère ni aux amies de sa mère. Il a entrepris de préparer son départ. Il s'est mis à étudier les exigences du voyage dans le temps. Développer sa capacité à se concentrer. Apprendre à sentir le vent sur sa peau et la puissance de la Lune quand elle est alignée avec la Terre et le Soleil. Se préparer à fuir plus loin. Dans le passé.

À une époque où les hommes avaient le droit de vivre.

Un an plus tard exactement, le 15 juillet 2087, jour de ses dix-sept ans, il est parti.

— Et tu as réussi. Tu es arrivé à mon époque, ajoute Andrea.

— Oui. En juillet 2019.

De toute évidence, Andrea est émue par les confidences d'Antarès. Et, je l'avoue, je suis un peu ébranlée, moi aussi. Quelle enfance terrible il a connue, si différente de la mienne...

Mais si je le crois sincère, il y a encore quelque chose qui me gêne beaucoup, quelque chose qui ne colle pas dans son récit.

— Je ne comprends pas. Tu pars dans le passé pour vivre une existence meilleure et tu choisis d'arriver à la fin du Moyen Âge ? Juste au moment de la transition avec la Renaissance ? Même si tu n'es jamais allé à l'école, même si tu as toujours vécu caché, tu as eu accès à des écrans. Tu connaissais forcément la date du début de la Renaissance. 2019 marque la fin du Moyen Âge, c'est-à-dire l'apparition de la grippe masculine. Pour vivre paisiblement, il fallait à tout prix éviter cette date-là. Alors pourquoi es-tu arrivé ici et maintenant ?

— L'explication est extrêmement simple, me répond Antarès avec un petit sourire amer. J'avais pour destination les années 1960, explique-t-il. J'avais lu sur un écran d'histoire qu'il s'agissait d'une période plutôt accueillante, et j'espérais y vivre. Cela me laissait à peu près soixante ans avant les premiers cas de grippe.

— Qu'est-ce qui t'a fait changer d'avis ? interroge Andrea.

— Rien. Moi, je n'ai jamais eu la possibilité d'aller à l'école. J'ai beaucoup lu, vu des centaines de vidéos, mais c'est tout. Je n'ai pas eu la chance d'avoir des cours de voyage temporel. J'ai appris sans l'aide de personne et je suis parti seul, sans agrégée pour m'accompagner. C'est déjà un miracle que j'y sois parvenu. Mais j'ai manqué de précision.

— Tu es arrivé en 2019 par erreur ? comprend Andrea.

— Oui. Quand j'ai constaté mon échec, j'ai essayé de poursuivre mon voyage dans le passé, je voulais m'enfoncer plus loin dans le Moyen Âge, mais je n'ai pas réussi. J'ai même volé un sèche-cheveux chez un coiffeur, dans l'espoir que cela m'aiderait, mais il n'était pas assez puissant. C'est tellement difficile de se déplacer dans le temps...

Il est tout à fait logique qu'Antarès se soit montré maladroit lors de son voyage temporel. Il s'agit d'une compétence difficile à maîtriser, même pour une *mulier sapiens* entraînée, mais force est de constater qu'Antarès a réussi cet exploit.

Un reportage me revient en mémoire. Il avait été diffusé peu de temps avant mon second voyage. Une équipe de scientifiques avait fait une étude sur des squelettes masculins et affirmait que leur oreillc interne était identique à celle des femmes. D'après eux, les osselets qui la constituaient et l'ensemble de sa structure permettaient donc de voyager dans le temps. Bien sûr, cette hypothèse avait suscité critiques et sarcasmes de la part de la communauté scientifique, et j'avoue que moi-même je m'étais sentie sceptique. Les hommes sont des êtres humains, et leurs qualités sont nombreuses, mais de là à les imaginer capables de se déplacer dans le temps, il y avait un pas de géant à franchir.

La présence d'Antarès à nos côtés aujourd'hui confirme clairement la faculté des hommes à voyager dans le temps.

— Heureusement, dit Andrea, tout ça est fini maintenant. Tu vas pouvoir vivre normalement. Et puis tu n'es plus seul. On est là, nous.

Antarès n'écoute plus vraiment. Il a les yeux fixés sur l'horizon, ou plus exactement le bout de la rue. On dirait que ces souvenirs l'ont pas mal remué.

Un instant, je tente de me mettre à sa place. Et si j'étais née garçon, en 2170 ? Quelle personne serais-je devenue ? Je suis troublée.

Dès que je l'ai vu, Antarès m'a déplu. Mais ai-je eu raison de mal le juger ? Il est agressif, handicapé dans ses relations avec autrui, et beaucoup trop sensible. Mais aurais-je été différente, si j'avais été à sa place ?

Alors, après tout... peut-être que lui aussi mérite de vivre au Moyen Âge et d'y être heureux.

CHAPITRE 20

Encore un jour de lycée. La routine du Moyen Âge est finalement très comparable à celle des temps modernes.

Ce matin, j'expérimente le voyageur électrique d'Andrea dans la fonction qui lui est dévolue à cette époque : sécher les cheveux. Je dois dire que c'est assez efficace. Cette machine manque clairement de puissance pour aider aux déplacements temporels, mais elle se prête bien à cette pratique locale appelée brushing. Elle consiste à ne pas laisser les cheveux sécher naturellement à l'air ambiant, mais à accélérer le processus en utilisant un voyageur qui souffle de l'air plus ou moins chaud. Les arguments en faveur de cette consommation inutile d'énergie sont « ça va plus vite » et « c'est plus joli », pointant une fois de plus deux éléments importants au Moyen Âge : gagner du temps et être séduisant.

Alors que l'air chaud agite mes cheveux dans tous les sens, Andrea entre dans notre chambre. Aussitôt, elle s'arrête, une drôle d'expression sur le visage.

— Qu'est-ce que tu fais ? Tu as changé d'avis, finalement ? s'exclame-t-elle. Et tu allais partir sans même me dire au revoir ?

Je comprends sa méprise et la rassure aussitôt :

— Non. Je me fais juste un brushing.

— Ah... Tu m'as foutu une de ces trouilles ! réplique-t-elle, soulagée.

Quand j'ai terminé, je constate que mes cheveux sont différents, comme gonflés d'air. Je n'ai pas l'habitude, mais je reconnais que l'effet est réussi.

Hélas, en descendant, je ne croise pas Pierrick. L'université est plus loin que le lycée et il quitte souvent la maison très tôt. Je suis déçue mais, puisqu'il n'est pas là, j'opte pour les ballerines et je me passe de soutien-gorge. La journée sera moins pénible comme ça.

Malgré tout, je me sens optimiste. George n'est pas réapparue depuis la première fois, et, chaque jour qui passe, je me sens plus à l'aise dans ma nouvelle vie.

Ma bonne humeur me pousse à prendre une décision généreuse. Je vais aider Antarès à s'intégrer. Il se débrouille étonnamment bien en ce qui concerne l'aspect matériel de sa nouvelle vie, mais pour le reste, le pauvre n'est pas doué. Je peux lui apporter mon secours. Par ailleurs, cela fera plaisir à Andrea qui s'est prise d'affection pour lui.

Forte de mon expertise, je vais donc lui donner un coup de pouce pour qu'il trouve sa place au Moyen Âge. Après tout, je suis une spécialiste maintenant !

Je suis assez fière de ma décision. C'est agréable de se sentir charitable.

Mais comment m'y prendre ? Une idée me vient durant la journée, que je décide de mettre aussitôt à exécution. Ce sera une surprise pour Andrea. Je me réjouis déjà à cette perspective !

En attendant que la transformation d'Antarès soit effective, je dois ménager mon secret. Ingénieuse, je commence par proposer à mon amie que nous passions voir Mathias après le lycée. Mais une fois les cours terminés, je prétexte que je me sens fatiguée et que je préférerais rentrer à la maison pour lire un autre guide relationnel écrit par Gustave Flaubert. Andrea n'y voit que du feu et accepte.

Je la laisse donc aller seule à la pizzeria que tient le père de Mathias et moi, j'attends Antarès. Dès qu'il sort de l'établissement, je le rattrape.

— Suis-moi.

— Où ? s'étonne-t-il.

— Je t'emmène au meilleur endroit possible pour comprendre comment devenir un garçon médiéval. Tu as besoin de mon aide pour réussir ton intégration.

— Non merci.

N'est-il pas conscient de son incapacité à sortir de son isolement et à s'insérer ? Je lui rafraîchis la mémoire :

— Pour trouver des faux papiers, un emploi ou un logement, tu t'es bien débrouillé. Mais pas pour l'essentiel. La vie sociale t'échappe encore complètement.

— J'en sais plus que toi sur cette époque. Je te rappelle que je suis arrivé il y a plusieurs mois.

— Je ne vis pas seule dans une chambre sous les toits, moi. Je ne passe pas mes soirées sans personne à qui parler.

J'ai visé juste et Antarès est atteint par mon argument.

— Si j'acceptais, où m'emmènerais-tu ?

Il est encore méfiant mais j'abrège ses manœuvres d'évitement.

— Là où tu pourras apprendre à devenir un homme, et te faire des amis.

Une trentaine de minutes plus tard, nous y sommes.

Je suis très excitée, je vais enfin découvrir ce lieu si important pour Pierrick. Mais j'ai un peu peur, aussi...

Je pousse une lourde porte battante et aussitôt, je suis assaillie par le bruit qui règne ici. D'un côté, un entraîneur crie sur un petit groupe de jeunes hommes, les encourageant, leur demandant de donner le maximum. Ils sont en train de répéter des petits mouvements de frappe, dans le vide. Il y a aussi quelques filles, qui ne tapent pas moins fort que les garçons autour d'elles.

Je n'ai pas le temps de les observer plus longtemps car mon attention est attirée par un homme attaché par un harnais à une sorte de gros élastique fixé au mur. Il s'élance brusquement vers l'avant pour tenter de frapper son adversaire, luttant contre la force du lien qui le ramène vers le mur, gémissant et ahanant.

L'endroit est humide et chaud. Ça sent le cuir, et la sueur.

À mes côtés, je sens qu'Antarès est tendu, lui aussi. Ce lieu est un peu effrayant. Les hommes sont souvent torse nu, en nage. Ceux qui s'entraînent en binôme portent des protections sur un bras, ou sur les tibias, pour mieux encaisser les coups. Et des gants, bien sûr. Ils frappent, donnent des coups de pied, accompagnant leurs mouvements de cris étouffés.

Et puis je vois Pierrick. Il se tient sur un espace isolé du reste de la salle par trois cordes épaisses tendues entre quatre piquets. Il est en train de s'entraîner contre un autre homme. Il ne m'a pas vue. Il est concentré sur son adversaire et frappe, précis, rapide. Désireux que ses coups portent et fassent mal. Je ne l'ai jamais vu comme ça.

Je viens de voir son vrai visage.

Je fais un pas en arrière. J'ai eu tort de venir ici.

— C'était une erreur, dis-je en entraînant Antarès vers la sortie.

Mais alors que je vais partir, je croise le regard de Pierrick. Il s'interrompt aussitôt et me sourit.

— Eh, Pénélope ! Je t'attendais !

Détendu, il retire ses gants et passe les cordes pour venir m'accueillir. On dirait une autre personne que celle qui se battait il y a quelques secondes.

— Bienvenue, ajoute-t-il d'un ton amical à l'intention d'Antarès. Pénélope m'a prévenu qu'elle viendrait avec toi. À mon avis, elle a bien fait de t'amener. Ici, on a le droit d'être agressif, c'est même indispensable ! Je vous fais visiter ?

Et il entreprend de nous expliquer le fonctionnement de la salle, la zone avec les sacs de frappe, l'espace pour les entraînements deux par deux... J'observe Antarès en espérant que tout cela va lui plaire, mais il a l'air circonspect.

Pierrick nous tend ses gants.

— Qui commence ?

Je suis déconcertée. La réponse est évidente, nous sommes là pour Antarès ! Mais mon air interloqué amuse Pierrick.

— Lance-toi, reprend Pierrick en me regardant. Cette fois au moins, tes mains seront protégées. Je vais te montrer où tu peux te changer.

Il demande à une fille si elle peut me prêter un short et un débardeur. Je me change dans les vestiaires et reste pieds nus.

À mon retour dans la salle, Pierrick me fait pratiquer quelques mouvements d'échauffement, puis j'enfile ses gants. J'ai juste le temps d'apercevoir une étincelle moqueuse dans les yeux d'Antarès. Je passe à mon tour entre les cordes de cet espace appelé ring.

Pierrick enfile une autre paire de gants et se place face à moi.

— Vas-y. Frappe.

— Je ne sais pas me battre.

— Je crois que si. Tu manques peut-être de technique, mais tu as des capacités.

Mal à l'aise, je lui donne un premier coup de poing sur la poitrine. Il ne fait pas un geste pour se défendre.

— C'était rien, ça. Plus fort.

Je recommence, en y mettant plus de vigueur.

— Bien. Pied gauche en avant. Rentre le ventre.

Je suis ses consignes et frappe à nouveau. Cette fois, il réplique, d'un petit coup vif et rapide. Pas suffisamment appuyé pour me faire mal, mais assez désagréable pour me pousser à lui rendre la pareille.

— Utilise tes jambes. Coup de genou. Pousse bien avec ta hanche.

Je lui donne un coup, mais qui manque de force.

— Encore. Déplace-toi. Ne reste pas en déséquilibre.

Suivant ses consignes, je recommence en tapant avec plus de puissance. Je cherche à déjouer sa défense. Impossible. Je m'efforce d'être plus rapide. J'ai envie de réussir.

Cette fois, nous nous battons vraiment.

Je garde les yeux fixés sur lui, attentive à son prochain mouvement. J'essaie d'anticiper, de le surprendre. De le toucher.

Lui aussi.

C'est un combat, mais c'est aussi autre chose. C'est violent sans l'être vraiment. C'est un jeu. Une partie d'échecs où tout le corps s'investit.

J'y prends plaisir. J'ai envie de gagner. Pierrick s'entraîne depuis des années, il a déjà combattu contre des dizaines d'adversaires, mais j'essaie quand même.

Jusqu'à ce qu'il lève le poing en déclarant la fin du combat. Et éclate de rire.

— Je le savais bien ! Tu es douée.

Essoufflée, en sueur, je baisse les bras.

— Et tu aimes ça... ajoute-t-il en me regardant, malicieux.

Je retire mes gants.

— C'était amusant, en effet. J'espère ne pas t'avoir fait mal.

— Honnêtement ? répond-il. Un peu. Tu tapes fort. Mais ça fait partie du plaisir de la boxe.

Et il rit de nouveau. Puis, satisfait, il se tourne vers Antarès.

— À toi maintenant.

— Non merci, répond-il, narquois. Je pense pas que ça soit une étape obligée pour devenir un homme.

Aucune chance qu'Antarès s'intègre s'il se montre fuyant dès qu'on lui propose une activité amicale et virile. Sans compter que cela lui permettrait d'apprivoiser la répulsion qu'il ressent dès que quelqu'un le touche. Pourquoi ne fait-il pas preuve de meilleure volonté ? C'est décevant. Mais je veux l'aider alors j'insiste :

— Fais un effort. Tu es un garçon, oui ou non ?

— Il est pas obligé d'aimer la boxe, intervient Pierrick. Il y a plein de mecs qui détestent ça.

J'ai le réflexe bien ancré de répondre que les hommes aiment tous se battre, mais je m'arrête à temps. Je pense au cours d'histoire de lundi, et à mon étrange découverte : les mâles seraient capables d'utiliser leur cerveau pour contrôler leurs pulsions… Comme s'il m'avait entendue réfléchir, Pierrick reprend :

— La testostérone fait pousser la barbe. On est d'accord là-dessus. Mais c'est pas elle qui rend les hommes violents.

Puis-je vraiment rejeter des années d'enseignement, des heures et des heures de cours dispensés par des professeures profondément convaincues que les hommes sont intrinsèquement agressifs ? Mal à l'aise, je ne peux pas m'empêcher d'insister :

— La testostérone est tout de même l'explication la plus logique...

— Ça, c'est ce que disent les gens qui cherchent une excuse. Mais moi, je peux te l'affirmer. Si un mec se bat, c'est parce qu'il le veut bien, pas parce que des hormones l'y obligent.

Je regarde Pierrick qui aime se battre, mais qui pourtant sait contrôler son agressivité. Et je regarde Antarès, qui n'a aucune envie d'essayer ces gants de boxe.

D'un coup, c'est évident pour moi. Je comprends définitivement que la violence n'a rien à voir avec le fait d'être une fille ou un garçon.

Si elle ne vient pas de là, j'ignore ce qui la provoque. Peut-être devient-on violent quand on a soi-même subi un traitement violent ? Peut-être devient-on agressif quand on a été éduqué dans un environnement agressif ?

Mais j'en suis sûre désormais. On ne devient pas violent à cause des hormones.

Je me tourne vers Antarès qui semble impatient de partir d'ici.

— OK. Tu n'es pas forcé de te battre. On rentre, si tu veux.

Il trouvera bien un autre moyen de se faire des amis. Sans doute a-t-il surtout besoin de temps pour ça.

Je remercie Pierrick qui nous raccompagne à l'entrée.

— Reviens quand tu veux, me dit-il.

Pourquoi pas ? J'aime bien ce sport.

Tandis que nous regagnons la rue, Antarès me dit :

— Merci quand même. Ça partait d'une bonne intention.

Je me demande s'il est ironique, une fois de plus, mais je vois qu'il est sincère.

— Je voulais t'aider.

— Je sais, répond-il simplement. Salut.

Et il s'éloigne pour rentrer chez lui. Seul. Fermé. Il porte comme une armure en permanence. Ça me fait un peu de peine. Ça ne doit pas être facile de vivre ainsi.

En attendant, moi, j'ai très faim. Ce combat m'a ouvert l'appétit. J'accélère le pas en espérant qu'Andrea est toujours à la pizzeria.

Je pousse la porte du restaurant, et Giacomo, le père de Mathias, m'accueille chaleureusement. Il semble dans une forme éblouissante. Je me dis que son fils devait lui manquer, et qu'il est heureux de l'avoir de nouveau près de lui.

Comme à son habitude, Giacomo me fait une bise. Je ne dis pas que cela me fasse plaisir, mais je n'éprouve pas cette fois le besoin de me réfugier sous une table. Je sais que Giacomo est quelqu'un de gentil, malgré sa moustache. Mathias et Andrea sont là, eux aussi, et je les rejoins pour manger une pizza.

— Justement, me dit Andrea, j'ai pensé à toi. C'est pour ton anniversaire.

Elle sort un petit paquet de son sac et me le tend.

— C'est seulement dans quatre jours, dis-je, un peu surprise.

— J'ai pris un peu d'avance, répond-elle. Ouvre-le.

J'obtempère et découvre un petit flacon de parfum.

— Je pense qu'il t'ira bien, précise-t-elle. Il est un peu entêtant au premier abord, mais quand on s'habitue, il est agréable.

Je suis touchée.

— Merci.

Je lui souris et elle me fait un clin d'œil.

Je me sens bien. Plus le temps passe, plus j'aime le Moyen Âge.

CHAPITRE 21

Le dimanche, je me lève avec un pénible mal de crâne. Trop d'efforts fournis pour m'intégrer, je crois. C'est épuisant.

Le père d'Andrea a préparé des crêpes pour le petit déjeuner. C'est la première fois que je le vois faire ça, et cela devrait réjouir tout le monde, mais Tiago déclare qu'il n'a pas faim. L'air sombre, il va jouer à l'ordinateur. Que se passe-t-il ?

Alors je me souviens. Aujourd'hui, c'est la fête des Mères. Tout s'explique. Les crêpes, le ton faussement enjoué du père d'Andrea, la tristesse ambiante. Ce jour fait partie des moments difficiles pour la famille. Chacun d'eux pense à l'absente... Je ne sais pas comment on peut se remettre d'un tel drame. Sans doute qu'on ne le peut pas.

Andrea arrive à son tour dans la cuisine en traînant les pieds. Elle embrasse son père.

— Merci. C'est super, les crêpes, dit-elle gentiment.

— Ça te fait plaisir ? demande-t-il.

— Oui, ment-elle. Très.

Il sourit, heureux de la réaction de sa fille, mais je vois bien que lui aussi vit mal cette journée. Il aimait sa femme, et maintenant que je suis amoureuse de Pierrick, je crois comprendre ce qu'il doit ressentir.

Andrea vient s'asseoir à côté de moi et se prépare une crêpe à la confiture pour faire bonne figure.

Son père nous laisse pour aller tondre la pelouse. Je sais qu'il s'efforcera de passer cette journée de façon absolument normale. C'est toujours ce qu'il fait quand il pense à sa femme aujourd'hui disparue.

Andrea repousse sa crêpe sans la finir. Je lui demande :

— Ça va ?

— La fête des Mères, c'est comme Noël, ou mon anniversaire, ou plein d'autres jours. J'aimerais pouvoir les gommer du calendrier. Mais je ne peux pas. Alors c'est simple. J'attends de passer à la journée suivante.

Quand je monte les escaliers, j'entends Pierrick qui tape sur son sac de frappe. Fort. Pour lui aussi, ce jour est douloureux.

Sa porte est entrouverte et j'hésite. Je suis arrêtée là, immobile sur le palier, quand il se retourne et m'aperçoit.

Il pleure.

Ma stupeur est indescriptible.

On se regarde un moment, sans bouger. Cela me bouleverse et j'ai envie de m'élancer vers lui.

Mais il essuie ses larmes d'un geste vif et me tourne le dos, recommençant à taper contre son sac.

Je comprends qu'il vaut mieux m'en aller.

Seule dans la chambre d'Andrea, je réfléchis à ce que je viens de voir.

Je n'ignore pas qu'au Moyen Âge, les hommes ne sont pas censés pleurer. C'est un comportement accepté chez les jeunes garçons, mais de façon occasionnelle. Une sorte de tolérance pendant les premières années, qui disparaît rapidement.

Pierrick a largement passé cet âge-là. Et pourtant, je ne me suis pas trompée. Il versait des larmes sur la disparition de sa mère... Hélas, son éducation l'a forcé à se détourner de moi, alors que j'aurais pu lui apporter mon soutien.

Quel dommage de devoir se cacher pour pleurer. Quelle tristesse d'être obligé de dissimuler honteusement sa peine.

Quel malheur d'être un homme triste au Moyen Âge.

La journée suivante commence mal pour moi. Je me dirige vers la salle de bains avec l'intention de faire un nouveau brushing, quand je découvre qu'une chose terrible m'est arrivée pendant la nuit.

J'ai un bouton d'acné. Gros. Parfaitement visible sur le menton.

J'avais bien senti quelque chose de bizarre dans cette zone-là de mon visage, hier. C'était un peu douloureux et chaud. Et maintenant, il y a là une pustule blanche cerclée de rouge.

Catastrophée, je me précipite pour demander de l'aide à Andrea. Elle a l'habitude, ayant parfois des problèmes de peau de ce genre. Elle saura me conseiller.

— Tu as mangé trop de cochonneries, se contente-t-elle de me dire.

— Quoi ?

— Les bonbons, les chips, le soda. Ça donne des kilos en trop, des caries et de l'acné.

— Pourquoi ne me l'as-tu pas dit avant ?

— Pas de panique. C'est juste un bouton. Rien de grave.

Bon, c'est vrai, je surréagis peut-être. Ce bouton ne met pas ma vie en danger. Je devrais me détendre et ne pas m'en préoccuper davantage.

Je respire à fond pour me reprendre.

Mais je n'y arrive pas. Un nouveau coup d'œil dans le miroir m'en empêche. C'est trop laid.

— Tu as plusieurs options, m'explique Andrea. La première : ne rien faire. Ton bouton séchera et disparaîtra naturellement en quelques jours.

— Donne-moi plutôt la deuxième.

— Percer. À la place, tu auras une cicatrice rouge un peu purulente. Et peut-être un point noir par la suite.

Je ne peux réprimer une grimace dégoûtée.

— Et la troisième ?

— Il n'y a pas de troisième.

Elle se moque de moi ? Je ne peux pas rester comme ça ! La brutale réalité de la vie au Moyen Âge m'apparaît dans toute son horreur. Je gémis.

— Pierrick va me trouver repoussante...

— Lui aussi avait de l'acné, avant. Il comprendra. Et de toute façon, ça fait partie des choses de la vie.

— Pas de ma vie !

— C'est une première pour toi, je me doute bien, mais essaie de positiver. C'est la preuve que tu t'intègres à ta nouvelle époque.

Andrea me montre comment percer mon bouton. C'est répugnant. Je badigeonne la zone de lotion antiseptique pour empêcher qu'il ne repousse, car apparemment cela se produit parfois. Tant que j'y suis, je passe également le coton imprégné sur l'ensemble de mon visage, en soin préventif.

— Qu'est-ce que tu fais ?

— Je repousse l'acné.

— Arrête, dit-elle en me prenant le coton. Ça ne sert à rien. Je te donnerai une crème spéciale, tu la mettras matin et soir. Avec un peu de chance, ça marchera.

— Ça marche, pour toi ?

— Parfois oui, parfois non. Allez, en route.

À regret, je décide de ne pas porter mes sandales aujourd'hui. C'est dommage car leur couleur dorée aurait détourné les regards de mon menton, mais je ne les supporte plus. J'ai trop d'ampoules. Je préfère chausser mes souliers de sport.

Passant le seuil, je lève les yeux vers la maison d'en face. Quelque chose a bougé derrière une fenêtre au premier étage.

Pourquoi est-ce que la nouvelle voisine me regarde comme ça ? Je devine sa silhouette derrière le carreau. Me fixe-t-elle réellement ou est-ce une illusion causée par le reflet du ciel sur la vitre ?

À ce moment-là, je la reconnais. Ses cheveux blonds presque blancs, sa haute stature...

Je me liquéfie de frayeur. La nouvelle voisine n'est autre que George. Nos regards se croisent et je lis dans ses yeux toute la haine qu'elle ressent pour moi.

C'est donc elle qui a emménagé dans la maison en face de chez Andrea ! Une femme seule, sans famille, dans cette bâtisse imposante. J'aurais dû m'en douter. Quel meilleur endroit pour me surveiller ?

Je fuis la rue et me réfugie à l'intérieur de la maison. Je veux être n'importe où sauf sous le regard de George. Je claque la porte derrière moi, mais j'ai le pénible sentiment que cela ne suffira jamais à me protéger d'elle.

Andrea est encore dans l'entrée, enfilant sa veste en jean.

— On y va ?

Elle remarque mon air défait.

— Qu'est-ce qu'il y a ? Tu as un problème ?

Je suis incapable de répondre, tétanisée.

— Un mec t'a emmerdée ? Il t'a suivie jusqu'ici ? T'inquiète, je vais m'en occuper.

Elle me pousse sur le côté pour rouvrir la porte et s'avance pour identifier le garçon qui m'aurait posé problème, prête à lui régler son compte. Elle ne voit personne.

Alors, son regard s'arrête sur la maison d'en face. Elle reste un instant immobile puis murmure :

— C'est George... Oh merde.

Aussitôt, elle referme la porte.

— C'est pas vrai... gémit-elle. C'est elle, la nouvelle voisine.

Nous échangeons un regard consterné. J'ai l'impression de ne plus être en sécurité nulle part.

Stressées, nous prenons notre courage à deux mains pour ressortir de la maison et marcher vers le lycée, d'un pas faussement détendu. Nous avons beau essayer de nous convaincre que la présence de George nous indiffère, en réalité nous sommes paralysées par la peur.

Mais je ne veux pas céder à la panique. Si George avait voulu me faire du mal, ce serait déjà fait. Au contraire, elle veut m'utiliser pour laver son honneur et, tant qu'elle gardera cet espoir, elle ne tentera rien contre moi.

En classe, je me force à ne plus penser à elle. Je contrôle nerveusement d'un geste de la main les signes avant-coureurs d'une nouvelle poussée d'acné.

— Plus tu touches, plus tu as de boutons, m'avertit Andrea.

Je fais confiance à son expertise. Autant elle est incompétente en maquillage, autant elle est qualifiée en acné. J'essaie donc de me refréner, mais c'est plus fort que moi. Mes mains ne cessent de tâter mon menton, mon nez, mon front, mes joues.

Le soir, j'appréhende le moment où nous repasserons devant la maison louée par George. Heureusement, quand nous rentrons, les volets sont fermés et nous ne l'apercevons pas.

Avant de descendre dîner, j'emprunte un foulard à Andrea et je le noue autour de mon cou, veillant à ce qu'il couvre aussi mon menton et son vilain bouton. Mais, en arrivant au rez-de-chaussée, je constate que Pierrick est absent. Nous dînons à quatre. Je suis à la fois déçue et soulagée.

Pour prévenir l'apparition d'un nouveau bouton, je refuse les frites prévues au menu et je me contente de salade verte et de pain. Sans beurre. Je résiste également à la Danette caramel au beurre salé, même si c'est plus difficile. Je dois tenir bon. C'est bien dommage car la nourriture est l'un des éléments particulièrement attractifs du Moyen Âge. Sans les chips, l'époque perd un peu de son intérêt.

Quelque chose pourtant me donne du courage. J'ai trouvé comment me rapprocher de Pierrick malgré son absence et mon bouton. Je ne serai même pas obligée de mettre mes sandales.

Facebook.

Les réseaux sociaux sont un merveilleux moyen de communiquer en période d'acné.

— Vous, les adolescents médiévaux, vous avez souvent des boutons. Vous avez donc trouvé un palliatif. C'est malin.

— Tu dis n'importe quoi, me répond Andrea. Facebook n'a pas été inventé à cause d'un bouton sur le menton.

— Bien sûr que si. Ou peut-être à cause des cheveux gras… Dans tous les cas, cela permet de ne pas rester isolé dans sa chambre quand votre miroir vous renvoie une image déprimante.

Andrea accepte de m'aider à créer mon profil. C'est facile. Prénom : Pénélope. Nom : Filledejane. Date de naissance… Bien sûr, 2171 n'est pas proposé. J'indique donc le 2 juin 2003, ce qui correspond à mon âge réel pour cette époque qui est maintenant la mienne.

J'insère un joli selfie qui laisse mon menton dans l'ombre et hop, le tour est joué. Dès que mon bouton sera parti, je pourrai même changer ma photo.

Je demande aussitôt Pierrick comme ami.

— Quand me répondra-t-il ?

— Quand il se connectera.

C'est long. Nerveuse, je consulte mon compte Facebook toutes les minutes.

Enfin, j'ai une notification. Pierrick vient de m'accepter comme amie !

Il n'est pas encore rentré à la maison, mais il a sûrement consulté son compte à partir de son téléphone et il a jugé utile d'accepter ma demande sans attendre. C'est merveilleux !

Je suis tellement heureuse...

Mais rien d'autre ne se produit.

Puis je réalise que je fais seulement partie de ses trois cent soixante-seize amis. Et je me sens triste.

Un peu plus tard, j'entends des voix par la fenêtre entrouverte. Je reconnais aussitôt celle de Pierrick et je m'approche pour regarder à travers la vitre.

Il est là, devant la porte, en train de parler avec Nelly. Dans l'air printanier, c'est son parfum à elle que je sens, une note très florale et extrêmement présente, qui couvre le parfum de Pierrick. Elle sourit et se tient près de lui. Très près. Mon cœur s'accélère et mon instinct me dit que ce n'est pas une bonne chose. Je recule rapidement, je ne veux pas voir ça.

Je me sens perdue. Aucun élément probant n'est venu confirmer mes doutes, mais j'ai un très mauvais pressentiment. Est-ce que George avait raison ? Non, ce n'est pas possible ! Je n'ai pas pu faire un choix aussi difficile pour me rendre compte maintenant que j'ai eu tort !

Mais quand je croise le regard embarrassé d'Andrea à mes côtés, je comprends. Pierrick et Nelly ont des relations du type « amoureux ». Peut-être n'en sont-ils qu'aux prémices mais, selon toute logique, ils passeront bientôt à l'étape suivante. Celle de la proximité physique et affective.

— Ça m'énerve, commente Andrea avec mauvaise humeur. Pierrick choisit toujours des copines trop connes.

Je sens qu'elle dit ça pour me réconforter. C'est une façon pour elle de me signifier sa solidarité, mais cette tentative est absolument inefficace. Cela ne change rien au sentiment qui vient de m'envahir comme une déferlante. La tristesse.

Je regarde mon profil Facebook et je reste là un instant, immobile. Je sens sur moi le regard d'Andrea, mal à l'aise.

Lentement, je m'assieds sur mon lit et je ne bouge plus. Je n'en ai plus la force.

J'avais entendu dire que l'amour est un sentiment si puissant qu'il peut tout engendrer ou tout détruire. Je découvre que c'est vrai. Dans mon cas, c'est la deuxième option qui se réalise.

Les jours suivants passent dans un brouillard cotonneux. Plus rien ne compte autour de moi. Je vois le flacon de parfum que m'a offert Andrea, encore rangé dans son joli petit sac. Inutile. J'ai dix-sept ans... Est-ce que les choses auraient été différentes si j'avais disposé de cet objet plus tôt ? Si j'avais pu me parfumer, me farder ? Ai-je commis l'erreur de ne pas porter mes sandales dorées tous les jours ? Ai-je raté mon brushing ?

Je suis incapable de réfléchir. La seule chose dont je suis certaine, c'est que le Moyen Âge est trop compliqué pour moi. Je serai toujours inadaptée. Être heureuse est peut-être possible pour les natifs de l'époque. Pour une fille du futur, c'est un rêve inaccessible.

CHAPITRE 22

Andrea s'inquiète pour moi, je le vois bien. Elle insiste pour que je descende manger avec le reste de la famille, mais je n'ai pas d'appétit. Même l'Orangina et les chips ne me font plus envie. Et pourtant, je pourrais en avaler autant que je veux sans penser aux conséquences sur ma peau. Avoir de l'acné m'importe peu, maintenant.

Je dis que je suis malade. Je ne vais pas au lycée.

Je dors beaucoup, le jour. Pas la nuit. Dans le noir, je garde les yeux ouverts.

Le père d'Andrea se fait du souci également, mais je refuse de consulter un médecin. Je suis certaine qu'il me trouverait en pleine santé. Il y a des maux qui ne se diagnostiquent pas avec un stéthoscope.

Chaque jour se déroule, identique au précédent.

La seule chose qui change, c'est la Lune. Elle était pleine, hier. Aujourd'hui, elle commence à décroître. Dans deux semaines, ce sera la nouvelle Lune.

Je pourrai repartir à mon époque. Retrouver ma famille. Suivre George. Me dénoncer, me laisser juger, vivre emprisonnée. Ou partir seule. Vivre comme l'a fait Antarès, clandestine. Mais je n'en ai pas envie.

Je ne veux ni partir, ni rester.

Je ne veux plus rien.

Un jour, alors que je suis échouée sur mon matelas, Andrea me secoue.

— Laisse-moi dormir.

— Debout. Habille-toi. On sort.

— Non.

Mais elle me force à me retourner et à la regarder.

— Je sais comment rencontrer Vigdis, affirme-t-elle.

— Ça m'étonnerait. C'est une star. Personne ne peut la voir.

— Si. Et j'ai trouvé comment.

— Tu dis ça pour m'obliger à bouger.

— Souviens-toi de tes cours d'EPS et regarde-moi. Est-ce que j'ai l'air de mentir ?

Je la regarde, lasse. Elle m'emmerde.

Mais c'est vrai qu'elle a l'air sincère.

— Tu ne sais même pas où la trouver. Elle voyage en permanence.

— Oui, répond Andrea. Et aujourd'hui, elle est à Paris.

Je me redresse un peu.

— En es-tu sûre ?

— Certaine. Elle préside le jury d'un concours de top-modèles. J'ai lu ça dans un magazine.

— Elle sera escortée par des gardes du corps. Ce sera impossible de l'approcher.

— Pour moi, peut-être, mais pas pour toi.

— Je ne vois pas pourquoi.

— Réfléchis. Tu es belle. Participe au concours !

Est-ce que vraiment cela en vaut la peine ? Vigdis ne pourra rien changer à ma détresse. Pierrick ne m'aime pas, que dire de plus ?

À ce moment-là, un souvenir me revient. Je devais avoir sept ans. J'étais rentrée seule de l'école, retenant difficilement mes larmes. Une fille de ma classe avait distribué des invitations pour son anniversaire et je n'en avais pas reçu. Tout le monde était invité sauf moi. J'étais tellement triste... Vigdis revenait du lycée et avait remarqué que je n'allais pas bien. Elle était venue vers moi et m'avait écoutée attentivement. Puis, sans rien dire, elle m'avait serrée dans ses bras. Tout simplement. Et je m'étais sentie mieux. Elle avait su m'apaiser.

Je me redresse complètement. Aujourd'hui plus que jamais, j'ai besoin de sa présence près de moi.

Andrea a eu raison de me secouer. Je cherche mon jean, je ne veux pas perdre une seconde.

— Allons-y.

— Ça ne va pas être facile d'atteindre ton amie, reconnaît Andrea, mais on va y arriver. Mets plutôt ta robe bleue, celle de l'an dernier, et tes sandales. Ça aidera.

J'obtempère. Je veux voir Vigdis.

Une heure plus tard, nous avons rejoint le lieu indiqué pour le concours. C'est à Paris, dans une grande salle de spectacle. Il y a un monde fou. Des dizaines de filles attendent devant la porte.

Avec Andrea, je me mêle aux autres candidates. Presque toutes ont mis des talons et des robes. Je suis contente d'avoir fait le bon choix vestimentaire.

J'entends les autres filles parler de Vigdis. Elles sont très excitées de pouvoir l'apercevoir aujourd'hui. Leurs commentaires confirment ce que le recruteur m'avait dit. Vigdis se montre rarement en public, elle évite la foule autant que possible. Le surnom de « reine des glaces » revient à plusieurs reprises. Cela m'inquiète et j'espère réussir tout de même à l'approcher...

Juste à ce moment-là, la porte s'ouvre et un vigile apparaît. Les filles se bousculent pour passer. J'en fais autant, jouant des coudes pour me faire une place.

Je perds de vue Andrea mais je continue d'avancer. Enfin, j'arrive à la porte.

— Ton nom ? me demande le vigile.

Il tient un document à la main.

— Pénélope Filledejane.

— Désolé, dit-il en consultant son papier. Tu n'es pas sur la liste.

Je stresse, je ne sais pas comment franchir cet obstacle. Le Moyen Âge est souvent très pointilleux sur les formalités administratives. Heureusement, Andrea me rejoint, toute rouge d'avoir dû batailler parmi un tas de filles plus grandes qu'elle.

— Il y a sûrement une erreur, affirme-t-elle avec aplomb. Mon amie est inscrite. Le mieux, c'est que vous la laissiez entrer.

— Désolé, répond le vigile, ça va pas être possible.

— Elle a le niveau pour ce concours, insiste Andrea. Vous voyez bien. Elle est plus belle que toutes ces filles réunies.

L'homme me toise.

— C'est pas à moi de juger. Je laisse seulement passer celles qui sont inscrites.

— Il a raison, proteste une des candidates. Vous avez pas le droit de resquiller.

— Essayez encore et vous aurez des emmerdes, menace une autre.

Plusieurs filles juchées sur des talons au moins aussi hauts que les miens me toisent d'un air belliqueux.

— OK, négocie Andrea. Nous, tout ce qu'on veut, c'est transmettre un message à Vicky Diaz. Vous pourriez faire ça pour nous ?

La première fille sourit mais ses yeux sont froids.

— Désolée, mais non.

Et elle avance vers le vigile. Deux secondes plus tard, il a coché son nom et elle disparaît à l'intérieur.

— Quelle connasse, siffle Andrea.

Je m'efforce d'être plus constructive :

— Peut-être y a-t-il une autre entrée ?

Nous nous éloignons de la foule et faisons le tour du bâtiment. En effet, une porte plus discrète est située à l'arrière. Pressant le pas, Andrea me montre une longue voiture noire garée un peu plus loin.

— Une limousine. Tu avais raison. C'est sûrement par là qu'elle est passée. Sauf qu'on est arrivées trop tard.

Je suis très déçue, mais je ne veux pas abandonner.

— Attendons ici. Elle est entrée, elle finira bien par ressortir.

Nous nous asseyons sur la marche, à quelques mètres de la limousine, et nous patientons.

Longtemps.

De l'intérieur nous parviennent de la musique et le son de différentes voix parlant dans un micro. C'est interminable.

Puis, enfin, des applaudissements nourris se font entendre, et la musique stoppe.

— C'est enfin fini, j'ai l'impression, commente Andrea.

Nous nous relevons. Je ne quitte pas la porte des yeux.

Mais soudain, Andrea me tire par le bras dans la direction opposée.

— Elle est là ! s'exclame-t-elle.

Je me retourne et j'ai juste le temps de voir une silhouette blonde s'engouffrer dans la limousine. Elle a dû sortir par-devant. Déjà, la voiture démarre. Je cours aussi vite que j'en suis capable.

— Vigdis !

Je rattrape la voiture et tambourine à la vitre. Le chauffeur, une femme, freine et descend la vitre de sa portière. Elle m'interpelle sévèrement :

— Ne reste pas là. Tu cherches à causer un accident ?

— Vigdis ! C'est moi, Pénélope !

Je hurle tandis que le véhicule redémarre lentement. À travers la vitre fumée, je ne peux même pas voir si Vigdis m'a reconnue. Je place mes mains pour supprimer les reflets et je colle mon visage contre la fenêtre. Je ne discerne toujours rien.

Mais, par la vitre avant restée baissée, j'entends sa voix. La même que quand j'étais petite, juste un peu plus grave peut-être.

— Arrêtez-vous, s'il vous plaît.

La portière s'ouvre et Vigdis sort. Elle me dévisage, abasourdie.

— Pénélope... C'est bien toi ?

Je me jette dans ses bras et elle me serre, fort. J'ai très envie de pleurer.

Mais je ne pleure pas. Je ris, parce que l'héroïne de mon enfance est devant moi, parce que je pensais l'avoir perdue et que je l'ai retrouvée. Je ris parce qu'elle me regarde avec ses yeux doux, comme avant. Je ris parce que je me sens mieux, pour la première fois depuis des jours.

Vigdis nous fait monter dans sa limousine. C'est une voiture très longue et dont les sièges face à face forment comme un petit salon. C'est très confortable.

Elle demande à la chauffeuse de nous conduire jusqu'à un bar tranquille.

— Ce n'est pas prudent, mademoiselle, objecte-t-elle.

— Je m'en fous, répond Vigdis.

— Quelqu'un risque de vous reconnaître, vous détestez ça... Partons plutôt pour l'aéroport comme prévu. Votre avion décolle dans deux heures seulement.

Mais Vigdis insiste d'un ton sec et, malgré son désaccord, la conductrice obéit.

Tandis que nous démarrons, plusieurs filles remarquent la limousine et se mettent à courir dans l'espoir d'approcher Vicky Diaz au plus près. Je croise le regard de l'une d'elles, celle qui avait refusé de nous aider. Elle a l'air tellement dépitée quand le véhicule prend de la vitesse et la distance… Je ne peux pas m'empêcher de sourire. C'est moi qui suis assise à côté de Vigdis.

Quelques minutes plus tard, la voiture nous dépose devant un luxueux hôtel. Un homme en uniforme nous ouvre cérémonieusement la portière. Vigdis chausse des lunettes noires et s'engouffre par les portes battantes. Andrea et moi la suivons.

Vigdis nous entraîne vers le bar et choisit une table située dans une sorte d'alcôve au fond de la salle. Elle commande du thé.

L'endroit est richement décoré. La lumière est tamisée et les sons étouffés par la moquette épaisse.

Vigdis retire ses lunettes et je peux de nouveau croiser son regard. Mais je suis frappée par son visage fermé, froid. Elle arbore un air sévère que je ne lui connais pas. Qu'est-elle devenue ?

Après avoir contrôlé les lieux d'un regard circulaire, elle est assurée de ne pas avoir été reconnue. Alors ses yeux sourient et c'est son visage entier qui s'éclaire. Enfin, je la reconnais !

— Je suis tellement heureuse de te voir, se réjouit-elle.

— Moi aussi ! Tu m'as tellement manqué !

En revanche, elle observe Andrea avec méfiance. Elle m'attire près d'elle pour chuchoter à mon oreille :

— Qui est-ce ?

— Mon amie, Andrea. Tu peux parler sans crainte. Elle est au courant. Elle m'a aidée quand je suis restée bloquée ici, pendant mon épreuve du BAC.

Vigdis n'en revient pas.

— Tu as été coincée ici pendant ton épreuve du BAC ? Et tu as raconté ton histoire à une fille du Moyen Âge ? s'étonne-t-elle.

— Oui. Tu peux lui faire confiance.

— Ce n'est pas possible ! Tu ne lui as pas dit d'où tu venais !

— Si.

— Et elle t'a crue ? s'exclame-t-elle, abasourdie.

— Pas au début, mais après oui.

— Mais... lui as-tu aussi parlé... du reste ?

— Elle sait tout, je te dis.

— Comment as-tu pu faire ça ? Elle va trahir notre secret, nous dénoncer ! Il faut partir d'ici !

Elle se lève déjà, paniquée, mais je la retiens :

— Ne t'inquiète pas. Andrea est digne de confiance.

— Ça fait un an que je connais Pénélope, confirme Andrea. Je n'ai jamais parlé à quiconque de votre secret. Il n'y a aucune raison que je le fasse maintenant.

Décontenancée, Vigdis observe Andrea attentivement. Elle semble avoir du mal à croire qu'une amitié entre une fille du Moyen Âge et une fille des temps modernes soit possible. Malgré tout, elle se détend un peu et accepte de se rasseoir.

Moi je brûle de comprendre. Comment mon ancienne baby-sitter est-elle arrivée jusqu'ici ? Pourquoi vit-elle au Moyen Âge ? Est-ce par choix, par obligation ? Je ne sais par quelle question commencer. Je la regarde et quelque chose me trouble... Cela fait dix ans que je ne l'ai pas vue et, pourtant, elle n'a pas vraiment l'air d'une femme, elle semble toujours aussi jeune.

— Vigdis... quel âge as-tu ?

— Dix-huit ans, me répond-elle.

Cela me fait un choc. La dernière fois que je l'ai vue, elle avait neuf ans de plus que moi. Elle devrait donc avoir vingt-six ans ! Et maintenant, elle est mon aînée d'un an à peine ?

— C'est normal, m'explique Vigdis. Je suis arrivée en 2018.

Je suis perturbée mais Andrea a déjà fait le calcul.

— Quand tu as quitté les temps modernes, d'après ce que m'a dit Pénélope, tu avais seize ans. Si tu es arrivée en 2018, tu n'as donc vieilli que de deux ans.

— Exactement, confirme Vigdis.

Comme c'est étrange ! Moi, j'ai continué à grandir et je suis maintenant presque aussi vieille qu'elle. J'ai beau savoir que ce genre de chose peut arriver quand on voyage dans le temps, je me sens perdue.

Mais Vigdis me fait un clin d'œil.

— Ne sois pas déçue. Nous nous entendions déjà très bien quand j'étais ta baby-sitter. Maintenant, nous avons presque le même âge, c'est encore mieux pour être amies !

Décidément, Vigdis a toujours ce don pour me réconforter.

Brûlant de comprendre, je l'interroge :

— Mais comment t'es-tu retrouvée dans le passé ? Comment une chose pareille a-t-elle pu se produire ?

— C'est une longue histoire, soupire-t-elle.

— Tu avais déjà passé l'épreuve du BAC, tu étais revenue de tes trois minutes de voyage temporel. Tout s'était déroulé normalement, pour toi. Comment as-tu pu te perdre au Moyen Âge ?

— Je ne me suis pas perdue.

C'est incohérent et j'essaie de remettre les morceaux en ordre, comme dans un puzzle. Serait-elle venue volontairement ? Personne à mon époque ne souhaite partir au Moyen Âge ! Enfin, à part moi, mais je suis un cas particulier.

Pourtant, Vigdis acquiesce doucement. Je n'arrive pas à la croire :

— Tu es venue ici de ton plein gré ? C'est impossible...

— C'est ma mère qui le voulait.

— Non... Ta mère n'a pas pu t'inciter à partir pour le Moyen Âge !

— Ma mère était une opposante, répond simplement Vigdis.

CHAPITRE 23

Je ne sais plus que penser. Une nouvelle fois, ma vision des temps modernes se fissure. La mère de ma baby-sitter, une résistante ?

Vigdis raconte, longuement. Pendant toute son enfance, elle a menti. Elle a dissimulé le projet que sa mère avait pour elle. Chaque jour, après l'école, elle s'entraînait pour être capable de voyager seule vers le passé, avant ses dix-sept ans, avant l'intervention sur l'oreille interne qui la priverait définitivement de cette capacité.

— Ma mère ne vivait que pour ça, explique Vigdis. Elle voulait que je revienne avant la Grande Grippe pour modifier le cours de l'histoire.

— Elle voulait que tu sauves les hommes ?

— Oui. Elle pensait qu'un monde mixte valait mieux qu'un monde féminin. Elle voulait que je prévienne les femmes et les hommes du Moyen Âge pour qu'ils se préparent à affronter la grippe masculine.

Ces mots résonnent étrangement en moi. J'écoute Vigdis en silence.

— Un jour, reprend-elle, ma mère a estimé que j'étais prête. Comme tu l'as dit, j'avais déjà passé trois minutes au Moyen Âge avec ma classe, pour le BAC. Depuis, je m'étais entraînée sans relâche. J'étais désormais capable de repartir. Seule.

Vigdis se tait un instant, perdue dans ses souvenirs, puis elle reprend :

— Ce jour-là, ma mère m'a fait asseoir sur le canapé. Elle me regardait avec un tel sérieux... J'ai compris tout de suite. Il était temps pour moi de m'en aller. Je me souviens bien de la peur que j'ai ressentie. C'était tellement brutal... Devais-je vraiment partir aujourd'hui, sans plus jamais retourner au lycée, sans plus jamais revoir mes amies ? La quitter, elle aussi, à tout jamais ? Ma mère a acquiescé en silence. Puis elle m'a pris la main et m'a emmenée dans le jardin. Il y avait du vent et, bien sûr, c'était la nouvelle Lune. Toutes les conditions étaient réunies.

J'échange un regard avec Andrea. Elle aussi écoute attentivement.

— Elle m'a embrassée une dernière fois, reprend Vigdis. Elle m'a rappelé à quel point ma mission était importante. Alerter les gens du passé au sujet de la menace qui pesait sur eux. Puis elle m'a demandé de me concentrer comme je l'avais appris, sentir le vent sur ma peau et la Lune dans le ciel.

Je l'observe. Je vois à quel point ce souvenir l'émeut.

— Malgré mon angoisse, poursuit-elle, j'ai obéi. Et je suis partie. Je m'en souviens, à ce moment précis, tu jouais dans la rue. Je t'ai vue mais tu ne m'as pas remarquée. Tu étais trop occupée à faire du vélo sans les mains. Tu riais aux éclats, les bras grands ouverts. J'aurais bien aimé te rejoindre. Mais ma mère m'a entraînée derrière la maison, à l'abri des regards. J'ai toujours regretté de ne pas avoir pu te dire au revoir.

J'ai de la peine pour elle. Ce que sa mère lui a imposé est terrible.

— Tu aurais dû résister... Refuser de partir, expliquer à ta mère que tu ne voulais pas !

— Je n'ai pas osé. Cela faisait tellement longtemps qu'elle me préparait à ça... Un peu comme si j'avais grandi dans ce but.

— Tu as dû te sentir tellement seule, en atterrissant ici...

— Ça a été dur, oui. Mais je n'étais pas là pour me lamenter sur mon sort. J'avais une mission. Hélas, j'ai échoué.

— Qu'est-il arrivé ? demande Andrea. Tu n'as trouvé personne pour te croire ? Personne pour entendre que tu venais du futur, pour écouter ta mise en garde ?

— Non, murmure-t-elle en baissant la tête. Ce n'est pas ça.

Elle a du mal à avouer la suite. Je crois que j'ai deviné.

— En réalité, reprend-elle, je n'ai jamais parlé. J'avais trop peur... J'ai été lâche.

Comme je la comprends... Seule à une époque inconnue, se sentant agressée par la foule, la pollution, les mœurs étranges, elle a juste pensé à survivre. J'imagine ce qu'elle a dû endurer... Son histoire fait étrangement écho à la mienne. Seule au Moyen Âge... C'est exactement ce qui me serait arrivé si je n'avais pas rencontré Andrea. Mais moi, j'ai trouvé une amie qui m'a secourue, puis aidée à repartir chez moi... Vigdis n'a pas eu cette chance.

— Ma mère voulait y croire, reprend-elle. Elle avait confiance en moi mais... je n'avais pas les épaules pour une telle mission.

Andrea aussi est touchée par l'histoire de Vigdis.

— Tu t'en es bien sortie tout de même, dit-elle pour la réconforter. Tu as survécu, tu t'es intégrée... Tu es même devenue quelqu'un de célèbre ! Tu dois être heureuse...

— Non, je ne le suis pas. Je me sens tellement seule, ici...

Elle a beau être arrivée il y a deux ans, elle est en fait comme Antarès. Elle n'a pas réussi à se faire d'amis.

Bien sûr, elle est entourée, les gens la respectent et l'admirent, mais cela ne suffit pas. Il lui manque l'essentiel. Quelqu'un avec qui elle puisse se montrer sincère.

J'essaie de lui remonter le moral et je développe tous les arguments qui me viennent en tête, même si c'est un peu hétéroclite :

— Nous sommes là, maintenant. Tu vas enfin pouvoir être heureuse ! C'est normal que tu te sois sentie seule au début. Quand on arrive des temps modernes, on a l'impression que le Moyen Âge est une époque barbare, mais quand on la connaît mieux, on se rend compte que non. Par exemple, il y a plein de bonnes choses à manger, bien que certains aliments donnent parfois des boutons. Et puis il y a de très jolies chaussures dans les magasins, même si elles sont un peu inconfortables.

— Je suis d'accord avec toi, répond Vigdis. Le Moyen Âge est en réalité une époque merveilleuse.

— Alors pourquoi es-tu si triste ?

— Parce que ce monde va mourir.

D'un coup, je comprends. Bien sûr. J'aurais dû y penser avant. Vigdis ne sait pas que j'ai changé le cours de l'histoire. Même si aucune mission ne m'avait été confiée, finalement, c'est bien ce que j'ai fait. Elle l'ignore donc encore mais, grâce à Andrea et moi, la Renaissance n'a pas eu lieu. Je me réjouis de lui annoncer cette bonne nouvelle. Quand j'étais petite, c'était elle qui me consolait. Aujourd'hui, c'est moi qui vais la réconforter.

Je lui prends doucement la main et je souris :

— Ne t'inquiète plus, mon amie. Cette époque ne connaîtra aucun bouleversement. La vie va continuer de suivre son cours, sans perturbation majeure.

— Nous sommes en 2020, insiste-t-elle. Le Moyen Âge est terminé. La Renaissance a déjà commencé.

— Non, justement.

Et je lui explique ce qui s'est passé il y a un an. Notre combat, à Andrea et moi, pour convaincre un médecin de l'imminence du danger. Et enfin mon prélèvement sanguin confié à un éminent chercheur.

— Il y a quelque temps encore, je t'aurais peut-être crue, dit tristement Vigdis. Mais maintenant, tout est différent. Personne ne peut changer le cours du temps.

Elle ne parvient pas à me croire. Elle réagit comme Antarès, c'est bien naturel. Je poursuis donc :

— Tu le vois bien. La grippe masculine n'est pas apparue. C'est la preuve que nous ne faisons pas erreur.

— Hélas si, assène Vigdis. Le premier cas a été signalé la semaine dernière.

Soudain inquiète, Andrea me regarde. Elle veut m'entendre affirmer à Vigdis qu'elle se trompe, mais moi aussi, je suis troublée. Vigdis semble tellement sûre d'elle ! J'insiste pourtant :

— Nous avons vérifié, Andrea et moi. La Grande Grippe n'a pas commencé. Il n'y a rien sur Internet.

— Internet a ses limites, rétorque Vigdis.

— Si un nouveau virus avait été signalé, les sites de presse en parleraient forcément...

— Les journalistes ne sont pas encore au courant. Le virus n'a même pas encore été identifié.

Je me raccroche désespérément à la logique qui a été la nôtre jusque-là, mais moi aussi je commence à avoir très peur.

— Alors comment peux-tu savoir qu'il est apparu ?

— Depuis que je suis arrivée dans le passé, je sais que ce jour viendra. J'ignorais quand exactement, mais je n'ai jamais cessé d'y penser. Or, depuis que je suis devenue une célébrité, je suis souvent approchée par différents organismes qui me proposent de parrainer leurs actions. J'ai accepté d'apporter mon soutien à l'un d'eux. Il s'agit du plus important institut de recherche mondial dans le domaine de la santé. Je suis donc régulièrement en contact avec eux. Je prends des nouvelles de leurs différentes campagnes en faveur de la santé dans le monde, et ils se félicitent d'avoir trouvé une marraine aussi concernée. Mais en réalité, chaque fois que j'utilise mon téléphone, je suis terrorisée. J'ai peur de ce qu'ils vont m'annoncer.

— Ils n'ont pas pu te parler de la grippe masculine… Je te dis que nous avons changé le cours du temps. Pour preuve, nous sommes déjà en 2020 !

— Voyons, Pénélope… Étais-tu si mauvaise en cours d'histoire ? 2019 est une date symbolique choisie par les historiennes pour marquer le début de la Renaissance. Ne me dis pas que tu as oublié pourquoi ?

Je suis mal à l'aise. Il est vrai que l'histoire n'a jamais été ma matière préférée et que j'étais souvent distraite en cours. Mais je ne peux pas me tromper sur une date aussi importante. Je réponds en prenant une voix que je veux assurée :

— 2019 marque le début de la Renaissance et donc l'apparition des premiers cas de grippe masculine.

Vigdis secoue la tête, atterrée.

— 2019 correspond à la mutation du virus qui a ensuite conta miné les hommes. C'est cette date qui a été choisie pour entrer dans les livres d'histoire. Mais les premiers hommes à être victimes sont décédés en 2020.

Je perds pied. Tout tourne autour de moi.

— Un des scientifiques que tu connais t'a parlé d'un cas inquiétant ? demande Andrea d'une voix blanche.

— Oui. Un infectiologue à l'université de Bogota, en Colombie. Il m'a raconté avoir eu à soigner un homme victime d'une maladie encore inconnue. Un archéologue plutôt réputé dans leur pays, d'après ce que j'ai compris. Conjonctivite, maux de tête, fièvre violente. Il était asthmatique, c'est sans doute pour cela qu'il a été atteint le premier. Il est mort rapidement, il y a deux jours.

Je pâlis. La Grande Grippe est-elle en train de commencer ?

— Eux ne le savent pas encore, poursuit Vigdis, mais nous, si. Nous savons même très bien ce qui va se passer. Il s'agit de la grippe masculine. Tout était écrit dans nos livres d'histoire.

Elle a donc raison. Nous sommes en 2020.

C'est le début de la Renaissance.

DEUXIÈME PARTIE

CHAPITRE 24

Vigdis se lève et pose de l'argent pour payer le thé.

— Vous voyez bien, ajoute-t-elle. Sachant cela, qui pourrait être heureux ? Dans les mois qui viennent, nous allons vivre la fin des hommes. Une hécatombe.

Alors qu'elle part déjà, je la vois se raviser et revenir prendre ma main. Sortant un stylo de son sac, elle écrit un numéro sur ma peau.

— Appelle-moi quand tu veux. Les temps à venir seront éprouvants.

Elle chausse de nouveau ses lunettes noires et sort du bar.

Dans la rue, des flashs crépitent. Des dizaines de personnes se sont rassemblées sur le trottoir et appellent Vigdis par son prénom médiéval : « Vicky ! Vicky ! » La chauffeuse avait raison de se méfier, quelqu'un a dû la reconnaître, et l'information a circulé comme une traînée de poudre. Je vois Vigdis s'engouffrer dans la limousine qui démarre et disparaît.

Quand Andrea et moi ressortons de l'hôtel, il n'y a plus personne dans la rue. Une brume grisâtre tombe sur la ville, percée par les phares des voitures. D'un coup, j'ai l'impression d'être en hiver.

Nous marchons lentement. Andrea pense à son père, à son petit frère. À Pierrick.

Moi aussi.

Malgré tous nos efforts, ils vont mourir. Nous n'avons rien changé. Comme nous avons été naïves...

Une émotion violente m'envahit. Pierrick ne m'aime pas, je le sais depuis que je l'ai vu avec Nelly. Sa mort ne changera rien pour moi. Qu'il vive ou qu'il meure, mon existence sera la même. Vide.

Un instant, je me sens perdue... Ressentirai-je du plaisir quand Pierrick sera malade ? Par désir de vengeance, serai-je satisfaite de le voir souffrir ? Puis je réalise.

C'est la peur qui étreint mon cœur, pas la jalousie, pas le désir de vengeance. Je ne veux pas voir Pierrick mourir. Même s'il en aime une autre, même si je dois ne jamais compter vraiment pour lui.

Je l'aime. Je l'aime toujours.

Malgré tout, je veux sauver le genre masculin. Parce que Pierrick est essentiel pour moi et que lui seul suffit à me faire aimer les autres hommes sur Terre.

Je veux qu'il vive, qu'il soit heureux. Et en disant cela, je sais que c'est désormais mon seul but.

Je pense aussi à Andrea. Je sais à quel point ses frères sont importants pour elle, son père aussi. Quand sa mère a disparu, toute la famille s'est soudée, réunie dans la douleur. Si elle perdait Pierrick, Tiago et son père... je ne sais pas si elle leur survivrait.

— Mais que pouvons-nous faire cette fois ? s'interroge Andrea, découragée.

Je me sens aussi démunie qu'elle. Comment réussir là où nous avons déjà échoué ?

Moins d'une heure plus tard, nous sommes devant chez Yoan. C'est lui qui nous ouvre la porte.

— Salut. Qu'est-ce que vous faites là ? s'étonne-t-il d'une voix haut perchée.

— On veut voir ta mère, répond Andrea en entrant sans attendre que Yoan l'y invite.

— Ça va être difficile, répond-il en refermant la porte derrière moi.

— C'est très important, rétorque Andrea.

Mais Yoan a l'air ennuyé.

— Je te crois, vu la tête que tu fais, mais elle doit partir et elle est déjà en retard.

— Ce qu'on a à lui dire passe avant tout le reste.

— Je suis pas sûr qu'elle soit de cet avis...

— Elle va où ? insiste Andrea. On peut l'accompagner. On lui expliquera en chemin.

Nous sommes interrompus par un appel vigoureux :

— Yoan ! crie Marthe. Je ne retrouve plus mon passeport !

— Elle perd toujours ses affaires, soupire Yoan. Je ne sais pas ce qu'elle ferait sans moi.

Il s'avance vers le salon et répond :

— Il est posé juste ici, sur la table basse.

Cette histoire de passeport ne me dit rien qui vaille... Nous le rejoignons et je pose la question qui m'inquiète :

— Yoan... Où ta mère se rend-elle ?

Ses cordes vocales passent au grave et c'est d'une voix de basse qu'il nous répond :

— À huit mille kilomètres d'ici. Madagascar.

Juste à ce moment-là, Marthe entre dans la pièce, traînant péniblement derrière elle une lourde valise. Je constate qu'elle a toujours un goût prononcé pour les cheveux teints. Elle est aujourd'hui brune avec les pointes décolorées. Marthe souffle de soulagement et s'effondre dans un fauteuil.

— Ton père a sorti la voiture ? demande-t-elle sans faire attention à nous.

— Le moteur tourne depuis dix minutes. Papa dit que, si tu ne viens pas tout de suite, tu vas rater ton vol.

— Marthe… les interrompt Andrea.

— Ah, vous êtes là, toutes les deux ? répond-elle en nous remarquant enfin. C'est gentil de venir voir Yoan. Restez dîner si ça vous dit. Il y a du surgelé dans le congélateur.

— On doit vous parler, reprend Andrea.

Mais Marthe n'écoute déjà plus. Elle se tourne vers Yoan.

— Dis à ton père que j'arrive. Je dois d'abord m'enregistrer.

— Tu ne l'as pas encore fait ? s'alarme Yoan.

— Tu sais bien, les formalités et moi, ça fait deux.

— Tu dois partir immédiatement, sinon l'avion décollera sans toi !

— Mais non… Et puis si je m'enregistre à l'aéroport, ça prendra encore plus de temps, il y a toujours la queue. Je vais m'en occuper maintenant.

— Tu pourras le faire dans la voiture.

— Certainement pas. Ça va me donner le mal des transports, tu me connais.

Yoan soupire et sort pour faire patienter son père. Quant à Marthe, elle allume son ordinateur. Andrea n'y tient plus et l'interrompt en la prenant par le bras.

— Oubliez votre avion. On a un énorme problème. Le virus. Il va dévaster le monde.

— Quel virus ? demande poliment Marthe en se connectant sur le site de la compagnie aérienne.

Andrea perd pied un instant.

— Mais enfin... la grippe masculine !

— Ah oui... Vous m'en aviez parlé l'an dernier, bien sûr. Pardon, j'étais distraite. Il faut dire qu'il y a tellement de virus dangereux.

— Il a fait une première victime. Tout va aller très vite. Il faut faire quelque chose.

— C'est ennuyeux, je comprends bien, mais je ne vais pas avoir le temps de m'en occuper.

Andrea a l'air halluciné et je dois dire que moi-même, je trouve la réaction de Marthe très surprenante... et inquiétante.

— Voilà, dit-elle, je suis enregistrée. Une bonne chose de faite.

Satisfaite, elle referme l'ordinateur.

— Vous ne pouvez pas partir ! insiste Andrea. Des milliards de gens vont mourir si on ne fait rien !

— Peut-être...

— Non, pas peut-être, c'est certain ! C'est ce qui va arriver !

— La santé des gens sera toujours ma priorité, sourit Marthe en serrant le bras d'Andrea dans un geste réconfortant.

— Alors vous allez rester ? demande Andrea en reprenant espoir. Vous allez nous aider ?

— Non. Pour l'instant, je me bats contre le paludisme.

— Quoi ?

— Plus d'un million de morts par an, dont une majorité d'enfants, ça vaut la peine de s'en préoccuper, non ?

— Bien sûr, mais...

— Quand ce nouveau virus aura fait autant de victimes, je reviendrai peut-être. Pour l'instant, j'ai une mission plus urgente à accomplir. Et je peux vous dire que ça ne va pas être facile, vu les conditions de travail là-bas. Le dispensaire que je reprends manque de tout.

Yoan revient dans le salon. Marthe se lève pour l'embrasser.

— À bientôt, mon grand.

Il l'aide à tirer sa valise jusqu'à la porte.

Andrea est défaite. Je suis aussi désemparée qu'elle. Qui pourra nous aider, si Marthe n'est plus là ?

— Dites-nous au moins comment on peut contacter votre ami chercheur ! supplie Andrea.

— Facile. Par téléphone.

— On ne connaît même pas son nom !

— Abel Constantin.

Et, indifférente à notre angoisse, elle sort de la maison, suivie par Yoan. Par la porte ouverte, nous voyons la voiture s'en aller.

Andrea me regarde, anéantie.

— C'est une catastrophe, murmure-t-elle.

Yoan revient à l'intérieur.

— Ça va ? Je suis désolé, pour ma mère. Elle est pas

évidente à gérer. Pourquoi vous aviez besoin de son aide ?

Je vois qu'Andrea hésite à lui dire la vérité. Pour ma part, j'apprécie Yoan, mais je pense qu'il vaut mieux éviter un mouvement de panique en parlant de la grippe... Discrètement, je lui fais un signe pour dire « non » et elle improvise :

— Pour rien. Une histoire avec la secte de Pénélope. Comme son gourou était branché médecines douces, yoga, tisanes, elle n'est pas à jour dans ses vaccins, mais on ira consulter un autre médecin.

— Je préfère ça, répond-il. Vous aviez l'air hyper-mal, en arrivant.

Andrea fait un petit geste évasif.

— Non, c'est pas si grave.

— Vous restez manger ? propose Yoan. Il y a une barquette de cannellonis.

— Non merci. C'est gentil.

Et nous partons en nous excusant de l'avoir dérangé au milieu des adieux avec sa mère.

— Pas de problème. Ça m'a fait plaisir de vous voir. Bon, je retourne réviser mon bac de français, moi. À demain.

Effondrées, nous quittons la maison de Yoan.

Sur la droite, il y a un sentier qui permet de rejoindre plus rapidement la maison d'Andrea. L'urgence est là.

Il nous faut prévenir son père, Tiago, et Pierrick bien sûr. À partir de maintenant, ils devront rester à la maison, à l'abri. Ne sortir sous aucun prétexte. La Grande Grippe a commencé. Peut-être que, confinés à l'intérieur, vivant désormais isolés du monde, ils pourront en réchapper. Comme Antarès quand il était enfant.

Poussée par le même sentiment d'urgence que moi, Andrea court, mais je n'arrive pas à la suivre. Elle est en baskets, et moi je porte mes sandales à talons. Je m'arrête pour me déchausser, une fois de plus, mais quand je débouche pieds nus dans notre rue, Andrea a déjà disparu à l'intérieur de la maison.

Je m'apprête à traverser quand j'entends une voix susurrer :

— Pénélope...

C'est George. Je le sais avant même de me retourner.

Elle est juste là, devant la grille de sa maison. Vraiment, ce n'est pas le moment. J'ai mieux à faire que d'écouter ses menaces. Mais elle n'a pas l'intention de me laisser passer. Elle me sourit en arborant son air de prédateur.

— Cela faisait plusieurs jours que tu n'étais pas sortie... J'avais beau guetter de chez moi, je ne te voyais plus. Est-ce que tu vas bien ?

Cette façon doucereuse de s'adresser à moi me répugne. Elle poursuit sur le même ton :

— J'ai vu le garçon que tu aimes. Il était avec

une autre fille, sais-tu ? Une blonde... Assez jolie, pour une médiévale.

— Laisse-moi tranquille !

— Tu es malheureuse, je te l'avais prédit. Reviens avec moi. Rentrons.

— Jamais.

Je n'ai qu'une idée en tête, rejoindre Andrea et sa famille. De toute évidence, George ignore ce que nous avons compris aujourd'hui. Elle ne sait pas que la grippe masculine est finalement apparue. Elle croit toujours, comme nous hier encore, que la Renaissance a été effacée de l'histoire. Elle me voit nerveuse, tendue, mais elle pense que je suis seulement obnubilée par la jalousie, que je suis obsédée par l'image de Pierrick et Nelly ensemble, alors que ma préoccupation est tout autre. Sauver l'homme que j'aime.

Je veux m'éloigner mais elle m'attrape par le bras.

— Pourquoi t'obstines-tu ? siffle-t-elle.

Elle me tire violemment de l'autre côté de la grille qui entoure sa maison. Je tente de résister, en vain. Cette femme est une force de la nature.

Personne ne me vient en aide. La rue est déserte et Andrea sûrement déjà en train d'avertir son père au sujet de la grippe. Ils m'ont oubliée. George me saisit par le bras et, malgré mes tentatives pour lui résister, elle me pousse avec une facilité déconcertante à l'intérieur de la vieille maison. Elle donne un tour de clé et la serrure fait un bruit sinistre.

— Laisse-moi sortir !

Mais George ne tient pas compte de mes cris. Elle met la clé dans sa poche et me regarde calmement. La pièce dans laquelle nous nous trouvons est vide et poussiéreuse. Inhabitée.

— Ne sois pas bouleversée ainsi, dit-elle. Je ne te ferai pas de mal. Moins que Pierrick, en tout cas. Tu dois te sentir trahie, toi qui es amoureuse de lui...

Ses mots me blessent, et ma souffrance lui donne du plaisir. Je l'affronte :

— Ce que tu fais ne servira à rien. Jamais je ne retournerai à l'époque moderne avec toi.

George est impassible. Elle m'observe de son regard pénétrant.

— N'as-tu pas saisi qu'au Moyen Âge, tu ne comptes pour personne ?

— Ouvre cette porte !

— Ce garçon ne t'aime pas. T'acharner est inutile.

— Tu ne peux pas comprendre. Tu n'as jamais aimé personne.

— Qu'en sais-tu ? demande-t-elle posément.

Je suis déconcertée. George ferait-elle partie de cette minorité de femmes amoureuses à mon époque ?

— Je vois très exactement de quoi tu parles, reprend-elle.

— Ça m'étonnerait. Les sentiments amoureux rendent les gens radieux. Toi, tu es sombre et hargneuse.

George encaisse, je vois que je l'ai blessée.

— L'amour ne rend pas toujours heureuse, murmure-t-elle.

— Ton avis m'importe peu.

Je cherche des yeux un objet qui pourrait me servir pour me défendre, obliger George à m'ouvrir la porte, mais je ne vois rien.

— Pourquoi veux-tu sortir d'ici ? ironise-t-elle. Pour souffrir en voyant ce garçon fréquenter d'autres filles que toi ? Quelle douleur inutile tu t'infliges... Une dernière fois, reviens chez nous.

En disant cela, elle me prend par la main, dans un mouvement presque amical. Cela m'est insupportable, je me dégage d'un geste brusque.

— Lâche-moi ! Je dois rester ! Je dois le sauver !

D'un coup, George m'observe attentivement.

— Le sauver ? questionne-t-elle avec intérêt. Le sauver de quoi ?

Je saisis aussitôt mon erreur. Je m'en veux terriblement. Comment ai-je pu laisser échapper cette précieuse information ?

Mais George m'observe de ses yeux perçants.

— Tu as changé le cours du temps, reprend-elle en cherchant à comprendre. Tu as empêché la grippe masculine d'advenir, il n'y a plus de danger pour lui... À moins que...

Elle perçoit mon profond malaise. Son niveau en EPS est aussi bon que ses capacités physiques. C'est comme si elle avait des antennes... Je ne veux pas me laisser faire :

— Donne-moi cette clé !

Mais à ce moment-là, George éclate de rire. Un rire sonore et puissant. Un rire qui envahit cette grande pièce vide et résonne tout autour de moi. Elle a compris.

— La grippe masculine est donc finalement apparue ! lance-t-elle. La Grande Grippe !

Elle rit, rit à ne plus pouvoir s'arrêter... Sans que je le lui demande, elle introduit la clé dans la serrure et ouvre grand la porte.

— La grippe aura donc bientôt nettoyé ce monde, s'écrie-t-elle. Bien sûr ! Comment ai-je pu en douter ? Comment ai-je pu imaginer que toi, une simple lycéenne, étais capable d'influencer notre destinée ? Nous sommes en 2020 et la Renaissance commence. Exactement comme prévu. Quelle idiote j'ai été ! Tu t'es agitée pour rien, comme une mouche contre une vitre. Rien ne pouvait arrêter l'inéluctable, ni toi ni personne. Le cours de l'histoire est immuable !

La voir se réjouir me fait atrocement mal.

— Dans quelques semaines, reprend-elle, quelques mois au plus tard, ce monde sera un mouroir. La maladie sera partout. Les cadavres des hommes seront plus nombreux que tu ne peux l'imaginer. Ce garçon dont tu t'es entichée mourra, lui aussi, de même que les hommes de sa famille. Tu seras seule au beau milieu d'un cauchemar. Alors, à ce moment-là, tu viendras frapper à ma porte et tu me supplieras. Tu te mettras à genoux devant moi pour me demander pardon.

Ses yeux brillent de plaisir. Je rétorque d'une voix tremblante :

— Tu te trompes. Il est encore temps.

— Tu imagines toujours être capable d'agir contre l'ordre des choses ? répond-elle avec condescendance. Ma pauvre petite, ce qui arrive maintenant est la preuve que personne ne peut changer le cours du temps. Personne.

— Je ferai tout pour sauver les hommes !

— Tu peux toujours essayer. Je ne ferai plus rien pour t'en empêcher. Cela n'en vaut même pas la peine.

Et elle recommence à rire.

Je ne veux pas l'écouter. Je sors de la maison, je vais rejoindre Andrea au plus vite et l'aider à sauver sa famille.

— File ! Rejoins-les, dit George avec un petit geste de la main. Ils vont avoir besoin de toi pour les soutenir pendant leur agonie. Mais, avant cela, je dois te révéler un détail. Un petit détail qui risque de ne pas te faire plaisir.

Je ne veux pas l'entendre. Je sors de la maison sans me retourner. Elle bluffe, c'est certain. Elle essaie juste de me décourager.

— C'est au programme des cours de biologie l'année de terminale, précise-t-elle. Il est normal que tu l'ignores puisque tu n'es qu'en première.

Je ne peux pas m'empêcher de jeter un coup d'œil derrière moi. Debout sur le seuil, elle a l'air tellement sûre d'elle. S'agit-il d'une information sur le virus ?

Je m'arrête. J'hésite. Et si c'était important ? Et si cela pouvait m'aider à protéger Pierrick ?

— Tu aurais pu le deviner toute seule, reprend-elle. Si tu avais un sens logique un peu moins atrophié, tu aurais déjà compris.

Je reste immobile. Je ne peux pas partir sans savoir. Alors, je lui demande :

— Quel détail ?

Elle jubile, prend son temps avant de répondre. Soudain, j'ai très peur de ce qu'elle va dire et j'ai envie de fuir. Mais il est trop tard. Elle annonce :

— La période d'incubation de la grippe masculine dure une année.

Et elle referme la porte. J'ai juste le temps de l'entendre ajouter :

— Je te laisse réfléchir à ce que cela signifie.

Le verrou claque sur ces mots terribles.

CHAPITRE 25

Je suis de nouveau seule dans la rue. La brume est plus épaisse que jamais, elle cache la Lune qui pourtant devrait être visible, haut dans le ciel. Je chancelle.

Un an d'incubation… C'est un cauchemar…

Un an d'incubation, ça change tout. Cela veut dire que le patient qui est mort en Colombie il y a deux jours était porteur du virus depuis douze mois environ…

Douze mois pendant lesquels il a vécu normalement, embrassé sa femme, câliné ses enfants, serré la main de centaines de personnes… Il a pris le métro, le bus, le train, l'avion.

Il a contaminé des milliers d'hommes et de femmes.

Qui eux-mêmes ont voyagé, transportant le virus un peu plus loin encore…

On peut se protéger de la grippe masculine si on en connaît l'existence. Dans le cas contraire, on partage la même bouteille d'eau, on touche les mêmes poignées de porte, on se parle sans masque, ignorant que le virus, invisible, est déjà passé de l'un à l'autre. Un virus peut survivre plusieurs heures hors du corps de son hôte. Le germe est là, sur toutes les surfaces contaminées, les objets du quotidien, bien vivant. Capable de coloniser un nouvel organisme au premier contact.

C'est donc cela qui rend la Grande Grippe si redoutable. Un temps d'incubation qui lui permet de se propager partout, indétectable.

Combien d'hommes sont déjà contaminés à l'heure qu'il est ? Des milliers ? Des millions ?... Des milliards ?

Tous ?

Je traverse la rue en courant. Je n'ai pas la clé de la maison sur moi, je sonne à la porte.

De longues secondes plus tard, c'est Pierrick qui m'ouvre. Il se tient dans la lumière chaude et rassurante de la maison, mais je sais qu'il s'agit d'une illusion. Même à l'intérieur, il est en danger.

Je pense qu'Andrea lui a déjà parlé car ses traits sont défaits. Il est bouleversé, et comme je le comprends ! Il vient d'apprendre qu'il va mourir. Je le regarde et je me sens tellement triste...

Car un an d'incubation, ce n'est pas seulement la fin des hommes... C'est aussi une horrible hypothèse dans mon esprit.

Est-ce moi qui ai contaminé Pierrick ? Lors de mon premier voyage ici, nous avons déjà vécu sous le même toit. Nous avons même été très proches, un soir... Lui ai-je transmis le virus, à lui, mais aussi à Tiago, et à leur père ? C'est peut-être à cause de moi qu'ils vont tous mourir...

J'ai envie de hurler. Si j'ai contaminé Pierrick il y a un an, cela veut dire que les premiers symptômes sont imminents.

— Entre, me dit-il en ouvrant plus largement la porte.

J'avance ma main et je frôle la sienne. Je veux sentir s'il a de la fièvre.

Il ne retire pas sa main. Ses doigts caressent les miens... Mon cœur bat la chamade, je ne sais pas si c'est à cause du contact de sa peau contre la mienne, ou si c'est la crainte de découvrir qu'il est brûlant... Je le regarde et je me perds dans ses yeux. Pendant un instant, le reste du monde n'existe plus. Le virus non plus. Je voudrais que le temps s'arrête, et c'est très exactement ce qui semble se passer...

Mais la réalité est là et je ne peux pas l'ignorer. Je retire ma main. Il n'a pas de fièvre, sa peau est fraîche. Peut-être aurons-nous quelques jours de sursis.

— Viens, me dit-il. On est tous ensemble dans le salon.

Sa voix trahit son émotion. Je le suis.

Quand j'arrive dans la pièce principale, je suis frappée par la scène qui s'offre à mes yeux. Andrea serre Tiago contre elle, tentant de le réconforter. Comme si c'était possible... Leur père est debout. Ses yeux sont cernés et son teint gris. Il est visiblement retourné mais tente de maîtriser ses sentiments.

Je connais bien cette maison, maintenant. Je m'y sens chez moi. Le papier peint à fleurs dont les couleurs sont un peu passées... Le buffet de bois sombre et ses tiroirs qui coincent chaque fois... Le petit miroir au cadre décoré de coquillettes, de farfalles et de macaronis... Les photos de classe d'Andrea, Pierrick ou Tiago, sourires figés, un peu raides devant l'objectif... Le logo de l'OSAT dessiné par Tiago et punaisé au-dessus de la télévision... Autant de traces d'une vie qui va disparaître.

— Tu dois te demander ce qui se passe, me dit Pierrick d'une voix étrangement cassée.

Pourquoi me pose-t-il cette question ? Au contraire, je suis très bien placée pour savoir ce qui leur arrive... Mieux que quiconque, je sais ce que la Grande Grippe signifie.

Mais, à ce moment-là, Andrea tourne la tête vers moi. Elle a du mal à parler, ses lèvres tremblent. Elle dit :

— Mon père vient de nous annoncer quelque chose d'important. On a arrêté l'assassin de ma mère.

Et je lis dans ses yeux toute la détresse du monde. L'arrestation du coupable signifie la fin de l'espoir, la certitude que sa mère est morte.

Je comprends alors qu'Andrea n'a pas eu le temps de parler à son père. Le drame de la disparition de sa mère a resurgi dans la famille et, à la même seconde, le virus est passé au second plan.

En rentrant à la maison, ce soir, j'ai en réalité interrompu les explications que leur père était en train de leur donner. Il reprend là où il en était, sans plus faire attention à moi :

— Pour l'instant, le meurtrier présumé est en garde à vue.

— Il a avoué ? demande Pierrick.

— Pas encore. Mais c'est bien son ADN qu'on a retrouvé sur les lieux du premier crime. Bien sûr, pour l'instant, nous ne sommes sûrs de rien. Il va falloir recouper les éléments, faire d'autres analyses, et mettre à profit la mise en examen pour obtenir des réponses de sa part.

Je regarde Andrea. Son visage n'exprime rien. C'est avec distance qu'elle demande :

— C'est qui ?

— Un homme qui avait une trentaine d'années à l'époque et qui vivait à quelques kilomètres d'ici. Une vie sans histoire, apparemment. On l'avait même interrogé lors de l'enquête de voisinage quand votre mère a disparu. Jamais on ne l'avait soupçonné.

— Tu lui as parlé ?

— Non. Je ne peux pas me charger de l'enquête.

— C'est pas toi qui vas l'interroger ? se révolte Andrea.

— Je suis lié personnellement à l'affaire. Je n'en ai pas le droit.

— Mais alors, c'est qui ? demande Andrea, démunie. Qui va le faire avouer ?

— Lionel.

Elle a aussitôt une réaction de rejet.

— Non, pas lui ! Il faut que ce soit quelqu'un d'autre !

— Il est plutôt bon pour les interrogatoires, répond son père. Il tourne autour du suspect en prenant son temps, il joue avec ses nerfs. Comme un chasseur.

Je vois exactement ce qu'il veut dire. Lionel est très exactement comme ça.

— Mais il n'est pas compétent, insiste Andrea. Il est seulement brigadier !

— Il est passé lieutenant en début d'année.

Andrea n'a plus d'arguments à opposer à son père. Elle se tait, résignée.

— Si vraiment cet homme a tué votre mère, Lionel saura le piéger.

Il s'approche de Tiago et Andrea, et s'assied à côté d'eux. Il les serre contre lui. Pierrick les rejoint.

Ils restent ainsi, tous les quatre, blottis ensemble.

Je reste à l'écart, consciente que leur histoire n'est pas la mienne, que ma place n'est pas ici, que j'ai toujours été une étrangère. Une fauteuse de troubles. Une intruse porteuse de la mort.

Comment Andrea pourra-t-elle vivre quand son père et ses frères seront morts ? Morts à cause de la grippe, morts à cause de moi ?

Je baisse les yeux, seule avec ma culpabilité.

La nuit est avancée. Tiago est monté dormir sans rien dire. Il n'a pas prononcé un mot de toute la soirée.

Je suis dans la chambre avec Andrea. J'ignore comment me comporter avec elle. J'aimerais la réconforter, mais je sais que c'est impossible. Aucune amie n'a le pouvoir de remplacer une mère.

— L'an dernier, raconte lentement Andrea, un souvenir m'est revenu en mémoire. C'était quelques jours après ton départ. J'étais dans ma chambre, tu me manquais. D'un coup, sans que je m'y attende, je me suis souvenue d'un moment partagé avec ma mère. J'étais assise contre elle et elle me racontait une histoire avec un monstre effrayant et une princesse. Ça faisait peur, très peur, même. J'imaginais une créature redoutable avec ses dents énormes et sa fourrure hirsute. Mais je me sentais bien, à l'abri à la maison. Protégée par ma mère. Si tu savais comme elle me manque...

Sa voix s'étrangle et elle se tait.

Alors je ne me pose plus de questions. J'agis comme je le sens. Je prends Andrea dans mes bras et je la berce, lentement. Sans même y penser, je chantonne doucement « Dors, petite fleur », parce que ma mère faisait ainsi quand j'avais un chagrin, enfant. Et Andrea se met à pleurer, en silence. Je sens ses larmes contre mon épaule.

Nous restons ainsi longtemps.

CHAPITRE 26

Le jour se lève, la lumière pénètre dans la chambre malgré les rideaux tirés. Je ne les ouvre pas. Je ne veux pas prendre le risque de croiser le regard moqueur de George, tapie derrière une de ses fenêtres.

Andrea dort encore. Assise sur mon matelas, je la veille. Elle aura besoin de moi quand elle ouvrira les yeux.

Quel hasard tragique a permis l'arrestation du meurtrier de sa mère, quand elle vient de découvrir le danger qui pèse de nouveau sur le reste de sa famille ? C'est tellement cruel.

Elle se réveille en sursaut. Elle est désorientée pendant un instant puis croise mon regard et les événements de la veille lui reviennent en mémoire. Un voile de désespoir s'abat sur ses yeux.

Je dois lui parler. Je ne peux pas respecter sa détresse, le temps nous est compté. L'arrestation du meurtrier de sa mère est venue tout perturber mais elle ne doit pas nous faire oublier quel danger pèse sur le monde.

— Tu n'as pas parlé à ton père...

Un instant, elle me regarde d'un air égaré, comme si elle ne savait pas trop de quoi je parle. Puis elle se souvient :

— La grippe... Non. J'ai rien dit.

— Je sais que tu es encore sous le choc, mais nous ne pouvons pas nous permettre de perdre du temps. Nous devons agir. Vite.

— Agir ? J'aimerais bien savoir comment.

Elle a dit cela sur un ton amer qui ne lui ressemble pas, et cela m'inquiète. Il est facile de deviner qu'à ce moment précis tout s'est déjà écroulé pour elle et qu'elle a le sentiment de ne rien pouvoir faire pour sauver ceux qu'il lui reste. Je dois la convaincre du contraire.

— Pour l'instant, il y a eu un seul mort. Ça veut dire que l'épidémie n'en est qu'au tout début. Il est encore temps.

— Tu as toujours dit que tout irait très vite.

— Justement. Nous devons parler à ton père maintenant.

— Non.

— Ça ne sert à rien d'attendre !

— On ne dira rien à mon père. Il est déjà assez mal comme ça.

Vu les circonstances, je reconnais qu'elle n'a pas tort. Dans les jours qui viennent, il va être accaparé par l'enquête sur la disparition de sa femme. Nous devons agir sans son aide.

— Dans ce cas, il faut trouver cet homme nous-mêmes. Le virologue. Abel Constantin.

— C'est perdu d'avance.

— Ne dis pas ça. Ce chercheur a peut-être réussi à élaborer un vaccin et, même s'il en est encore au stade expérimental, il pourrait s'avérer efficace.

— Je suis sûre que non. Marthe nous l'a dit clairement. Un nouveau virus n'intéresse personne. Les enjeux sont inexistants. On était naïves d'y croire. Il y a d'autres priorités. Le cancer, le diabète, les maladies cardiovasculaires... Avec ça, les labos peuvent gagner beaucoup d'argent.

— Aucune de ces maladies ne tuera la moitié de la population mondiale.

— Personne ne nous a jamais crues. Personne ne nous croira jamais.

J'insiste, effrayée à l'idée qu'Andrea puisse abandonner le combat.

— C'est différent maintenant ! Il y a eu cette première victime, il va y en avoir d'autres très rapidement. Ça change tout. Nous serons entendues !

— Tu comprends pas ? Nous avons échoué. Le temps

suivra son cours, c'est tout. C'est comme ça que les choses se passent.

Je m'attendais à une réaction de ce genre mais pas à ce point, pas aussi négative.

— Tu ne peux pas dire ça... Et ton père ? Et tes frères ?

— Notre famille est détruite depuis longtemps.

— Tous les quatre, vous formez une famille, même sans ta mère.

— Laisse-moi tranquille. Je suis fatiguée.

— Je vous ai vus, hier soir. Vous êtes unis, vous vous aimez.

— J'ai plus la force, Pénélope...

— Je vais t'aider. On est deux.

— Rentre chez toi avant que ce monde soit un cimetière. C'est la meilleure chose à faire.

Et elle se rallonge, me tournant le dos, sa couette remontée jusqu'aux oreilles.

Je me tais. Je reste là plusieurs minutes, espérant qu'elle se retourne, qu'elle change d'avis, qu'elle me dise que j'ai raison. Que nous allons nous battre, ensemble. Mais elle ne bouge pas.

Sans bruit, je sors de la chambre.

Je descends les escaliers. J'entends Pierrick et son père qui discutent à voix basse dans la cuisine. Ils reviennent sur les différents éléments de l'enquête, les circonstances des quatre meurtres, les preuves dont ils disposent.

J'enfile mes baskets et je sors.

Il pleut. Je marche d'un pas rapide jusqu'à la pizzeria. Je salue rapidement Giacomo et je monte directement à l'étage pour frapper à la porte de la chambre de Mathias. Après un moment qui me semble long, il m'ouvre.

— C'est toi ? s'étonne-t-il. Excuse-moi, je m'étais endormi. J'ai bossé toute la nuit sur mes photos.

En effet, je lui trouve l'air fatigué et ses yeux sont un peu rouges. Il fronce les sourcils en me regardant.

— Tu as pas l'air bien, s'inquiète-t-il. Il est arrivé quelque chose ?

Je lui raconte l'arrestation du meurtrier et il comprend tout de suite la situation : Andrea a besoin de lui. Il attrape aussitôt son blouson et part la rejoindre chez elle.

Cela me soulage un peu. Je sais à quel point Andrea compte pour lui. J'espère qu'il saura l'aider à se sentir mieux et que, très vite, elle sera de nouveau prête à se battre pour empêcher la Renaissance de survenir.

En attendant, je suis seule. Pourtant, je dois trouver ce virologue. Je crois savoir comment m'y prendre...

Je m'abrite sous un porche. Sur mon téléphone, je me connecte à Internet. Je tape le nom de l'homme, Abel Constantin.

C'est un peu fastidieux, l'écran est tout petit, les informations s'affichent lentement mais, avec de la patience, je trouve des renseignements sur lui. Il a obtenu un certain nombre de récompenses pour son travail de recherche, dont un prix appelé Nobel. Je n'en ai jamais entendu parler mais cela semble être une récompense de valeur. Cet homme est aujourd'hui employé par un gros laboratoire de recherche, dont je trouve l'adresse avec facilité. Je n'ai plus qu'à m'y rendre.

Avant cela, je dois prévenir quelqu'un. La seule personne qui me croira sans que j'aie besoin d'insister. Antarès.

Je ne suis pas fière de devoir lui annoncer la terrible nouvelle. Après toute une vie à attendre la mort, il était tellement heureux de se dire qu'il allait vivre... Et maintenant, je vais lui révéler que je me suis trompée et que c'est bientôt la fin.

Je le trouve près du lycée. Je lui raconte tout.

Contrairement à ce que j'attendais, il reste calme. Il n'a même pas l'air surpris. Je lui demande s'il a bien compris la gravité de la situation.

— Oui, répond-il avec un flegme déconcertant. Si tu dis qu'une première victime est morte, ça signifie que les choses vont s'enchaîner très vite maintenant. J'ai forcément déjà été infecté.

— C'est probable. Ce virus se propage sans que personne ne se méfie car...

— Je sais, me coupe-t-il posément. La période d'incubation est d'un an.

— Comment le sais-tu ?

— Je te rappelle que j'ai survécu dix-sept ans dans un environnement infesté par la grippe masculine. Je suis plutôt bien informé sur le sujet.

Bien sûr. J'aurais dû y penser.

— Qu'est-ce que tu vas faire ?

— Vivre, répond-il. Puis mourir. Quoi d'autre ?

— On dirait que ça ne te fait rien...

— Quand je suis né, j'étais déjà condamné. J'ai déjoué tous les pronostics en vivant jusqu'à aujourd'hui. Toutes ces années, au fond, c'était du bonus.

Je trouve sa réaction bizarre. Il ne peut quand même pas se résigner à son sort sans se révolter ! J'insiste :

— Tu pourrais tenter quelque chose ! Essayer à nouveau de repartir plus loin dans le passé. Te mettre à l'abri au vingtième siècle, par exemple !

— Cela ne changerait rien. Je suis déjà contaminé. La seule chose que je gagnerais peut-être, c'est de faire advenir la Grande Grippe un siècle plus tôt.

Comme c'est étrange de se trouver face à quelqu'un qui va bientôt mourir, qui le sait parfaitement et qui a accepté cette idée. Alors qu'il est condamné, c'est même lui qui me donne des conseils :

— Pour moi, les jeux sont faits, mais toi, tu ferais mieux de retourner en 2188. Tu te débrouilles plutôt bien en voyages temporels, tu y parviendras sans difficulté. Parce que, ici, les mois à venir risquent d'être un peu pénibles.

— Je ne partirai pas.

Déconcerté, Antarès m'observe puis sourit amèrement :

— Tu ne crois quand même pas pouvoir empêcher la progression de la Grande Grippe ?

— Pourquoi pas ? Je ne vais pas rester les bras croisés à ne rien faire !

— Tu as la mémoire courte. Il me semble que tu as déjà tenté le coup une fois, que tu t'es même vantée d'avoir réussi, mais qu'en réalité tu as échoué.

Je réplique, piquée :

— J'ai essayé. C'est mieux que rien.

— Mais à l'arrivée, la grippe est là. Tu vois bien, c'est peine perdue.

— Parce que toi, tu préfères rester passif ? Accepter les choses sans même tenter de te battre ?

— Moi, j'ai mieux à faire. Profiter de mes derniers jours sur cette Terre.

— Que vas-tu faire ?

— Avancer droit devant moi. Pour le reste, on verra bien.

Et il s'en va en ajoutant, sans même se retourner :

— Salut. Merci d'être venue me prévenir.

Mais moi je n'ai pas l'intention d'attendre la mort des hommes sans rien faire.

Je vais prendre un train vers Paris. Je dois parler à Abel Constantin, j'ai déjà perdu assez de temps comme ça.

Je commence à bien connaître les transports du Moyen Âge et je m'oriente plus facilement dans la ville. Je trouve rapidement les locaux du laboratoire qui emploie Abel Constantin.

Il s'agit d'une haute tour de verre qui reflète le ciel. Le bâtiment est impressionnant. J'approche de l'entrée qui s'effectue par un grand tourniquet automatique. Je suis sur le point de pénétrer à l'intérieur quand je remarque un homme devant la porte.

Il est vêtu de la même manière que tous les hommes qui circulent sur le parvis devant la tour, mais il reste là et surveille les allées et venues des gens. C'est un vigile, j'en suis sûre.

Je suis contrariée. Les vigiles sont un obstacle, j'ai déjà pu le constater lors du concours de mannequins. Comment faire ? Je réfléchis à une stratégie. Si j'avais été plus douée en drague, j'aurais pu séduire cet homme et franchir la porte, mais mon échec avec le comptable du lycée m'en dissuade.

Je cherche une autre solution quand mon attention est attirée par une silhouette blonde. Nelly ! Elle sort justement de la tour. Je suis surprise, que fait-elle là ?

Mais je me souviens du cours de SVT où elle avait évoqué son père qui travaille dans un laboratoire de recherche médicale. Accepterait-elle de m'aider à entrer ? J'ai du mal à y croire. Il est clair qu'elle me déteste et qu'elle refusera de faire le moindre geste en ma faveur. À moins que... Oui, je crois que c'est une idée qui peut fonctionner. Je cours pour la rattraper.

— Nelly ?

Elle se retourne, étonnée de me voir.

— Salut, me lance-t-elle froidement. Qu'est-ce que tu fais là ?

— Tu pourrais me faire entrer ?

— Pourquoi je ferais ça ? répond-elle en me toisant avec mépris.

— S'il te plaît. Cela me rendrait service.

— Tu peux toujours rêver.

Je sais quoi répondre, même si les mots que je vais devoir prononcer me font mal. Je m'y résous pourtant.

— Tu me dois bien ça.

Comment ça ? rétorque-t-elle.

Je déglutis mais je trouve le courage d'aller jusqu'au bout :

— On voulait toutes les deux sortir avec Pierrick, et c'est toi qu'il a choisie.

Un large sourire apparaît sur le visage de Nelly. La flatterie n'a pas d'époque.

— C'est vrai, répond-elle d'un air suffisant.

— Alors, vois ça comme mon lot de consolation. Tu me fais entrer dans la tour et on est quittes.

Elle est surprise.

— Et après, tu promets de ne rien tenter pour me voler Pierrick ?

— Je te le promets.

Elle hésite un instant, méfiante, mais se décide :

— D'accord. Je ne vois pas ce que tu veux faire dans ce labo mais après tout, ça te regarde.

Sans attendre, Nelly se dirige vers l'entrée de la tour. Elle n'a aucune difficulté à m'y introduire. Le vigile semble même très bien la connaître.

— Mon père dirige cette boîte depuis pas mal d'années, m'explique-t-elle avec fatuité. Je suis ici chez moi.

Cette fille est insupportable. J'essaie d'en faire abstraction. Je la remercie et elle s'en va.

Moi, je dois avancer. Je suis dans les murs, mais la partie n'est pas gagnée. Il me faut maintenant trouver Abel Constantin.

Devant moi, les ascenseurs, au nombre de quatre, s'ouvrent et se referment en faisant entendre chaque fois un petit bip. La tour comporte trente-huit étages. J'hésite quelques instants avant de découvrir comment m'orienter grâce à un panneau qui recense les différents services et indique leur étage.

Ainsi guidée, je prends l'ascenseur jusqu'au vingt-septième étage. Là, je repère une femme qui porte des escarpins à talons...

Il n'y a pas si longtemps, j'en aurais conclu qu'il s'agissait d'une personne importante. J'aurais même été tentée de mesurer d'un coup d'œil expert la hauteur précise de ses talons pour en déduire sa place exacte dans la hiérarchie de cette tour.

Mais chaque jour supplémentaire passé dans mon époque d'adoption affine ma perception de cette société. En ce qui concerne les chaussures, je ne suis plus sûre de rien. Je me demande même aujourd'hui si Andrea n'a pas, en partie du moins, raison. Les talons ne seraient pas un bon indicateur pour savoir à qui on a affaire...

Dans ce cas de figure précis, je ne suis donc pas certaine que cette femme soit une dirigeante. Je sais par ailleurs que les postes stratégiques dans les entreprises sont souvent occupés par des hommes. Je décide donc de chercher un autre interlocuteur, de préférence un homme, quand la femme se tourne vers moi et me demande si elle peut m'aider. Elle est souriante et j'estime que je peux quand même tenter ma chance auprès d'elle.

Elle me répond qu'en effet elle travaille dans le service du docteur Constantin. Quelle chance !

— Serait-il possible que je lui parle ?

J'explique que c'est au sujet de ce nouveau virus sur lequel il travaille. Je vois qu'elle a l'air surprise.

Je me dis que c'est normal, la population n'est pas encore informée, l'épidémie ne fait que commencer. Par ailleurs, si elle n'est qu'une vague assistante au sein de ce laboratoire, elle peut parfaitement ne pas être au courant des travaux du chercheur. Je lui explique donc qu'Abel Constantin me connaît très bien, par échantillon sanguin interposé. En effet, c'est mon sang qui lui a été transmis il y a près d'un an. J'aimerais discuter avec lui des mesures à prendre pour empêcher le virus de se propager, et protéger la population.

— Mais enfin, de quoi voulez-vous parler ? lâche-t-elle, agacée. Si M. Constantin travaillait sur un nouveau virus, je le saurais !

Décidément, elle est mal renseignée. C'est sûrement une simple secrétaire. Je sens la pression monter, je dois vraiment voir le chercheur sans perdre de temps, mais j'essaie de me montrer patiente :

— Peu importe que vous ne soyez pas au courant. Je souhaite juste parler à votre patron. Dites-lui simplement que c'est au sujet du vaccin contre le nouveau virus. Il comprendra.

Elle lève les yeux au ciel.

— Voyons, un vaccin, ça ne se fabrique pas comme ça ! Il faut des moyens, de l'argent. On manque déjà de fonds pour financer la recherche contre le cancer ou le sida, vous vous doutez bien que, dans ces conditions, personne n'a d'énergie à perdre sur un virus inconnu. M. Constantin travaille sur d'autres sujets, bien plus importants !

Je sens que ma respiration s'accélère, je vais faire une crise de panique... Non, ce n'est pas possible. Je me contrôle. Je reste calme.

— Je vous en prie. Laissez-moi lui parler.

— De toute façon, réplique-t-elle en haussant les épaules, même si je le voulais, je ne le pourrais pas. Le docteur Constantin est actuellement en voyage.

Je me fige. En voyage ? Comme Marthe, partie au moment où nous avions besoin d'elle ? À moins que... D'un coup, l'espoir me revient. Je dois vérifier mon intuition :

— Où est-il parti ?

— Cela ne vous regarde pas.

Alors, je tente mon va-tout.

— En Colombie ?

— Comment le savez-vous ? s'étonne l'assistante.

Je ferme les yeux. Cela ne peut pas être un hasard. Ça signifie qu'Abel Constantin a entendu parler de cette première victime du virus. Il a fait le rapprochement entre le cas qui vient de se déclarer et le virus qu'il a étudié. Et il a jugé la situation suffisamment grave pour sauter dans le premier avion et partir pour la Colombie.

Je dois à tout prix en savoir plus.

— Quand reviendra-t-il ?

— Je l'ignore, répond la femme aux escarpins. Ce voyage n'était pas prévu, il est parti sur un coup de tête, sans m'en dire davantage. Maintenant, allez-vous-en ou je fais appel à la sécurité.

Je m'en vais. Pour l'instant, je ne peux rien faire de plus.

Quand je ressors de la tour, je suis partagée.

Il y a une bonne nouvelle. Abel Constantin a fait le lien entre le virus sur lequel il a travaillé ces derniers mois et celui qui a fait une victime en Colombie. Il est sur place. Il est donc conscient du problème.

Mais il y a plusieurs mauvaises nouvelles.

Cette femme ignorait tout du virus. Or elle travaille avec Abel Constantin. Cela signifie donc qu'il a étudié la grippe masculine en parallèle avec d'autres recherches plus officielles. Cela veut dire aussi qu'il n'a pas pu consacrer tout le temps nécessaire à cette recherche et qu'il manque de moyens.

Par ailleurs, à l'heure qu'il est, il se trouve à l'autre bout du monde, et j'ignore quand il reviendra.

J'ignore également s'il a pu élaborer un vaccin.

Dans ces conditions, comment protéger Pierrick et les autres hommes ?

CHAPITRE 27

D'un pas lent, je remonte de la gare vers la rue d'Andrea. Je passe sous les fenêtres de la maison de George sans craindre qu'elle ne me tombe dessus. Elle guette, simplement. Elle se repaît de ma souffrance. Elle se contente d'attendre mon échec. Le moment où je comprendrai que la partie est perdue.

Qui est dans le vrai ? Moi, qui veux y croire, qui veux me battre ? Ou George, qui prédit la mort des hommes en riant, et Antarès, qui s'est résigné ?

Alors que j'arrive à la maison, la porte s'ouvre d'un coup. C'est Andrea, on dirait qu'elle m'attendait. Elle a l'air affolée :

— Tiago est pas avec toi ?

— Non...

— C'est pas vrai... Où il est ?

Son inquiétude me gagne aussitôt.

— Que se passe-t-il ?

— Il a disparu... Il a quitté la maison, je m'en suis même pas rendu compte et je sais pas où il est !

Je comprends son angoisse. Tiago doit être perturbé par l'arrestation du meurtrier de sa mère et il a pu faire n'importe quoi.

— Tu as prévenu ton père ?

— Non, il est sorti. Je pense qu'il est au commissariat, mais il décroche pas son téléphone.

— Et Pierrick ?

— Il cherche partout dans le quartier mais, pour l'instant, j'ai pas de nouvelles. Moi je t'attendais. Comme vous vous entendez bien, avec Tiago, j'espérais qu'il était avec toi !

Au même moment, la sirène d'un camion de pompiers déchire l'air. Andrea et moi échangeons un regard effrayé. Pourvu que... Non, je ne veux pas imaginer quelque chose d'aussi terrible... Les pompiers ont pu être appelés pour un milliard de raisons, un simple accrochage entre deux voitures, un malaise cardiaque, une mauvaise chute... Tout, mais pas un geste désespéré de Tiago. Non. Pas ça.

— Je vais voir, s'exclame Andrea. Toi, tu bouges pas, tu m'appelles s'il revient !

Et elle part en courant en direction de la sirène des pompiers.

Je reste là, inquiète.

J'aimerais partir à la recherche de Tiago, moi aussi, mais Andrea a raison. Quelqu'un doit rester à la maison, au cas où il reviendrait.

Alors j'attends, seule, assise sur les marches devant la porte.

C'est là que je l'entends. Un peu plus haut, vers le ciel. Quelque chose a bougé.

Je lève les yeux et j'aperçois une basket bleu et gris dans le cerisier. Je me lève et m'approche.

Perché sur une branche, caché dans le feuillage et les cerises pas encore mûres, c'est Tiago.

— Tiago... Tout le monde te cherche !

— C'est pas important, répond-il.

— Nous étions inquiets ! Pourquoi tu n'as rien dit ?

— De toute façon, tout le monde se fout de moi.

— Ne dis pas ça... Ta famille t'aime !

— Ils m'écoutent jamais.

— Qu'est-ce que tu veux dire ? Bien sûr que si !

— Non. Ils ont adhéré à l'OSAT mais, en réalité, ça compte pas pour eux !

— Ils sont moins investis que toi, mais ça ne veut pas dire qu'ils sont indifférents...

— Devenir végétarien ou économiser l'eau pendant qu'ils se brossent les dents, réplique-t-il, c'est pas difficile. Mais dès que j'exige des vraies actions, ils arrêtent de m'écouter. Moi je fais le maximum pour que les choses changent, mais tout le monde s'en moque.

— Je suis sûre que si tu leur dis ça, ils feront des efforts.

— C'est faux ! Et en ce moment, ils en font encore moins ! Ils pensent qu'à maman !

Il a l'air en colère. Je crois qu'il a besoin de moi.

Je porte mes baskets. Avec ça, c'est plus facile de grimper dans un cerisier. C'est ce que je fais. Je rejoins Tiago sur la grosse branche voisine de la sienne.

— C'est vrai, ils sont tristes, en ce moment. À cause de ta mère, en effet. Tu ne l'es pas, toi ?

— Ils font plus attention à rien d'autre ! dit-il, la voix tremblante. Mais ils ont pas compris ? Maman est morte ! Elle est morte et on pourra jamais rien y changer ! Alors que les animaux, eux, ils sont encore vivants ! Les ours polaires, les rhinocéros ! Les pangolins ! On peut encore les sauver !

À ce moment-là, sa voix s'étrangle et il a du mal à poursuivre.

— On peut encore les sauver, sauf que personne ne m'écoute... Personne ne fait rien. Et si on fait rien, ils vont mourir, eux aussi...

Tiago se tait et éclate en sanglots.

Je comprends alors pourquoi il est si important pour lui de sauver les animaux de la Terre. Sa mère a disparu quand il était tout petit et, à cela, il ne peut rien changer. Par contre, il peut agir pour sauver les pangolins. Être actif. Sentir qu'il a une prise sur le monde, qu'il n'est pas seulement un petit garçon victime d'événements imprévisibles et incontrôlables. Comme la disparition de sa mère...

Voilà pourquoi l'OSAT est essentielle pour lui.

— Tout seul, renifle-t-il, je sais pas si je vais y arriver... Parfois, je me sens tellement découragé. Je pense à toutes ces vies qui disparaissent et que j'arrive pas à sauver... Si je peux rien faire, à quoi ça sert que je vive ?

Assis sur sa branche, Tiago verse de chaudes larmes sur le sort du monde, et sur sa propre misère. Ça me bouleverse.

En équilibre précaire, je m'approche et je le serre dans mes bras. Il ne me repousse pas. Il se laisse aller et pleure longuement.

Je le garde contre moi, avec son tee-shirt en coton bio et ses baskets équitables. Il a les cheveux ébouriffés et pas très propres car il veut économiser l'eau. Son nez est morveux mais je n'ai pas de mouchoir dans ma poche. Il renifle contre mon épaule.

Cet enfant ne peut pas mourir. Non, ce n'est pas possible.

Je veux qu'il vive. Pour les ours polaires, les rhinocéros, les pangolins, mais surtout pour l'humanité. Parce que la Terre, sans cette petite personne-là, serait moins belle.

Le soir tombe. Le père d'Andrea redescend les escaliers.

— Il s'est calmé.

— Il veut toujours rien manger ? demande Pierrick.

— Non. Je remonterai le voir un peu plus tard.

Andrea et son frère sont revenus quand je les ai prévenus que Tiago était à la maison. Leur père également, qui avait rallumé son téléphone. Ils ont mesuré à quel point Tiago allait mal et, depuis, l'entourent de leur attention. Mais ils sentent bien que cela ne suffit pas, que sa détresse est trop profonde.

L'atmosphère est lourde dans la maison. Pierrick débarrasse la table du dîner sans mot dire. Andrea reste assise, les yeux dans le vide. Moi aussi, je me sens coupable de ne pas avoir été attentive auparavant à la douleur de Tiago.

Le père d'Andrea se prépare un café.

— Je suis désolé de ne pas avoir décroché quand tu m'as appelé, dit-il à Andrea. Lionel me tenait au courant de l'interrogatoire. Je ne faisais plus attention au reste. Il y a du nouveau.

— Le mec a avoué ? demande Andrea.

— Oui. Trois meurtres. Tous, sauf celui de votre mère.

— Quel salaud ! fulmine Pierrick. Faut pas abandonner. Insiste, reprends l'enquête. Tu vas lui faire lâcher prise. Il finira bien par dire la vérité.

— Non. Cette piste est close.

— Mais pourquoi ? Tu vas pas laisser tomber !

— Il a un alibi.

— C'est pas possible. Il ment pour éviter une peine trop lourde.

Mais le père d'Andrea secoue la tête :

— On a vérifié. Il était en prison pour un délit mineur au moment où votre mère a disparu.

Et il explique les vérifications auxquelles se sont livrés les hommes du commissariat. Il n'y a aucun doute possible. L'homme qui va être déféré au parquet et placé en détention provisoire en attendant son procès n'est pas l'assassin qu'ils cherchaient. Il est sûrement coupable des trois autres meurtres. Mais il n'a pas tué la mère de Pierrick, Andrea et Tiago.

C'est inattendu, et je vois que toute la famille est perturbée par ce nouveau rebondissement de l'enquête. Andrea semble ne pas comprendre. Pierrick aussi a les sourcils froncés, comme s'il cherchait à reconstituer la logique de tout cela.

— Alors... murmure-t-il, incrédule, alors, ça veut dire que maman est peut-être encore vivante ?

— Peut-être, répond son père. Mais il ne faut pas que vous fondiez trop d'espoirs là-dessus. Tout ça s'est passé il y a tellement longtemps...

L'affaire est revenue à la case départ, et toute la famille est de nouveau face au doute. Elle s'appelait Florence et elle a disparu, c'est leur seule certitude.

Est-elle morte, ou vivante quelque part ? Il va de nouveau leur falloir vivre avec cette question.

Le père d'Andrea a l'air épuisé. Il disparaît dans la cuisine et j'entends le bruit de la machine à café.

Pierrick sort sur la terrasse et je le vois respirer profondément l'air du soir.

Andrea ne dit rien, perdue dans ses pensées. J'imagine ce qu'elle ressent. Un mélange de déception et de soulagement. La douleur de ne pas savoir, et l'espoir de nouveau là.

Mais moi, je refuse qu'elle continue de se laisser submerger par ses sentiments. Ils sont légitimes, oui. Si légitimes... Mais pas un jour comme celui-ci. Non, pas maintenant. Je ne peux pas lui permettre de prendre ce temps pour elle. La Grande Grippe menace.

J'ai besoin de toutes les ressources pour m'aider. Andrea doit reprendre le dessus et redevenir comme avant, active et volontaire. Nous devons agir pour protéger sa famille.

Je sais comment procéder. J'y pense depuis ce matin. La priorité est de savoir si Abel Constantin a pu élaborer un vaccin et, si c'est le cas, se procurer des doses pour protéger Pierrick, Tiago, leur père, et d'autres si possible. Yoan, Mathias. Le plus d'hommes possible.

Je veux expliquer à Andrea où j'en suis et ce que nous pouvons faire. Je vais lui proposer de retourner au laboratoire où travaille Abel Constantin et de ne plus en bouger, pour être certaines de ne pas manquer le chercheur à son retour de Colombie. Nous devons absolument voir cet homme. C'est la seule chose importante pour l'instant.

Je cherche à croiser le regard d'Andrea pour lui faire comprendre que j'aimerais que nous montions dans sa chambre, mais elle ne fait pas attention à moi. C'est comme si elle n'arrivait pas à reprendre pied dans la réalité.

Pourtant la réalité est bien là, effroyable.

— Andrea, il faut vraiment que je te parle.

— Deux minutes, s'il te plaît.

Et elle va rejoindre son père dans la cuisine. J'entends leur conversation.

— Toi aussi, tu penses que maman est vivante, quelque part ? demande Andrea à son père.

— C'est difficile d'être sûr, répond-il, mal assuré.

— Je te demande ce que tu penses.

Elle a parlé avec un ton agressif qui me surprend.

— Peut-être, oui, répond son père. Peut-être bien qu'elle est vivante.

Autant Andrea s'exprime d'un ton dur, autant son père a une voix enrouée, abîmée. Je ne l'ai jamais entendu parler comme ça.

— Si elle est en vie, alors pourquoi elle est partie ? demande Andrea de ce ton coupant que je ne lui connais pas.

Silence. Il ne répond pas. J'ai l'impression d'un malaise.

— Réponds, insiste Andrea. Pourquoi elle aurait quitté la maison, d'après toi ?

— Andrea... dit-il d'une voix cassée. Si tu savais...

Il a l'air défait. De nouveau, il reste silencieux avant de poursuivre :

— Tout ça, c'est ma faute.

Étrangement, Andrea ne semble pas touchée par l'émotion de son père. Elle continue de le questionner, froidement :

— Pourquoi elle nous a laissés ? Pierrick avait seulement huit ans, moi six. Tiago était bébé. Alors, pourquoi ? Tu le sais, toi ?

Il répond d'une voix mal assurée :

— Ta mère n'allait pas bien, à ce moment-là.

— Pas bien comment ?

— Elle était très fatiguée...

— C'est normal, ça. Elle venait d'avoir un troisième enfant, Tiago la réveillait sûrement la nuit, et nous, on était encore petits.

— Tu as raison, mais il y avait autre chose. J'ai essayé de me montrer présent, d'être là pour elle. J'ai arrêté provisoirement de travailler, je me suis occupé de vous pour qu'elle puisse se reposer. En réalité, c'était plus sérieux que ça.

Il se tait de nouveau avant d'avouer :

— Et moi, je n'ai pas su l'aider.

— Je comprends pas... Elle était pas heureuse, c'est ça ? Mais pourquoi ? Elle avait tout pour elle... Une famille, une maison...

— Parfois, ça ne suffit pas.

Il y a un silence, qu'Andrea finit par briser.

— Alors ça veut dire que, peut-être, maman est partie volontairement ?

— Oui, reconnaît-il. Mais on ne peut pas en être certains.

Andrea se tait. Elle n'a pas l'air surprise. En fait, j'ai l'impression que son père vient de dire pour la première fois ce qu'elle avait déjà deviné.

— Ça fait presque onze ans... Onze ans sans jamais vouloir revenir à la maison ?

— Je ne sais pas. C'est possible. Elle allait vraiment mal.

— Comme une dépression, en fait...

— Un jour, peu de temps avant sa disparition, elle m'a dit qu'elle se sentait mourir... Elle souffrait réellement.

Le père d'Andrea se tait et le silence se fait dans la cuisine.

Soudain, une pensée troublante me vient à l'esprit...

Et si la mère d'Andrea avait été... exfiltrée ?

D'un coup, ce que je sais sur la disparition de cette femme me revient en tête... Un départ brutal et inexpliqué. Aucune trace de violence. Aucune preuve de décès. Et plus jamais de nouvelles, malgré les années qui passent.

Non, ce n'est pas possible. Je me raisonne. Cette femme ne correspondait pas au profil. Les exfiltrées sont des femmes maltraitées. Des femmes qui souffrent, mais physiquement, et qui doivent être protégées. Ce n'était pas le cas de la mère d'Andrea.

Mais plus j'y pense et plus cette intuition me perturbe...

Si j'avais raison, cela signifierait que Florence, épouse et mère médiévale, vit désormais quelque part dans le futur...

Spontanément, j'ouvre la bouche pour appeler Andrea, lui faire part de mon idée...

Non, je ne dois pas faire ça. D'abord, parce que en examinant cette hypothèse de plus près, je me rends compte qu'elle ne tient pas debout. Et ensuite, parce que ce n'est pas le moment. Si je parle à Andrea, elle ne pensera plus qu'à ça. Alors je reste là et je garde mes pensées pour moi.

Andrea ne doit pas se tromper de priorité. Notre combat est toujours le même. Empêcher la Renaissance d'avoir lieu.

Dans la cuisine, j'entends son père reprendre :

— Je suis désolé, Andrea. Tellement désolé...

Il y a une intonation si triste dans sa voix…

— Pourquoi tu me l'as jamais dit avant ? demande Andrea doucement.

Parce que je me sens coupable… Ça fait onze ans que je suis rongé par la culpabilité. C'était mon rôle de protéger la famille.

Découragé, il sort de la cuisine et monte l'escalier d'un pas lourd. On dirait un vieil homme, ce soir.

Andrea revient dans le salon, sans me prêter attention. Plongée dans ses pensées, elle saisit sur le buffet un cadre avec une photo où sa mère pose, le regard un peu lointain, belle et triste à la fois.

— Je le savais, constate-t-elle. Au fond, j'avais compris depuis longtemps. Ma mère nous a abandonnés.

Malgré la douleur dans sa voix, je m'en tiens à ce que j'ai décidé. Elle se sentirait peut-être mieux grâce à moi, mais je ne parle pas.

Andrea repose la photo.

— Ça devrait me rendre triste, ajoute-t-elle, mais en réalité, je suis soulagée. J'avais besoin de savoir.

Et puis elle relève la tête et me regarde droit dans les yeux. Directe et décidée, comme avant.

— Maintenant, c'est à moi de protéger ma famille.

C'est le sursaut que j'attendais d'elle.

CHAPITRE 28

Nous passons une partie de la nuit à discuter de la meilleure façon d'agir. Andrea est d'accord avec moi, Abel Constantin est notre seule option.

Elle se connecte à Internet et commence une recherche autour des mots *Abel Constantin* et *Colombie*. Assez rapidement, elle trouve un lien. Il s'agit d'une vidéo en espagnol. Un homme un peu âgé, aux cheveux poivre et sel, et à la barbe mal taillée, est interviewé par un journaliste. Son nom apparaît en bas de l'écran : *Abel Constantin, virologo francès*. Dans le coin, il y a un logo que je devine être celui d'une chaîne de télévision colombienne. Les questions sont posées en espagnol mais l'homme répond en français, et ses paroles sont traduites en simultané. Nous parvenons quand même à entendre ce qu'il dit :

– *J'ai pu identifier ce virus. Il correspond à la souche que j'étudie depuis plusieurs mois.*

— Est-ce que la population doit prendre des précautions particulières ? demande le journaliste.

— La contagiosité de cette maladie est extrême… Pour s'en prémunir, il faut suivre des consignes d'isolement et d'hygiène très strictes…

Mais un autre homme intervient. Autoritaire, il porte un costume et une cravate. Ce deuxième invité parle en espagnol et ses paroles ne sont pas traduites. Mes notions dans cette langue me permettent toutefois de comprendre qu'il essaie de rassurer les gens.

— À ce jour, dit-il, *il n'y a aucune raison de s'inquiéter.*

— Il y a pourtant eu sept nouveaux cas dans le pays, insiste le journaliste, *dont trois sont dans un état critique.*

L'homme en costume répond, toujours en espagnol :

— Les malades sont actuellement pris en charge par les services hospitaliers. La situation est sous contrôle.

Abel Constantin reprend, l'air préoccupé, la parole en français :

— Je conseille à chacun de consulter immédiatement en cas de fièvre, de maux de tête inhabituels ou d'inflammation de la conjonctive. Ces symptômes sont à prendre extrêmement au sérieux.

Mais l'homme en costume le coupe et modère les propos du virologue. Il parle de maladie bénigne et de risque très modéré pour la population.

Puis l'interview s'arrête, et une présentatrice enchaîne sur le reportage suivant, une histoire de grève dans les transports.

Andrea interrompt la vidéo. Je lui ai traduit l'essentiel au fur et à mesure et elle est sombre.

— Il n'a pas évoqué l'existence d'un vaccin, constate-t-elle.

J'essaie de rester positive.

— Ça ne veut rien dire. Il vient peut-être seulement de le mettre au point, mais il ne veut pas forcément l'annoncer maintenant, pour éviter des milliards de demandes ingérables.

— Tu penses ?

— C'est ce que je ferais, à sa place.

Mais je ne suis sûre de rien. Je veux juste garder espoir.

— Ce qui est un peu rassurant, estime Andrea, c'est que tous les cas signalés sont situés au même endroit, à l'autre bout du monde. Il va forcément falloir du temps pour que la grippe arrive jusqu'ici.

Je ne réponds pas tout de suite. Andrea l'ignore, mais moi je le sais pour l'avoir lu dans les manuels d'histoire de mon enfance. Je me souviens même d'une illustration effrayante qui m'avait beaucoup marquée quand j'étais à l'école primaire. On y voyait un planisphère sur lequel des silhouettes masculines malades rampaient pour accéder à tous les continents. À la Renaissance, la grippe masculine s'est répandue très rapidement sur l'ensemble de la planète. Ce n'est pas pour rien qu'on l'a appelée la « Grande Grippe ». La distance entre nous et le pays où sont apparus les premiers cas ne veut rien dire.

Je ne peux pas garder ça pour moi. Le cœur gros, j'explique à Andrea que le temps d'incubation de la grippe masculine est de un an. Le virus est sans doute déjà là. Tout autour de nous.

Andrea reste silencieuse, mesurant les lourdes conséquences de ce que je viens de lui dire.

Nous avons fini par nous endormir très tard, d'un sommeil agité.

Cette nuit-là, je rêve de ma mère et de ma petite sœur. Elles sont malades, elles ont attrapé une grippe qui ne touche que les femmes. Elles perdent leurs cheveux, et leurs yeux pleurent du sang. Elles vont mourir. Je me réveille en sursaut, le cœur battant.

Le lendemain matin, c'est le père d'Andrea qui nous tire du lit :

— Les filles ! Vous êtes réveillées ? Je vous rappelle qu'il faut réviser le bac de français...

Dans le salon, il improvise un petit discours à notre intention. Il tient à ce que toute la famille reprenne une vie normale. Les révisions pour le bac, un rythme de vie plus sain. Cela fera du bien à tout le monde.

— On a tous été désorganisés ces derniers temps, avoue-t-il, mais maintenant on va reprendre le dessus. L'épreuve écrite de français est demain. C'est important de réussir, je veux que vous commenciez l'année de terminale avec des points d'avance.

Je jette un coup d'œil à Andrea. Je me demande si elle va se décider à parler à son père, maintenant. Mais elle se contente d'acquiescer :

— D'accord. On va réviser. Tu viens, Pénélope ?

— Très bien, répond son père d'un air satisfait. D'abord, je vais vous préparer un bon petit déjeuner. Tiago va retourner en classe, et Pierrick à la fac. Ça sera mieux pour tout le monde.

Et il disparaît dans la cuisine.

— Il faut savoir quand Abel Constantin rentrera en France, me dit Andrea en parlant bas. Ça fait combien d'heures de vol, Bogota-Paris ?

Elle allume l'ordinateur familial installé dans un coin du salon et consulte de nouveau Internet.

— Onze heures pour les vols directs, dit-elle.

Son père ressort de la cuisine.

— Combien de toasts ? demande-t-il. Ah, vous vous intéressez à la Colombie ?

— Vite fait, répond Andrea.

— Tu sais, reprend-il gentiment, je n'ai pas oublié que tu as envie de voyager... Si tu as une bonne note aux épreuves de français, on pourra peut-être y réfléchir pour cet été.

— Non, c'est bon, papa, c'est pas la peine...

— Si, pourquoi pas ? Tu as dix-sept ans maintenant, c'est quelque chose qu'on peut envisager. Bon, la Colombie, c'est sûrement un peu cher, mais il faut voir. J'en parlerai à Lionel, tiens.

— Lionel ? demande Andrea, interloquée. Qu'est-ce qu'il a à voir avec la Colombie ?

— Je ne t'en ai jamais parlé ? Il est passionné par les civilisations précolombiennes. Il connaît très bien l'Amérique latine.

Andrea se décompose et moi aussi, je sens mon cœur s'arrêter.

— Et il est déjà allé en Colombie ? interroge Andrea d'une voix blanche.

— Souvent. Il y était en juillet dernier, pour les vacances. Un de ses amis habite à Bogota. Il est archéologue, je crois.

Et, insouciant, il retourne dans la cuisine, ignorant quelle terrible nouvelle il vient de nous révéler.

Lionel Leval est le premier médiéval avec lequel j'ai été en contact. Il s'agissait même d'un contact particulièrement proche puisque je l'ai frappé. Je me souviens de son visage tuméfié, des points de suture près de son œil. De mes phalanges écorchées, aussi. Je saignais.

— Tu te rappelles... murmure Andrea. J'avais soigné ta main, je t'avais mis un pansement...

Bien sûr que je m'en souviens. Et cela me fait très peur.

Il y a deux options. Soit le virus est apparu pour la première fois en Colombie, à des milliers de kilomètres d'ici. Là-bas, par hasard.

Soit le virus est apparu à cause de moi, ici même, il y a un an. Le premier homme contaminé a alors été Lionel Leval et c'est lui qui a propagé la maladie jusqu'en Colombie.

Dans ce second cas, le virus est arrivé avec moi. Il s'est ensuite propagé à partir d'ici, de cette ville. De cette maison. Et la vie de Pierrick ne tient plus qu'à un fil.

Je ne peux croire au hasard.

Je dois savoir.

Lionel Leval ressent-il les premiers symptômes ? Est-il déjà fiévreux, alité chez lui, hospitalisé peut-être ?

Andrea a suivi le même raisonnement que moi. Elle me regarde, consciente que je suis peut-être la responsable de ce désastre.

J'ai peur de sa réaction. Elle aurait toutes les raisons de m'en vouloir et de me rejeter violemment... Mais elle n'en fait rien. Nous nous connaissons si bien, maintenant... Elle sait que je ne voulais pas causer cette catastrophe.

— Viens, me dit-elle à voix basse. On va au commissariat.

Un instant plus tard, nous sommes dehors. Sur le chemin, l'angoisse me serre la poitrine. Je respire mal, comme chaque fois que j'ai peur. Qu'allons-nous découvrir ?

Andrea pousse la porte du bâtiment. Nous passons l'accueil et nous entrons dans la grande salle où se trouvent les bureaux des policiers. Il y a du monde, des hommes en uniforme, des gens qui portent plainte. Je cherche Lionel Leval mais je ne le vois pas.

Il est absent. En arrêt maladie, forcément. Je suis effondrée.

Mais une voix me fait sursauter :

— Bonjour, Andrea. Qu'est-ce que je peux faire pour toi ?

Je me retourne. Lionel Leval se tient face à nous. Valide.

— Rien, ment Andrea. On cherche mon père.

Elle l'observe attentivement. Moi aussi, je guette le moindre signe de la maladie, mais Lionel semble aller bien. Ses yeux ne sont pas irrités, il n'a pas l'air fiévreux. Je commence à reprendre espoir. Peut-être que je me suis inquiétée trop vite, que tout cela n'était qu'un étonnant concours de circonstances ?

— Il n'est pas là, lui dit Lionel.

— Tant pis, merci, répond Andrea, impatiente de repartir.

Comme moi, elle est rassurée sur l'état de santé de Lionel et préfère écourter notre échange avec lui.

— Andrea, attends, demande-t-il.

Mon amie se retourne, contrariée.

— Quoi ?

— Je suis désolé. Pour ta mère. Je me doute que tu es déçue. Moi aussi, je voulais coincer son assassin. Mais il faut se résoudre à l'évidence. Cet homme n'était pas le bon coupable.

— Je sais. Mon père m'a expliqué.

— Ne va pas croire qu'on a mal fait notre boulot, reprend Lionel. Il avait un alibi incontestable.

— J'ai jamais dit ça.

— Tu le penses sûrement. Tu ne m'aimes pas trop, je le sais bien.

— Si, répond Andrea, mal à l'aise.

— Ne me prends pas pour un idiot. C'est tellement évident. Pourtant, tu m'aimais bien, quand tu étais petite. Je venais souvent chez vous le dimanche, tu ne te rappelles pas ?

— Pas trop.

— C'est normal. Tu étais petite. Mais moi, je me souviens. Tu étais une gamine joyeuse, confiante. Tu as changé, après... après ça.

— Vous dites n'importe quoi.

— Je constate, c'est tout. Parfois, ça m'inquiète. Je me sens une certaine responsabilité envers toi, un peu comme si j'étais ton parrain.

— Vous n'êtes même pas de ma famille, rétorque sèchement Andrea.

Lionel semble blessé par le ton coupant de mon amie. Sa mâchoire se serre, cela lui donne une physionomie agressive.

— C'est exact, mais je t'ai vue grandir. J'imagine que ta mère te manque beaucoup, cependant tu dois faire attention à ne pas te laisser aller sur la mauvaise pente. Tu devrais travailler plus sérieusement au lycée et ne pas fréquenter n'importe qui.

À ce moment-là, j'ai la nette impression qu'il parle de moi.

— Je sais choisir mes amis, répond Andrea.

— Tu as la mémoire courte. Je n'ignore pas que c'est vous deux qui m'avez agressé l'an dernier, devant le lycée.

— C'est faux, hasarde Andrea d'une façon peu convaincante.

— Ton père vous a protégées, il a profité de son grade pour étouffer l'incident, mais moi, je ne suis pas dupe.

Lionel me lance un regard dur et il poursuit :

— Et visiblement, vous n'avez aucun regret. Un jour, vous comprendrez peut-être votre erreur.

À ce moment-là, il semble perdre le fil de son idée. Son regard se voile et il porte la main à son front.

— Rentrez chez vous, dit-il d'une voix altérée. Je dirai à ton père que vous êtes passées.

Mais son comportement m'inquiète. Je demande :

— Vous ne vous sentez pas bien ?

— C'est juste un peu de fatigue. Partez, vous n'avez rien à faire ici.

— Vous avez de la fièvre ?

— Je ne suis jamais malade. J'ai beaucoup travaillé sur l'affaire de ce tueur en série, voilà tout.

Il sort alors de sa poche un petit flacon, penche la tête en arrière et dépose une goutte de collyre dans chacun de ses yeux.

— Vous avez une conjonctivite ? demande Andrea, alertée.

— Rien de grave. C'est le manque de sommeil. Fichez-moi le camp, maintenant.

Son regard se trouble un peu plus. D'un coup, il semble vraiment mal en point. Il tend la main vers une chaise et s'y accroche pour ne pas perdre l'équilibre. Je crois que, sans cela, il se serait écroulé par terre.

La situation est claire.

Il a la grippe.

Maintenant, tout s'explique. Ce jour-là, il y a un an, sans le savoir, j'ai contaminé un homme du passé.

Qui lui-même a contaminé d'autres hommes.

Il a pris l'avion pour ses vacances d'été. Il est resté confiné pendant onze heures avec les autres passagers, puis il a circulé dans l'aéroport, croisant d'autres voyageurs en partance pour d'autres villes, d'autres continents... Emmenant la grippe masculine avec eux, la diffusant partout...

Dans les jours qui viennent, d'autres cas vont être déclarés. À New York ou à Pékin, à Sydney ou à Helsinki. À Paris. Le début de la Renaissance.

Alors que nous sortons du commissariat, Andrea essaie de se raccrocher à la logique pour ne pas sombrer dans le désespoir.

— Ça tient pas debout, dit-elle. Si Lionel est le premier homme atteint par le virus, pourquoi ce n'est pas lui qui est mort le premier ?

— Tu ne te souviens pas de ce que Vigdis nous a dit ? La première victime était asthmatique. Le temps d'incubation est d'un an mais c'est sûrement approximatif, à quelques jours près. Cela varie selon l'état de santé général de la personne.

Elle se tait. Elle pense à sa famille.

— Tu as rencontré mon père et mes frères vingt-quatre heures après avoir frappé Lionel.

J'acquiesce en silence. Nerveuse, Andrea réfléchit tout haut :

— Vingt-quatre heures, c'est pas beaucoup, mais mon père n'a aucun problème de santé. Il n'y a pas de raison qu'il soit malade rapidement. Tiago est encore petit mais lui aussi, il va bien. Il y a ses allergies, mais c'est pas si grave, c'est pas comme s'il était asthmatique lui aussi. Quant à Pierrick, il est en excellente condition physique. Et puis même si tu vivais à la maison, l'an dernier, tu n'avais pas de raison de les toucher, et pour cause, tu détestais les hommes, tu restais tout le temps à distance, moins tu les approchais, mieux tu te portais. En plus, chez nous, on se lave les mains avant de passer à table, on a un minimum d'hygiène. Je suis sûre qu'en réalité c'est possible que le virus ne les ait même pas contaminés.

Elle parle, elle parle, mais au fond elle sait qu'elle se berce d'illusions.

C'est lors de mon premier voyage qu'elle avait raison, quand elle braquait sur moi l'arme de son père, quand elle voulait m'abattre pour protéger sa famille.

Je suis celle qui a introduit le virus au Moyen Âge.

Je suis la femme qui va provoquer la fin des hommes.

À cause de moi, Pierrick va mourir. Tiago aussi, qui n'a que onze ans. Et tous les autres.

Andrea se tait maintenant. Elle est à court d'arguments, elle ne trouve plus une seule raison de garder espoir. Je baisse la tête et je dis :

— Je te demande pardon.

— Tu ne pouvais pas savoir, gémit-elle.

C'est vrai. Mais maintenant que j'ai compris, j'ai envie de mourir, moi aussi.

CHAPITRE 29

Dans quelques jours, ce sera la fin.

Je me réveille à l'aube avec cette unique pensée dans la tête. La mort a tout envahi. Je l'entends murmurer dans mes oreilles, comme un bourdonnement. Je la sens au bout de mes doigts quand, effondrée, je porte ma main à mes lèvres. Dans mon ventre, envahissante, pesante. Partout.

La mort n'est pas encore là, mais la vie a déjà fui.

J'ai fait les comptes, des dizaines de fois.

Les premiers symptômes de Lionel comme point de départ.

La famille d'Andrea a vingt-quatre heures de sursis. Quarante-huit heures peut-être, ou même un peu plus, car je n'ai pas eu de contact physique avec eux. Pas dans les premiers jours de mon précédent voyage, en tout cas. Mais la grippe masculine se transmet essentiellement par les voies respiratoires. Je deviens folle à essayer de me souvenir si je me suis lavé les mains assez régulièrement, si j'ai éternué devant eux, si j'ai toussé…

Leur reste-t-il quelques jours de répit tout de même ? Calcul morbide que je ne peux m'empêcher de faire et refaire.

Quelques jours auxquels je peux ajouter vingt-quatre ou quarante-huit heures de plus pour Pierrick, particulièrement vigoureux.

Mais auxquels je dois retrancher un jour au moins pour Tiago, trop jeune.

Et sans doute aussi pour leur père, fatigué par la vie.

Combien pour Yoan ? Combien pour Mathias ?

Et que sont vingt-quatre heures au regard d'une vie ?

La famille d'Andrea est en première ligne. Les premiers symptômes apparaîtront demain, dans quelques jours au plus tard. Ensuite, ce sera une mort rapide. Quatre ou cinq jours pour un adulte, deux ou trois pour un enfant. Maximum.

J'entends les voix d'Andrea et de son père qui proviennent de la cuisine. La porte de la chambre est fermée et elles sont étouffées, mais je peux deviner sans peine ce qu'ils se disent. L'épreuve de français du bac a lieu ce matin. Son père insiste pour qu'Andrea pense à son avenir. Il presse sûrement des oranges pour les vitamines. Peut-être lui demande-t-il aussi pourquoi je ne descends pas. Même si je n'ai assisté qu'à quelques cours au lycée cette année, c'est important que je me présente à l'épreuve, ajoute-t-il sans doute.

Andrea ne répond pas, ou à peine. Elle se fout du bac. Elle fait les mêmes calculs que moi, vingt-quatre heures de plus ou de moins, de quand peut-on dater la contagion, quand apparaîtront les premiers symptômes...

C'est insupportable. Comment vivre ainsi ? En guettant la mort, sans bouger, sans mot dire ?

Je ne sais pas faire ça. Personne ne sait faire ça.

Respirer quand même.

Attendre.

J'ai mieux à faire.

C'est ce qu'Antarès m'a dit.

Est-ce lui qui a raison ? Puisque la mort est inévitable, ne vaut-il pas mieux vivre chaque instant aussi intensément que possible ?

Je me lève sans réfléchir et je frappe à la porte de Pierrick. Réveillé tôt lui aussi, il est en train de réviser ses examens.

— Tout va bien ? me demande-t-il, un peu surpris. Tu as l'air stressée... C'est à cause du bac ?

— Non.

— Tu es pâle, pourtant...

— J'aimerais aller me promener avec toi.

— Avant l'écrit ? Tu es sérieuse ?

— Prenons le temps. Il est encore tôt.

Il me regarde attentivement, décontenancé par ma fermeté.

— D'accord.

Et sa voix me fait frissonner.

Nous descendons et passons devant la cuisine.

— Vous sortez ? s'inquiète le père d'Andrea. Juste avant le français ? Il faut que vous soyez au lycée à huit heures !

— Pénélope a besoin de prendre l'air, répond Pierrick.

Il referme la porte derrière nous et nous avançons dans la rue.

Passant devant la maison de George, je ne lève pas la tête. Je suis certaine qu'elle me regarde marcher avec ce garçon que j'aime. Jamais elle ne comprendra que l'on puisse être sensible à un homme.

Elle ne cherche pas à m'arrêter. Elle est confiante en son avenir, clair et dégagé. Le mien est si sombre...

Je sens l'épaule de Pierrick tout près de la mienne. Nous marchons dans les rues du quartier, au hasard. Sans rien dire.

Sent-il qu'il ne faut pas parler ? Juste laisser le temps passer ? Vivre ?

Je glisse ma main dans la sienne. Sa peau n'est ni trop chaude, ni trop froide. Juste à la même température que la mienne.

Il ne retire pas sa main. Au contraire, il serre la mienne un peu plus fort.

Alors je raconte ce que j'ai envie de lui dire depuis si longtemps.

Qu'avant de le rencontrer, lui, je n'avais jamais connu d'homme.

Que j'ai une mère, une sœur, mais pas de père ni de frère.

Que chez moi, c'est à la fois très loin et très près.

Que je suis venue ici grâce au vent et à la Lune. À la volonté, aussi.

C'est le plus important. La volonté.

— Je voulais te revoir.

Et je le regarde, prête à affronter son regard incrédule. Moqueur, peut-être.

Mais il s'arrête et pose la main sur ma joue.

— Je ne comprends pas bien ce que tu me dis, mais je suis heureux que tu sois revenue.

À ce moment précis, c'est la seule chose qui compte. La seule.

— Tu sais... murmure Pierrick. Je voulais te dire...

Mais je n'entends pas la fin de sa phrase. Pourquoi l'image de Nelly vient-elle tout à coup occuper mon esprit ? Elle a surgi, comme ça, je ne sais d'où, et maintenant elle prend toute la place dans ma tête. Je tente de la chasser loin de moi, mais soudain je comprends.

Je suis celle qui a provoqué la fin des hommes. La mort de Pierrick.

Mais Nelly est celle qui peut les sauver.

Je lâche la main de Pierrick et je recule, sans le quitter des yeux.

— Je veux que tu vives...

— Pourquoi tu dis ça ? s'étonne Pierrick.

Je ne peux pas répondre à cette question. Je fais volte-face et je pars en courant.

— Pénélope ! Attends !

Je ne m'arrête pas. Au contraire. Je vais plus vite encore.

Je rentre à la maison et je monte dans la chambre. Andrea est là, assise en boule sur son lit. Désespérée.

Vite, j'attrape mon sac à dos. Il n'est pas trop tard pour aller à l'épreuve du bac.

— Qu'est-ce que tu fous ? me demande Andrea, surprise.

— Je vais au lycée.

— Mais pourquoi ? Je sais que mon père nous met la pression, mais tu crois vraiment que le bac nous servira à quelque chose ?

— Le bac, non. Mais Nelly, oui. Viens avec moi.

Tous les élèves de première sont réunis devant le lycée pour passer l'épreuve écrite de français. Le bac est très important pour les médiévaux, presque aussi important que le Brevet d'Aptitude Civique chez nous.

Andrea et moi cherchons Nelly. Elle est forcément là. Nous essayons de repérer sa chevelure blonde, en vain. À côté de moi, Andrea demande à plusieurs élèves s'ils l'ont vue. Personne ne sait nous répondre, ils sont tous préoccupés par l'épreuve à venir, indifférents à notre urgence.

J'ai expliqué mon idée à Andrea. Nelly est la fille du directeur du laboratoire où travaille Abel Constantin. Elle a un accès privilégié au bâtiment et au personnel. Dès le retour du chercheur, peut-être même avant, par téléphone, elle pourra lui parler facilement. Bien sûr, nous ignorons toujours si un vaccin existe, mais nous devons tenter notre chance. Peut-être qu'Abel Constantin dispose de quelques doses. Même si le vaccin est encore expérimental, même s'il n'est peut-être pas tout à fait au point, nous devons en obtenir une. Pour Pierrick. Et deux de plus, pour la famille d'Andrea, exposée en première ligne. Nelly peut nous aider. Elle aime Pierrick. Quand nous lui expliquerons, elle sera prête à tout pour le sauver.

Les grilles du lycée s'ouvrent et les élèves pénètrent dans la cour en un flot dense. Nous n'avons toujours pas vu Nelly. Je commence à m'inquiéter. Aurait-elle décidé de rater l'épreuve ?

Tout en suivant les autres élèves, je continue de chercher. Andrea et moi sommes séparées, dans deux salles d'examen différentes. D'après l'ordre alphabétique, Nelly devrait être dans la même salle que moi. Je présente le document prouvant que je suis actuellement en attente de régularisation auprès de l'Ofpra, puis je me dirige vers la table qui m'est attribuée.

Devant moi s'installe une fille aux cheveux noirs comme la nuit. Sa silhouette, sa façon de se mouvoir me perturbent. Elle est gracieuse et son parfum floral est très présent. Je m'avance un peu pour voir son visage.

C'est Nelly.

J'ignore pourquoi, mais elle a teint sa chevelure en noir. C'est pour cela qu'Andrea et moi n'arrivions pas à la repérer dans la foule. Cela me trouble un instant mais je ne dois pas perdre de temps :

— Nelly... Il faut que je te parle...

Elle me lance un regard glacial et je sens qu'il me faudra être très persuasive. Je mise sur ses sentiments amoureux.

Mais à ce moment-là, le professeur qui surveille la salle réclame le silence et déclenche le début officiel de l'épreuve. Je n'ai pas d'autre choix que de m'asseoir devant ma copie. Je dois attendre que Nelly soit prête à m'écouter, et ce n'est clairement pas maintenant.

Quatre heures. Quatre heures d'examen, quatre heures de perdues. Pendant ce temps, le virus progresse dans le corps de Pierrick.

Je baisse les yeux sur le sujet de l'épreuve.

Il y a deux textes. Je reconnais tout de suite le premier. Il s'agit d'un extrait de l'*Odyssée* d'Homère. C'est à ce récit que je dois mon prénom, même si je n'ai toujours pas compris pourquoi ma mère m'a baptisée ainsi.

Le deuxième extrait est une lettre écrite par un voyageur étranger, qui visitait l'Europe à l'époque d'un des rois prénommés Louis et numérotés.

Je découvre ensuite les questions, puis les trois sujets. Commentaire, dissertation, écriture d'invention. J'exclus immédiatement ce troisième choix : je n'ai aucune envie d'inventer une histoire quand ma vie elle-même ressemble à un récit dramatique aux rebondissements trop nombreux.

Je lis alors le sujet appelé dissertation : *En vous fondant sur les textes du corpus, vous vous demanderez si les voyages changent notre regard sur le monde.*

Sans réfléchir davantage, je me mets à écrire. Mon stylo court sur le papier, j'ai beaucoup progressé en graphisme et je suis maintenant capable de tracer des phrases entières sans m'épuiser. Je libère sur le papier tout ce que j'ai dans la tête et cela me fait un bien fou de répondre à cette question faite pour moi.

Oui, mes deux voyages m'ont changée. Oui, mon regard sur le monde est différent. Avant, je ne connaissais pas le Moyen Âge, ses habitants me semblaient barbares. Je pensais que tout ici était sale, et violent, et inhospitalier. Je sais maintenant que j'avais peur par ignorance. La différence m'effrayait ; maintenant, c'est à peine si je remarque ce qui me sépare des médiévaux.

Je remplis ma copie, je ne sais plus m'arrêter. Ce sujet me parle tellement ! Voyager ouvre les yeux, voyager permet de comprendre. Voyager rend humain.

Enfin, épuisée, je repose mon stylo.

Le professeur annonce la fin de l'épreuve. Il circule entre les tables pour ramasser les copies. Devant moi, Nelly commence à ranger ses affaires dans son sac.

Il est temps de lui demander de l'aide. Quand elle sort de la salle, je la suis.

— Lâche-moi, me lance-t-elle avec agressivité.

Je dois l'amadouer. Je la complimente sur sa nouvelle couleur de cheveux.

— J'en avais marre d'être blonde, répond-elle en haussant les épaules. Tout le monde me prenait pour une conne.

Je crois comprendre ce qu'elle veut dire. Les médiévaux semblent parfois estimer que la couleur des cheveux influe sur la personnalité.

Mais ce n'est pas le moment de me perdre en considérations sociologiques. Je me lance :

— Je dois te parler de Pierrick.

— Moi, j'ai rien à te dire, alors fous le camp.

Nelly tourne au bout du couloir et descend les escaliers quatre à quatre. Je dois presque courir pour ne pas me laisser distancer. Comment la convaincre de m'écouter ? Elle est déjà dehors et traverse la cour pour quitter le lycée.

— Attends-moi ! C'est très important !

Elle ne ralentit pas. Je cours carrément, maintenant.

— Laisse-moi au moins t'expliquer ! Si on ne fait rien, ça va être terrible... Je vais tout te raconter et, à ce moment-là, tu comprendras !

Mais elle ne se retourne même pas. Alors je décide de frapper un grand coup et je crie :

— Pierrick va mourir !

Cette fois, elle s'arrête et se retourne, me fixant d'un regard dur :

— Qu'est-ce que tu racontes ?

Je la rejoins enfin.

— Il est en danger. Moi, je ne peux rien faire pour lui mais toi tu peux le sauver.

J'ai capté son attention. Elle me regarde, intriguée.

— Explique-moi ça.

CHAPITRE 30

Je lui dis tout. Enfin presque. Le nouveau virus avec lequel Pierrick a été en contact. L'issue fatale après quelques jours de forte fièvre. Et Abel Constantin qui détient peut-être la solution pour sauver Pierrick d'une mort certaine.

Elle m'observe attentivement.

— Tu dis que la boîte de mon père a fabriqué le vaccin ?

— Oui, enfin peut-être, ce n'est pas certain. Mais s'il existe, c'est forcément là.

— Dans le labo de Constantin ?

— Oui.

Je laisse Nelly réfléchir à ce que je viens de lui dire. Elle est sous le choc, c'est bien normal.

— J'ai jamais entendu parler de ce virus, dit-elle, encore sceptique.

— C'est parce qu'il vient d'apparaître.

— J'ai rien vu sur Twitter. Sur Facebook non plus.

— C'est seulement le début.

— Et tu dis que Pierrick l'a attrapé ? Comment tu sais ça ?

— C'est trop compliqué à expliquer.

Elle se méfie encore de moi, elle pense que je lui mens.

— Et si je ne fais rien, il va tomber malade ?

— Oui. Si les premiers symptômes apparaissent, il mourra.

Nelly m'observe. Me croit-elle ?

— Merci de m'avoir prévenue.

Je suis soulagée. Elle semble réagir de façon adéquate. J'insiste tout de même pour être sûre qu'elle a bien appréhendé les enjeux :

— Qu'est-ce que tu vas faire ? As-tu bien compris ? Il faut agir maintenant. Chaque heure compte.

— J'ai compris.

— Vas-tu appeler ton père ? Il faut qu'il demande à Abel Constantin s'il a pu mettre au point un vaccin. Et là, tu dois en obtenir une dose. Au moins une dose. Si possible deux de plus, car il y a toutes les chances que le père d'Andrea et son petit frère aient été contaminés eux aussi.

— OK.

Son calme me déconcerte et j'ai un doute. A-t-elle bien saisi l'urgence de la situation ?

— Vas-tu faire cela maintenant ?

— Je te tiens au courant, me répond-elle.

— D'accord, je te donne mon numéro. Tu m'appelles.

— C'est pas la peine. J'ai celui d'Andrea.

Et elle s'en va. J'aimerais l'accompagner, m'assurer qu'elle va bien faire ce qu'il faut, qu'elle ne m'a pas prise pour une folle, mais je sais que je ne dois pas agir ainsi. Cela l'irriterait et elle me repousserait. Malgré le doute qui persiste en moi, je dois lui faire confiance.

Andrea me rejoint en courant. Elle sort tout juste de sa salle d'examen et a eu le temps de reconnaître Nelly, malgré sa nouvelle couleur de cheveux, et de la voir s'éloigner.

— Tu lui as parlé ? demande-t-elle, essoufflée. Elle a dit quoi ?

— Qu'elle t'appelait dès qu'elle en savait plus.

— Tu es sûre qu'elle t'a crue ? Même si cette histoire de virus déboule de nulle part ?

— Je crois que oui.

— Est-ce que tu lui as dit que c'était urgent ? Que, sinon, ma famille allait mourir ?

— Je lui ai expliqué tout ce qu'elle doit savoir. Maintenant, nous devons attendre.

Andrea se tait et regarde Nelly disparaître au coin de la rue.

— On n'a jamais été amies, elle et moi, mais... j'espère qu'elle nous aidera quand même.

— Bien sûr. Elle aime Pierrick. Pour lui, c'est une question de vie ou de mort.

Nous restons silencieuses, envahies par un désagréable sentiment d'impuissance.

La journée passe lentement. Très lentement.

Pierrick est à la fac. Nous ignorons s'il a développé les premiers symptômes.

Tiago rentre du collège. D'un geste de la main, Andrea touche son visage, provoquant chez lui un mouvement de recul.

— Arrête ! râle-t-il. Je suis plus un bébé.

Elle me fait signe qu'il n'a pas encore de fièvre. Tiago va dans la cuisine se préparer une tartine et nous le laissons tranquille.

Andrea garde son téléphone en permanence à la main. Nous attendons le message de Nelly. Quelque chose qui dirait : *Tout va bien, j'ai parlé à Abel Constantin, il possède quelques doses de vaccin.*

Mais rien ne vient.

— Je lui fais pas confiance, lâche Andrea.

— Tu ne l'aimes pas car elle est très différente de toi, mais ça ne fait pas d'elle une personne inhumaine.

— Et si elle ne fait rien ?

— Elle est amoureuse de Pierrick. Elle ne peut pas rester passive.

Mes paroles ne semblent pas avoir rassuré Andrea.

Je n'entends plus que Tiago qui prend son goûter dans la cuisine. Dehors, de rares voitures passent dans la rue. Tout est tellement normal... Si seulement les gens savaient.

Soudain, on frappe à la porte.

— C'est elle ! espère Andrea en se levant aussitôt.

Moi aussi, je ne peux pas m'empêcher d'y croire. C'est forcément Nelly, accompagnée d'un médecin. Il porte dans sa sacoche trois doses de vaccin. Une pour Tiago, une pour le père d'Andrea. Et une pour Pierrick.

Le petit frère d'Andrea bénéficiera de l'injection immédiatement. Andrea téléphonera à Pierrick et à leur père pour leur dire de rentrer à la maison au plus vite. Eux aussi seront sauvés.

Mais quand Andrea ouvre la porte, nous découvrons qu'il ne s'agit pas de Nelly. C'est Antarès qui se tient sur le seuil.

Je lis la déception sur le visage d'Andrea. Antarès aussi s'en aperçoit.

— Qu'est-ce qu'il y a ? demande-t-il.

— On attendait quelqu'un d'autre.

— Qui ne viendra sûrement pas, complète Andrea.

Découragée, épuisée par la tension nerveuse, Andrea s'assied là, sur les marches du perron.

— J'avais l'espoir que, peut-être, ma famille pourrait être sauvée.

Je crois qu'elle retient ses larmes. Elle ne quitte pas des yeux un petit brin d'herbe qui pousse entre les dalles de l'allée.

Touché par la détresse d'Andrea, Antarès vient s'asseoir à côté d'elle sans mot dire.

— De toute façon, ça sert à rien d'espérer, murmure Andrea. On n'échappe pas à la Grande Grippe.

— Je suis désolé pour toi, répond Antarès.

Andrea relève la tête et le regarde, perdue.

— Non... C'est moi qui suis désolée pour toi... Toi aussi, tu vas...

Elle s'arrête, elle n'ose pas prononcer le mot. Antarès sourit tristement.

— Je vais mourir, déclare-t-il. Tu peux le dire devant moi, ça ne me dérange pas.

Et Andrea se met à pleurer.

— Je devrais pas chialer, dit-elle en essuyant rageusement ses larmes avec sa manche. Moi, je vais vivre ! Je suis une femme, je n'aurai même pas de symptômes.

— Tu as quand même le droit d'être triste, répond doucement Antarès.

— C'est moi qui vais rester vivante et c'est toi qui me consoles ?

— Avant, j'avais peur de la mort. Pendant des années. J'y pensais tout le temps. J'étais en bonne santé pourtant, mais cette idée m'empêchait de vivre.

Alors j'ai décidé de regarder la mort en face et de vivre pour de bon. Justement parce que j'allais mourir.

— Tu ne peux pas accepter de mourir !

— Je n'ai pas le choix. La Renaissance est là.

— Je ne suis pas d'accord, se révolte Andrea. Moi je refuse la fatalité !

— Je suis ici et maintenant. J'essaie de ne pas penser au futur.

— Jamais j'arriverai à raisonner comme ça. Jamais.

— Je crois que je sais pourquoi, répond Antarès.

— On est différents, c'est tout.

— Je n'en suis pas si sûr. Je pense plutôt que ta situation est plus douloureuse que la mienne.

Déconcertée, Andrea regarde Antarès.

— Je vois pas comment ça serait possible. Moi, je ne vais pas tomber malade.

— Ce n'est pas pour toi que tu es triste. C'est pour ceux que tu aimes. Tu as peur de les voir souffrir, puis mourir. Et ça, c'est bien plus difficile à supporter que la perspective de sa propre mort.

Je n'interviens pas. Je crois qu'il a raison. Il est bien plus douloureux de voir mourir ceux qu'on aime, que de mourir soi-même.

— C'est pour ça que je suis venu, ajoute Antarès. Je pensais à toi. Je me suis dit que, peut-être, je pourrais t'apporter mon soutien.

Andrea reste immobile, les yeux dans le vide. Elle a mal.

Je vois Antarès hésiter et, d'un geste maladroit, passer son bras autour des épaules d'Andrea. Ils restent ainsi, sans plus rien ajouter.

Dans le ciel, le Soleil est radieux. C'est une superbe journée de printemps. Tout est calme dans le quartier, nul ne peut imaginer ce qui attend le monde.

Le portable d'Andrea n'a toujours pas sonné. Nelly n'a-t-elle donc rien fait pour Pierrick ?

Le père d'Andrea gare sa voiture devant la maison et pousse le portillon qui sépare le jardinet de la rue.

— Bonsoir les jeunes ! s'exclame-t-il avec bonne humeur. Alors, ça s'est bien passé, le français ?

— Papa... gémit Andrea.

Elle se lève et son père voit aussitôt qu'elle va mal. Il s'inquiète.

— Tu es tombée sur un sujet que tu n'avais pas révisé ? Ne me dis pas que tu avais oublié ta carte d'identité !

— Non... c'est pas ça...

— Alors dis-moi ! Tu vas avoir la moyenne, au moins ?

— Papa...

Sa voix s'étrangle et elle se jette dans les bras de son père. Il est désemparé mais la serre fort, lui aussi.

— Je déteste te voir toute triste... C'est pas grave si tu t'es plantée. Ça se rattrape, une mauvaise note...

— Je t'aime, murmure-t-elle. Je t'aime tellement...

— Mais moi aussi, je t'aime ! Tu le sais, non ?

Doucement, il repousse sa fille pour pouvoir la regarder dans les yeux. Il la sent retournée, il ne comprend pas pourquoi et cela le bouleverse.

— Dis-moi que tu le sais, insiste-t-il.

Elle hoche la tête.

— Oui. Je le sais.

— N'en doute jamais. Et puis, il te reste l'oral. Tu as toujours été moins douée à l'écrit. Je suis sûr que tu auras une meilleure note.

Il est tellement loin d'avoir compris... Avec un geste affectueux, il tente de réconforter Andrea.

— Je vais préparer le dîner. Reste un peu dehors si tu veux. Profite de la fin de la journée. Et pour toi, Pénélope ? Ça a été ?

— Oui, merci.

— Tant mieux. Vous êtes dans la même classe, tous les trois ?

Amical, il sourit à Antarès qui improvise :

— Non, moi, j'ai eu mon bac l'an dernier.

— Bravo. Allez les filles, courage, dernière ligne droite ! Bientôt les vacances !

Optimiste, il rentre dans la maison et la porte se referme sur lui.

— Tu as de la chance d'avoir un père, constate Antarès. Je comprends pourquoi tu es triste à l'idée de le perdre.

Mais Andrea n'écoute pas ce qu'il dit. Elle est pâle, les yeux fixés sur un mouvement de l'autre côté de la rue. Je comprends que quelque chose est en train de se passer. Je m'avance pour voir ce qui attire ainsi son attention. George ?

Mais ce n'est pas mon ancienne professeure que je vois sortir de la maison d'en face.

C'est Nelly.

CHAPITRE 31

Je croise son regard mais Nelly détourne aussitôt les yeux. Elle veut nous éviter, elle s'éloigne.

— Qu'est-ce qu'elle fait là ? dit Andrea, abasourdie.

C'est notre dernier espoir qui s'écroule : Nelly a donc parlé avec George...

Mais Andrea est déjà dans la rue et court pour la rattraper. En voyant cela, Nelly presse le pas.

— Qui est-ce ? demande Antarès, intrigué par la réaction d'Andrea.

— Nelly. On comptait sur elle pour le vaccin.

Je ne perds pas plus de temps à lui expliquer. Je suis pieds nus, j'ouvre la porte et j'attrape les premières chaussures que je trouve, mes sandales. Je les chausse rapidement, je sais courir avec des talons maintenant.

Pendant que je referme la sangle, Antarès m'interroge :

— Tu veux parler de Nelly, cette élève du lycée ?

— Oui. La fille de première.

— Mais… elle était blonde ! relève-t-il d'un air surpris.

— Elle s'est teint les cheveux en noir.

— Elle est devenue brune… J'arrive pas à le croire.

Je ne comprends pas pourquoi il attache de l'importance à la couleur des cheveux de cette fille. Cela m'étonne de lui. Comme si l'esthétique comptait, à ce moment précis ! À l'instant où je me fais cette réflexion, quelque chose me trouble de nouveau, mais je n'arrive pas à déterminer quoi. Qu'importe, je n'ai pas de temps à perdre. J'ai fini de mettre mes sandales et je me précipite pour rattraper Andrea. Un instant plus tard, je suis à ses côtés. Elle s'est arrêtée au coin de la rue.

— C'est pas possible, elle a disparu ! s'exclame-t-elle.

En effet, Nelly n'est visible nulle part.

— Elle a dû passer par un jardin pour nous éviter. Il faut qu'on la retrouve. Pénélope, tu cherches par là.

Elle désigne la direction vers laquelle nous supposons que Nelly est partie. Puis Andrea se tourne vers Antarès qui nous a rejointes.

— Antarès, tu passes par ce chemin qui descend. Si tu trouves Nelly, tu m'appelles. Tu as un portable ?

— Oui.

Ils échangent rapidement leurs numéros puis Andrea s'en va en lançant :

— Moi, je cherche dans les jardins !

De son côté, Antarès est déjà parti. Étrangement, il semble avoir compris l'urgence, lui qui était jusqu'alors résigné. Moi, je prends la rue.

Je cours de nouveau, regardant de tous côtés. En vain. Aucune silhouette ne correspond à Nelly.

À la place, c'est George que je trouve.

Elle m'attend, debout au milieu de la rue. En me voyant, elle sourit et marche tranquillement vers moi.

— Il est trop tard, me dit-elle. Nelly est partie.

La colère m'envahit :

— Pourquoi est-elle venue chez toi ? Qu'est-ce que tu lui as dit ?

— Je lui ai confié une mission, répond calmement George.

— Tu l'as dit toi-même. Personne ne peut interférer ! Il faut laisser le temps suivre son cours.

— C'est vrai. Sauf quand le déroulement de l'évolution va faire une erreur. J'ai préféré assurer la continuité, par sécurité.

— Nelly n'a rien à voir avec notre histoire !

— Tu me sous-estimes. Je t'ai vue parler avec elle, ce matin. Cela semblait très important pour toi. Ton intérêt pour elle avait forcément une raison. J'étais curieuse de la connaître. Elle est la fille du directeur de ce laboratoire de recherche médicale, n'est-ce pas ?

Je suis horrifiée. Elle m'a donc suivie ce matin, quand je me suis rendue au lycée pour l'épreuve de français.

Pourquoi ne me suis-je pas méfiée davantage ? C'est une agrégée. J'aurais dû rester sur mes gardes !

— Qu'est-ce que tu lui as demandé de faire ?

— Une simple petite enquête, répond George. Je l'ai envoyée au laboratoire afin d'en savoir plus. Un vaccin a-t-il été mis au point, oui ou non ? C'est une question qui a son importance. Et bien sûr, si ce vaccin existe, je lui ai fortement suggéré de le détruire.

— Elle ne fera jamais ça ! Elle sait que Pierrick risque de mourir à cause du virus !

— Oh... tu ignores ce qui s'est passé hier ?

Elle me regarde avec un air faussement compatissant. C'est insupportable.

— Pierrick l'a quittée, reprend-elle. Il lui a dit qu'il ne l'aimait pas. Elle n'a pas tellement apprécié.

En d'autres circonstances, j'aurais été heureuse d'apprendre ça. À ce moment-là, ces mots ont une tout autre signification : Nelly ne fera rien pour sauver Pierrick.

— C'est idiot, n'est-ce pas ? reprend George. En faisant cela, il a signé son arrêt de mort.

Jc suis effondrée.

— Tu as perdu la partie, ajoute George. C'est normal. Tu n'as jamais vraiment compté au regard de l'histoire. Nous en avons une nouvelle preuve aujourd'hui.

À ce moment-là, une sonnerie m'indique qu'un message est arrivé sur mon téléphone. C'est forcément

Andrea. Je sors le téléphone de ma poche et regarde l'écran :

Viens à la gare. Vite.

Je laisse George. Je descends la rue en courant aussi rapidement que je le peux.

Quand j'arrive sur le pont qui surplombe les voies, à bout de souffle, je ne vois d'abord pas Andrea. Puis des éclats de voix me parviennent et je m'avance vers le parapet.

En contrebas, sur le quai, Andrea se tient face à Nelly. Sa peau blanche contraste avec ses cheveux noir de jais, et son expression haineuse durcit ses traits.

— Je m'en fous, de ton frère ! lance Nelly.

— Aide-moi, implore Andrea. S'il te plaît...

— Je vois pas pourquoi je lèverais le petit doigt pour lui.

Un train approche.

— Peut-être que vous allez vous remettre ensemble, insiste Andrea. Il a agi sur un coup de tête, je suis sûre qu'en réalité il est amoureux de toi...

À côté d'elles, la rame s'arrête dans un crissement aigu. Les portes s'ouvrent.

— Et puis, quand on y pense, poursuit Andrea, suppliante, c'est pas la première fois que vous rompez, c'est déjà arrivé l'an dernier, et ça vous a pas empêchés de sortir à nouveau ensemble... Tu vois bien, Pierrick et toi, c'est pas fini...

Mais Nelly monte dans le train et reste là, sur la plate-forme, affrontant Andrea du regard.

— Ton frère me dégoûte, assène-t-elle. Je me fous de ce qui peut lui arriver.

La sonnerie annonçant la fermeture des portes retentit.

— Arrête-la ! s'écrie Antarès en débouchant sur le pont, lui aussi. Empêche-la de partir !

Je vois Andrea qui lève la tête vers nous, désorientée.

— Monte dans le train ! hurle Antarès à mes côtés.

Et il se précipite vers les escaliers mécaniques.

De son côté, Andrea n'hésite plus. Dans un mouvement désespéré, elle essaie de s'engouffrer dans le wagon mais, d'un geste brutal, Nelly la repousse et la fait tomber, profitant de l'avantage que lui offre la hauteur. Les portes se referment.

Le train se met en branle tandis qu'Andrea se relève. Elle le regarde partir, impuissante.

Je rejoins Antarès, debout en haut des escaliers mécaniques. Il se tient immobile, comme figé dans son élan.

— Trop tard... regrette-t-il, amer.

J'essaie de lui expliquer que, de toute façon, Nelly n'aurait rien fait pour nous :

— Ça ne servait à rien de la retenir. Jamais elle ne se donnera le mal de se procurer le vaccin.

Mais Antarès secoue la tête, accablé.

— Si seulement c'était tout, réplique Antarès. Le rôle de Nelly est bien plus important que ça ! Tu avais raison... On pouvait agir... J'aurais dû t'écouter...

— Je ne comprends pas. Que veux-tu dire exactement ?

— Tu ne réalises pas ? s'agite Antarès. Nelly a teint ses cheveux en noir !

Encore cette préoccupation pour la couleur de sa chevelure ! Mais pourquoi ? Et pour quelle raison Antarès est-il aussi nerveux ?

C'est là que je comprends.

Nelly-la-Brune. La légende dans nos livres de contes... Je n'ose pas croire qu'il ait raison. Je murmure :

— C'est impossible...

J'ai très peur. Contrairement aux temps modernes, Nelly est un prénom rare au Moyen Âge. Et si elle était la fille qui a donné naissance au mythe de mon enfance ?

— Nelly-la-Brune, affirme Antarès. La fille qui a permis l'avènement des femmes.

— C'est juste une légende...

— Presque toutes les légendes ont pour fondement des faits réels. Exaltés, magnifiés, mais réels.

Il a raison. Elle va faire ce que George lui a demandé. Je suis anéantie. Je regarde Andrea en contrebas, seule sur le quai. Je vais devoir lui expliquer que non seulement Nelly ne nous aidera pas à sauver sa famille, mais qu'elle est en route dans le but d'anéantir toute chance de survie pour les trois milliards et demi d'hommes sur Terre.

J'enjambe le tripode et je descends les escaliers, la tête basse.

Quelques instants plus tard, j'ai révélé l'essentiel à Andrea. Elle commence à réaliser la terrible vérité.

— Que raconte votre légende, exactement ? nous presse-t-elle, angoissée.

— Que Nelly-la-Brune était une jeune fille quand la Renaissance a commencé, raconte Antarès. Qu'elle avait beaucoup souffert à cause des hommes. Qu'elle a entendu parler de l'existence d'un vaccin contre la Grande Grippe. Que, courageusement, elle s'est efforcée d'accéder à la haute tour dans laquelle ce remède était caché. Et qu'elle l'a détruit.

Je complète :

— Nelly-la-Brune est célèbre pour son héroïsme. C'est grâce à elle que la Grande Grippe a pu achever de se répandre dans le monde entier. Du moins, c'est ce qu'on dit.

— De nombreuses avenues portent son nom, à notre époque. Et beaucoup de mères appellent leur fille Nelly.

— Je suis désolée, Andrea. Ça veut dire que nous avons échoué.

Mon amie a les yeux dans le vide. Elle se projette dans sa vie d'orpheline, son père mort, ses frères morts... Et moi, je m'imagine devoir vivre alors que Pierrick n'est plus là...

Mais une idée me vient à l'esprit... Je reprends espoir :

— Nelly-la-Brune est devenue notre pire ennemie. Mais c'est une bonne nouvelle. Car si la légende est vraie, ça veut dire que le vaccin existe.

Andrea relève la tête et, dans son regard, il y a de nouveau la lueur volontaire que je lui connais bien.

— Tu as raison. Le vaccin existe. Et nous savons où il se trouve.

Je respire mieux. Nous avons encore une chance de sauver les hommes. Pourtant, Antarès est pâle. Il a les yeux fixés au bout du quai.

— Qui est cette femme ? demande-t-il d'une voix blanche.

Je me retourne et je la reconnais au premier coup d'œil :

— C'est George.

À ce moment-là, je me demande si j'ai eu raison d'affirmer que Nelly était notre pire ennemie. George marche vers nous de son pas régulier. Malgré la distance, je peux dire qu'elle est inquiète. Je crois qu'elle vient de comprendre son erreur : me juger inoffensive au point de me confier que Nelly était en route pour le laboratoire.

— On dirait une agrégée, articule Antarès, défait.

— C'en est une, répond Andrea.

— Vous avez une agrégée aux trousses ? hallucine-t-il.

Mais je ne lui réponds pas car je viens de voir une autre silhouette inquiétante. Quelques mètres derrière mon ancienne professeure marche Lionel. Il porte sa main à sa bouche et tente de maîtriser une quinte de toux. À sa démarche, on le devine faible, fiévreux. La maladie devrait le rendre inoffensif. Elle le rend au contraire plus effrayant encore. Comme si c'était sa volonté seule qui le faisait tenir debout. Sa volonté de nous nuire ou de nous remettre sur le droit chemin. Le résultat est le même. Je ne sais pas ce que George lui a raconté cette fois, mais elle a su le convaincre de nous harceler de nouveau.

— Ils vont nous empêcher d'aller au labo, s'inquiète Andrea.

Un nouveau train apparaît et ralentit pour s'arrêter à quai. Que faire ? Nous devrions monter dedans mais, si nous le faisons, George et Lionel nous suivront. Je consulte Andrea du regard et je vois qu'elle hésite. Quelle est la meilleure décision ? Monter dans un wagon ? Fuir par la ville ?

Les portes du train s'ouvrent et les passagers en descendent. D'autres montent, créant l'espace d'un instant une cohue relative.

Je m'apprête à lui dire qu'il faut échapper à George et Lionel en disparaissant dans les rues du centre-ville, mais Andrea m'attrape par le bras.

— Suivez-moi.

Décidée, elle monte dans la rame. Je désapprouve son choix, le train est un piège sans issue, mais nous devons rester unis. Antarès est déjà à bord, il semble lui faire confiance. J'ai le temps de jeter un coup d'œil en arrière avant de grimper : comme prévu, George et Lionel montent à leur tour.

Les portes se referment et le convoi s'ébranle. Andrea ne reste pas là. Elle avance, remontant le couloir vers l'avant du train. Elle progresse d'un pas rapide, suivie par Antarès.

Nous passons une première fois les portes qui séparent notre rame de celle qui la précède. Nous parcourons tout le couloir, puis passons un nouveau sas.

Je suis la dernière, je regarde en arrière. Un wagon plus loin, à travers les portes vitrées, je distingue George et Lionel qui nous suivent. Je presse le pas. Qu'espère Andrea ?

Après un dernier sas, nous arrivons au bout du train, juste derrière la cabine du conducteur.

Les freins crissent et le train entre en gare. Andrea jette un regard inquiet vers l'arrière. Je ne vois plus George, ni Lionel...

Le train n'en finit pas de ralentir. Nerveuse, Andrea appuie sur le bouton qui déclenche l'ouverture de la voiture dès qu'elle est à l'arrêt. Elle appuie, appuie encore, mais le mécanisme est toujours verrouillé. Enfin, le train s'arrête et Andrea réussit à ouvrir la porte. Elle se précipite dehors et nous fait signe de nous courber en deux. Se faisant la plus petite possible, elle court vers l'avant de la rame, dépasse la locomotive et disparaît dans le tunnel. Antarès en fait autant. Je les suis.

À peine ai-je descendu les quelques marches qui permettent d'accéder au ballast que les mains d'Andrea et Antarès m'attirent vers eux, dans un recoin sombre.

Serrés contre le mur sale et humide, nous ne bougeons pas. Le conducteur du train, posté en hauteur par rapport à la voie, ne nous a pas vus. Il redémarre. Andrea me tire un peu plus contre elle. La locomotive nous frôle lentement. J'entends le bruit de son moteur, sourd, comme un grondement.

Puis c'est la première voiture.

Derrière la fenêtre de la double porte, Lionel est debout. Je me presse encore plus fort contre le mur, j'espère qu'il fait sombre, très sombre...

Pas assez. Je croise le regard du policier. Il a les yeux rougis par la conjonctivite.

— Il nous a vus, regrette Andrea.

Il se sent investi d'une mission, celle de nous sauver de la délinquance. Il veut nous donner une bonne leçon et, dès qu'il aura mis la main sur nous, il nous amènera au commissariat. Là, nous serons coincés, incapables d'arrêter Nelly à temps.

Le train prend de la vitesse. Les wagons défilent devant nous, l'un après l'autre, de plus en plus rapides. Un souffle se crée, puis un appel d'air qui semble nous happer à la suite du train. Il s'éloigne, ses phares arrière disparaissent. Le bruit s'estompe, puis plus rien.

Nous sommes seuls dans la pénombre. Sur le quai, les voyageurs se dirigent vers la sortie de la gare.

Tous, sauf un. George est là. Je vois sa silhouette bien droite se détacher sur le ciel. Je devine qu'elle scrute l'obscurité pour savoir si c'est par le tunnel que nous avons choisi de passer.

C'est un cauchemar qui se répète. Comme il y a un an, dans les carrières.

Andrea place son doigt devant ses lèvres. Pas un bruit... Nous restons immobiles, silencieux. Au bout de quelques minutes, je m'avance prudemment pour regarder.

À l'extrémité du tunnel, le ciel forme maintenant un demi-cercle lumineux, sans ombres. George a disparu. Elle n'était plus dans le train quand Lionel nous a vus. Descendue avant, elle a certainement imaginé que nous avions choisi de fuir par la ville, et nous cherche dans les rues. Je chuchote :

— Qu'est-ce qu'on fait ?

— On peut pas ressortir, constate Andrea. Elle nous attend peut-être.

— Il faut avancer, déclare Antarès.

— C'est dangereux, hésite Andrea. Quand un train passe à pleine vitesse, on risque de se faire happer par le souffle. Mon père m'a raconté des histoires plutôt gore sur les gens qui vont dans les tunnels.

— Ce sera surtout gore, répond Antarès, si l'agrégée nous rattrape.

CHAPITRE 32

Nous quittons la niche dans laquelle nous étions abrités. Andrea passe la première, s'enfonçant prudemment dans le tunnel. Les pierres du ballast sont instables et pourraient signaler notre présence, alors elle prend garde à poser doucement ses pieds. Antarès la suit, longeant lui aussi le mur au cas où un autre train arriverait. Je me déchausse et je l'imite. Mes sandales à la main, pieds nus, je sens les aspérités de chaque pierre frotter contre ma peau, mais j'avance en silence.

— Il y a une caméra un peu plus loin, chuchote Andrea. Mon père m'en a parlé. Je vous dirai quand il faut faire attention.

Nous progressons lentement. Je pense à Nelly qui va bien plus vite que nous et qui sera bientôt au laboratoire. Arriverons-nous à temps pour la stopper ?

Il fait plus sombre encore, la lumière du jour est loin derrière nous maintenant. Des éclairages diffusent une faible lueur, de loin en loin, tout juste suffisante pour nous guider.

— C'est ici, dit Andrea.

Elle pointe du doigt un petit boîtier que je suppose être la caméra de surveillance.

— Restez derrière moi. Si on passe, on se fera repérer. En quelques minutes, on se fera arrêter par les mecs de la sécurité.

— Alors, comment faire ?

— Il y a un angle mort, répond-elle. Faites exactement comme moi.

Et elle s'allonge sur le sol, tout contre le mur. Elle rampe. Antarès l'imite, puis c'est mon tour. Je me redresse de l'autre côté.

— Comment savais-tu ça ? s'étonne Antarès.

— Mon père est flic, répond Andrea.

Notre progression reprend. Pénible. Pas assez rapide.

Nous ne sommes pourtant pas les premiers à nous introduire dans ce tunnel. Je vois un graffiti sur le mur, démesuré, couvrant les parois sur plusieurs mètres. Des bombes de peinture jonchent le sol.

Puis ce sont de nouveau les murs gris sale, suintants. L'endroit est oppressant. Je ne veux pas imaginer à quelle vitesse les trains peuvent arriver sur nous, à tout moment.

— On doit repérer chaque abri qu'on dépasse, déclare Antarès. Se souvenir de la distance parcourue, et toujours savoir si on doit s'abriter en courant vers l'avant ou en rebroussant chemin.

Andrea acquiesce.

— Et guetter le moindre bruit. Si le son vient de ce côté, il s'agit du train en provenance de Paris, qui passera sur l'autre voie. S'il vient de derrière nous, c'est l'inverse, la rame va vers Paris en empruntant les rails qui se trouvent de notre côté.

Elle n'ajoute rien mais il n'est pas difficile de comprendre que dans ce dernier cas, le danger est grand.

Nous marchons maintenant sur un sol en béton, à côté du ballast. Écorchés par notre progression dans le tunnel, mes pieds me font souffrir mais je ne veux pas ralentir le rythme. J'avance, malgré tout.

Un peu plus loin, la voie entame un virage dont nous ne voyons pas le bout.

— Stop, ordonne Andrea. Ici, c'est risqué.

Elle pointe une longue bande rouge et blanche peinte sur le mur.

— Ça veut dire qu'à cet endroit, il n'y a pas de place pour le train et pour quelqu'un qui se trouverait là au même moment. C'est lui ou nous, et je préfère qu'on ne fasse pas l'essai.

En effet, en regardant les rails se rapprocher de la paroi, au fur et à mesure que la courbe s'incurve, j'imagine les dégâts causés par un train sur le corps d'un être humain.

— Ne vaut-il pas mieux rebrousser chemin ? George est sûrement loin, maintenant...

— D'après mes estimations, me répond Andrea, on a fait plus de la moitié du parcours entre les deux stations. Ça sera plus rapide de sortir en continuant droit devant. Ce qu'il faut, c'est tendre l'oreille.

De la main, elle nous demande de ne plus faire un bruit. Tous les trois, nous guettons l'arrivée éventuelle d'un train. J'entends juste le bourdonnement causé par une installation électrique que je n'arrive pas à situer.

— À mon signal, on traverse. On passe la courbe le plus rapidement possible. Quand c'est fait, on revient de ce côté, c'est plus large.

Antarès acquiesce mais jette un coup d'œil vers mes pieds nus.

— Prends mes baskets, dit-il en se déchaussant.

— Ça va aller.

— Tu as mal, ça se voit. Tu ne pourras pas traverser assez vite.

— Toi non plus.

— Mes pieds ne sont pas encore blessés. Tiens.

J'accepte avec reconnaissance et j'enfile ses baskets. Le contact de ma peau avec les chaussures me fait souffrir, mais beaucoup moins que de courir sur le ballast.

Silence à nouveau, puis Andrea nous fait signe d'y aller.

— Maintenant !

Aussitôt, nous nous élançons sur les voies. C'est difficile de courir sur ces gros cailloux et je manque de me tordre la cheville.

Juste au même moment, j'entends le bruit d'un train qui se dirige vers nous. Effrayée, je m'arrête net et les autres en font autant.

Impossible de déterminer de quel côté arrive la rame.

J'ai beau me concentrer, à cet endroit, la réverbération des sons nous empêche de localiser l'origine du bruit.

Tétanisée, je regarde Andrea. Elle aussi hésite.

— On continue ! hurle-t-elle.

Je ne réfléchis pas, je lui fais confiance. Tous les trois, nous nous précipitons vers la paroi d'en face.

C'est quitte ou double.

À peine avons-nous atteint notre objectif que le train passe sur la voie opposée, dans un vacarme terrible. Mes cheveux sont plaqués contre mon visage, puis le train s'éloigne et un puissant appel d'air se crée, me coupant le souffle.

Le silence se fait de nouveau.

Je crois que mon cœur s'était arrêté. Il recommence à battre.

— On a eu de la chance, balbutie Andrea. Le train allait vers Paris. Sinon...

En effet, si la rame était passée de notre côté, je ne sais pas si elle nous aurait touchés, l'espace est peut-être assez large ici, mais le volume d'air déplacé par le train est tellement important que nous aurions sûrement été happés vers la voie.

— Il faut passer la zone dangereuse, déclare Andrea.

Le plus rapidement possible, nous avançons. La courbe se termine et nous traversons de nouveau, en espérant que cette fois, aucun train n'arrivera. Antarès bondit d'un rail à l'autre pour ne pas avoir à poser les pieds sur le ballast. Il manque de perdre l'équilibre mais parvient à se rétablir. Andrea lui tend la main et ils repartent. Je les suis et nous accédons de nouveau à l'autre côté des voies.

Nous nous remettons en route. Cette progression à l'aveugle me semble interminable. Pour me donner du courage, je me dis que le plus dur est fait. Mais soudain, devant nous, quelqu'un tousse.

C'est une toux rauque, caverneuse. Lionel, bien sûr. Pas très loin, à quelques dizaines de mètres seulement. Dans la pénombre, nous n'arrivons pas à le voir.

Les autres aussi l'ont entendu car, comme moi, ils se sont immobilisés en silence.

Lionel est donc descendu à la gare suivante et s'est introduit dans le tunnel pour venir à notre rencontre. Nous l'entendons approcher, les pierres du ballast roulent sous son pas lourd.

Aussi discrètement que possible, nous rebroussons chemin sur quelques mètres pour gagner le précédent abri que nous avons repéré. Nous nous y serrons les uns contre les autres.

Mais c'est inutile.

— Je vous ai entendus, crie Lionel. Je sais que vous êtes là !

Sa voix résonne, ce qui la rend encore plus effrayante.

Puis je n'entends plus rien. On dirait qu'il s'est arrêté, déconcerté de ne plus nous voir.

Nous retenons notre souffle. Je donnerais tout pour savoir où Lionel se trouve à présent... Mais tout à coup, il surgit devant nous. Il a sorti son arme de service et braque le canon sur Andrea.

— Sortez de là, tous les trois, ordonne-t-il. Il est interdit de circuler sur les voies. Je vais vous emmener au poste et vous allez avoir de gros ennuis. Je t'avais mise en garde, pourtant, Andrea !

Sous l'éclairage blafard du tunnel, son visage a une teinte verdâtre. Ses yeux sont cernés, rougis et purulents. La conjonctivite a atteint un stade avancé. Il se tient à quelques centimètres de nous et je pense à Antarès, juste à côté de moi, qui reçoit en pleine face les miasmes de la grippe masculine. Si par miracle il n'avait pas encore été contaminé jusqu'à maintenant, c'est chose faite.

— Laissez-nous passer, crie Andrea. Vous n'avez rien compris !

— J'ai très bien saisi, au contraire. Tu te crois tout permis avec tes amis, parce que ton père est commandant de police. Mais les lois sont faites pour tout le monde !

Il saisit brusquement Andrea par le poignet et, vu la grimace qu'elle fait, je devine qu'il a encore de la force.

— Si tu étais ma fille, jamais je ne t'aurais laissée devenir une délinquante !

— Je suis pas votre fille ! hurle Andrea.

Mais il est de nouveau pris d'une quinte de toux qui le plie en deux. Andrea réagit aussitôt en le repoussant violemment. Il se prend les pieds dans le rail et tombe à la renverse. Dans sa chute, il lâche son arme. Je me précipite pour la ramasser.

Au même moment, un nouveau train s'annonce. Pas de doute cette fois, le son résonne d'une autre façon, le tunnel est rectiligne ici. Aucune réverbération, aucun écho pour venir nous tromper. Le train va vers Paris, cela signifie qu'il va passer sur la voie située de notre côté.

Lionel est encore au sol, trop faible ou trop sonné pour se relever. Il va être frappé de plein fouet, broyé par la voiture de tête.

Mais, en une seconde, Antarès se précipite vers lui. Déjà, je vois les phares du train et je n'ai pas le temps de lui hurler de prendre garde. Je me plaque contre la paroi.

Je ferme les yeux, je me tiens contre le mur du tunnel comme si je voulais m'y enfoncer. À chaque instant, le souffle essaie de m'entraîner vers la rame qui défile à toute allure et je lutte pour ne pas être aspirée.

Puis le bruit s'éloigne et le silence se fait.

Je rouvre les yeux.

Andrea se tient, comme moi, plaquée contre le béton.

Entre nous deux, recroquevillés au sol, les corps d'Antarès et de Lionel sont mêlés.

Ils ne bougent pas. Je pense qu'ils ont été heurtés par la locomotive et que le choc les a tués.

Mais Antarès se relève, lentement. Il est vivant.

Encore allongé, sonné, Lionel semble surpris :

— Pourquoi tu as fait ça ?

— Je pouvais pas vous laisser, répond Antarès.

Il prend Lionel par les bras pour l'emmener à l'abri de la niche creusée dans le mur, juste un peu plus loin. Andrea et moi l'aidons. Le policier est brûlant de fièvre.

Je regarde mon amie. Que va-t-elle décider ? Je la vois hésiter en voyant Lionel si mal en point, mais elle se reprend.

— Il faut pas rester ici, murmure-t-elle.

Elle fait un pas en arrière, mais Lionel appelle d'une voix étrange, fébrile.

— Andrea...

— Dès qu'on pourra, répond-elle, on préviendra les secours. Ils viendront vous chercher.

Elle nous fait signe de la suivre et commence elle-même à s'éloigner, mais dans le silence du tunnel, la voix de Lionel résonne, comme s'il était en train de délirer :

— Tu ressembles beaucoup à ta mère, tu sais.

Cette fois, Andrea s'arrête et se retourne.

— Quand elle était jeune, reprend Lionel, elle était exactement comme toi. Nous étions amis.

— Ça m'étonnerait, répond Andrea d'un ton sec. Vous êtes juste le collègue de mon père.

— Je travaille avec ton père depuis plus de vingt ans, oui. Mais j'ai connu ta mère bien avant. Ton père ne te l'a jamais dit ?

— Non...

Je vois qu'Andrea est troublée par cette affirmation.

— On était amis d'enfance, elle et moi. La même école, le même quartier, les mêmes jeux.

— Vous la connaissiez vraiment ? demande-t-elle, désarçonnée.

— Je l'aimais.

Lentement, Andrea fait quelques pas vers Lionel.

— C'est marrant, la vie, poursuit-il avec un rire étrange. Elle non plus ne m'aimait pas. Exactement comme toi.

— Vous venez de dire qu'elle était votre amie, rétorque Andrea.

— C'est exactement ça. Seulement mon amie. Quelques années plus tard, c'est ton père qu'elle a choisi.

— Est-ce que mon père est au courant ? demande Andrea, déconcertée.

— Il croit que mes sentiments ont disparu depuis longtemps. Quel idiot. Toutes ces années où j'ai fait semblant d'être votre ami…

Sa respiration est saccadée maintenant, sifflante. Même à distance, je le perçois. Il lance un regard mauvais vers Andrea.

— Je te hais. Toi et tes frères. Ton père aussi.

Il s'interrompt, pris par une nouvelle quinte de toux.

Andrea a fait un pas en arrière, comme s'il l'avait frappée physiquement. C'est comme si Lionel montrait enfin son vrai visage, vénéneux.

J'ai toujours cru que cet homme nous poursuivait à cause de George. Je pensais qu'il était envoûté par cette femme séduisante et qu'elle pouvait faire de lui ce qu'elle voulait. Je comprends aujourd'hui que je m'étais trompée. Ce qui motivait Lionel était la rancœur. Une jalousie obsédante.

Andrea n'a pas bougé. Elle ferme les yeux, prend un instant pour se ressaisir et se tourne vers nous.

— On y va, ordonne-t-elle. On a déjà perdu trop de temps.

Et, les traits durcis, elle s'en va sans se retourner.

Antarès la suit. Je prends le temps de glisser l'arme du policier dans la ceinture de mon jean et je leur emboîte le pas.

Nous laissons Lionel derrière nous, sachant tous les trois qu'il ne survivra pas à la grippe masculine.

Nous devons sortir de ce tunnel, vite. À chaque train qui passe, nous risquons notre vie et, pendant ce temps, Nelly progresse.

Mais alors qu'Antarès et moi avançons dans le sillage d'Andrea, une série de bruits secs et assourdissants résonnent dans le tunnel. Des petits morceaux de mur sautent tout autour de nous, comme par magie. Le béton semble exploser en plusieurs endroits. D'abord, je ne comprends pas ce qui arrive, puis je parviens à identifier l'origine du son et je pivote lentement.

Sous un néon, George se tient debout, une arme impressionnante braquée sur nous, plus grande encore que le pistolet-mitrailleur qu'elle avait l'an dernier.

— Une kalachnikov, reconnaît Andrea d'une voix blanche.

C'était donc ça. Une rafale de fusil d'assaut.

George avance vers nous, allongeant le pas avec assurance. Elle tient toujours sa kalachnikov pointée sur nous. Cette femme possède avec les armes une aisance déconcertante.

Moi aussi je suis armée. J'ai sur moi le pistolet de Lionel. Mais je ne sais pas m'en servir. Je n'en ai jamais manipulé, je n'ai jamais tiré.

Lentement, de façon que mon geste soit indétectable dans la pénombre, je saisis l'arme glissée dans mon jean et je la prends en main, dans mon dos. Puis je la fais glisser vers Andrea qui comprend, en sentant le métal contre elle, ce que je suis en train de faire. Avec des gestes mesurés, elle la prend par le canon et la place correctement dans sa main. Antarès voit notre manœuvre mais, bien sûr, ne laisse rien paraître.

Ensuite, nous attendons.

George approche. Elle n'est plus qu'à une dizaine de mètres.

— Vous allez rester là, sur les voies, annonce-t-elle. Il ne se passera pas plus de quelques minutes avant qu'un train arrive. Ça suffira.

Elle n'a pas compris qu'Andrea était armée. Je reste sur mes gardes, prête à réagir dès que mon amie décidera de tirer. Mais quelque chose m'intrigue...

George semble mal à l'aise. Elle dévisage Antarès, plissant les yeux pour percer l'obscurité.

— Qui es-tu ? articule-t-elle.

Le ton de sa voix est altéré.

— Tu es différent des hommes d'ici... poursuit-elle. Je ne comprends pas...

— Je m'appelle Antarès, fils de Danae. Je suis né en 2170.

— C'est impossible… objecte George, abasourdie. En 2170, les hommes sont tous morts depuis longtemps !

— Pas tous. Ma mère est une résistante. Elle m'a donné la vie.

George est médusée. Sans s'en rendre compte, elle relâche son attention et baisse lentement son arme vers le sol.

— Mais comment… prononce-t-elle péniblement, comment cela se pourrait-il ? C'était seulement une rumeur !

Alors je comprends que, tout agrégée qu'elle est, George ignorait l'existence de ces quelques hommes, vivant cachés à notre époque. Je pensais qu'elle était bien placée pour savoir que les Autorités nous manipulaient, je sais maintenant qu'elle était aussi ignorante et naïve que moi. Je ne peux pas m'empêcher de ressentir du mépris pour elle.

— Un garçon des temps modernes… balbutie-t-elle.

Elle est sous le choc.

C'est à cet instant-là qu'un train se fait entendre, fonçant vers nous à une vitesse effrayante. George se ressaisit aussitôt et redresse le canon de son arme. Mais Andrea a été plus rapide. Elle pointe déjà le pistolet de Lionel et tire vers l'agrégée.

Au lieu du bruit sec d'une détonation, j'entends un simple clic.

Je devine ce qui vient de se passer. L'arme du policier n'était pas chargée.

Bien sûr. Il n'aurait jamais pris le risque de tuer Andrea. Même s'il la haïssait, elle est la fille de celle qu'il aimait. Et qui plus est, elle lui ressemble...

Le bruit du train couvre maintenant tous les autres sons, envahissant rapidement tout l'espace. Dans quelques secondes, nous serons frappés par la locomotive lancée à pleine vitesse. Pas le choix. Unis par un même réflexe, Andrea, Antarès et moi nous jetons sur le côté de la voie.

George doit nous imiter. Elle tente tout de même de nous mitrailler avec son arme mais, dans le mouvement, elle est incapable de nous viser avec précision. Je vois des étincelles surgir de l'arme mais je n'entends même pas les détonations, couvertes par le vacarme du train.

Il était temps. Une fois de plus, l'aspiration causée par le passage de la rame me coupe le souffle. Pendant des secondes interminables, le convoi passe, ses fenêtres éclairées défilant à toute allure, la succession des wagons causant un fracas plus effrayant encore que celui de la kalachnikov.

Puis le train s'éloigne et le silence revient.

Désorientée, à genoux, je cherche mes amis des yeux. J'ai peur qu'ils n'aient été heurtés par le train. À la place, je vois George qui se relève, à quelques mètres à peine.

Elle a survécu et je suis face à elle. Sans arme.

Alors je repère une lueur dorée juste à côté de moi. Ma sandale... Aussitôt, je la saisis et, sans réfléchir, sans prendre le temps de laisser la peur m'envahir, je m'avance et frappe George à la tête avec le talon pointu. Fort.

Elle tente tout d'abord de m'arrêter. Blessée, elle réussit pourtant presque à m'attraper à la gorge mais je frappe, encore plusieurs fois.

Bientôt, elle ne bouge plus. Ses yeux sont fermés. Son visage est en sang. Je suis heureuse que la lumière soit basse pour ne pas contempler les dégâts que j'ai causés. Ça ne doit pas être beau à voir.

À la place, je regarde ma sandale ensanglantée.

Pourquoi n'ai-je jamais lâché mes chaussures, même quand les trains nous ont frôlés ? Même quand il a fallu soutenir Lionel ? Même quand j'ai fait passer l'arme du policier entre les mains d'Andrea ? On fait parfois des choses insensées...

CHAPITRE 33

J'entends Andrea qui me rejoint. Elle va bien et je suis soulagée.

Mais, sur le côté, je distingue Antarès, étendu sur le sol. Andrea l'a vu, elle aussi. J'échange un regard avec elle et j'y lis la peur. Je suis inquiète autant qu'elle. Pour lui, le garçon du futur…

Nous nous précipitons. Il est inconscient. Andrea se penche sur lui. Je distingue une blessure sur sa tempe.

— Antarès… Tu m'entends ? Dis quelque chose ! Antarès !

Mais il ne réagit pas. Andrea approche son visage de sa bouche, elle essaie de sentir s'il respire encore. Elle lui prend la main.

— Antarès…

Il gémit et ouvre les yeux avec difficulté.

— Elle est où ? L'agrégée ?

— Juste à côté, mais en pire état que toi, répond Andrea. Tu peux te lever ?

— Je crois que oui.

Nous l'aidons à se redresser, puis à se mettre debout.

— Ça va ?

Il jette un coup d'œil à George, étendue par terre. Elle ne bouge pas et je me demande si je l'ai tuée... Je m'approche et, précautionneusement, je pose ma main sur sa poitrine.

— Elle est vivante.

— Sortons d'ici, répond Antarès.

Andrea le soutient et nous recommençons à longer la voie.

Puis, enfin, une lueur nous permet de distinguer la gare au bout du tunnel. Nous ne sommes plus très loin.

Quelques minutes plus tard, nous montons les marches qui mènent sur le quai et enjambons une petite barrière qui tente de façon dérisoire d'empêcher l'accès au tunnel. De rares voyageurs nous observent avec étonnement ou désapprobation. Nous n'y prêtons pas garde.

Nous nous engageons dans les escaliers pour regagner la rue. En sortant à l'air libre, je suis surprise de voir que la nuit est tombée depuis longtemps. Même à l'ouest, aucune lueur ne rappelle que le Soleil brillait encore il y a quelques heures. Dans le ciel sans nuages luit un fin croissant de Lune, décroissante bien sûr. Une virgule parmi les étoiles.

— On est encore loin du labo, se décourage Andrea. À l'heure qu'il est, Nelly a sûrement détruit le vaccin.

— Nous n'en sommes pas encore certains, répond Antarès. Tu ne vas pas abandonner maintenant ?

J'interviens :

— Il faudrait une voiture...

— Tu sais conduire ? demande Antarès.

— Oui, répond Andrea. Enfin, presque.

— Alors c'est comme si c'était fait, lâche-t-il.

Et, sans hésitation, il s'avance vers un homme qui vient d'ouvrir sa voiture, garée à quelques mètres, et s'apprête à s'installer au volant. Antarès lui prend ses clés des mains et le repousse d'un air menaçant. Furieux, l'homme proteste et tente de nous empêcher de prendre possession de son véhicule, mais Antarès lui envoie un coup de poing en pleine mâchoire.

— J'aime pas ça, mais si tu savais, tu me remercierais, affirme-t-il simplement.

Et il tend la clé à Andrea.

— Monte, ajoute-t-il en ouvrant grand la portière côté conducteur.

Andrea n'hésite pas longtemps. Elle prend place au volant tandis que je m'assieds côté passager et qu'Antarès s'engouffre à l'arrière.

J'ai un doute quand Andrea met le contact et que la voiture cale avec un hoquet. Entre-temps, le propriétaire de la voiture s'est ressaisi et, furieux, tente d'ouvrir la portière mais Antarès réagit plus vite en se penchant vers l'avant et en appuyant sur un bouton qui verrouille le véhicule. Le stress fait trembler les mains d'Andrea qui réussit quand même à démarrer le moteur et à enclencher la première vitesse. Une chance que la marche arrière ne soit pas nécessaire pour sortir de la place de stationnement. Mon amie oublie le clignotant, mais je me garde bien de le lui faire remarquer. Elle s'introduit dans la circulation d'un mouvement brusque du volant, ouf, ça passe. À cette heure tardive, il y a moins de trafic.

Hélas, en première, nous ne risquons pas d'aller très loin. L'embrayage fait un bruit inquiétant quand Andrea tente de passer la deuxième. Enfin, elle y parvient et nous avançons un peu plus vite. La troisième est un succès immédiat.

— Tu vois que tu sais conduire, commente Antarès d'un ton encourageant.

Comme pour le contredire, Andrea manque de percuter un motard qu'elle n'avait pas vu.

— En tout cas, j'ai droit à une formation accélérée, se contente-t-elle de souffler. Merde, par où je dois passer ? C'est dans cette direction, mais il y a un sens interdit !

Je sors mon téléphone de ma poche et j'allume le GPS. Ça y est, je repère l'endroit où nous sommes et je rentre l'adresse du labo.

— Tourne à droite.

Je la guide et elle prend de l'assurance. Elle passe même parfois la quatrième, alors que nous sommes en pleine ville, et je m'accroche à la poignée latérale. Penché entre les deux sièges avant, Antarès signale les obstacles et nous progressons rapidement.

Enfin, nous apercevons la tour. Andrea méprise le panneau *Interdit de stationner* et donne un coup de volant pour s'engager sur le parvis devant l'entrée du bâtiment. Elle freine brusquement, cale une dernière fois et laisse la voiture là.

Aussitôt, nous nous précipitons hors du véhicule et courons vers la tour. Je n'y crois plus, nous avons perdu trop de temps dans le tunnel. La soirée est bien avancée, nous allons trouver les portes fermées, forcément.

Mais, à ma grande surprise, alors que nous poussons le battant vitré qui donne accès au hall du labo, il s'entrouvre. Nous pénétrons à l'intérieur sans difficulté. Manifestement, Nelly est entrée par ici, et n'a pas pris la peine de verrouiller derrière elle.

Le vaste espace du rez-de-chaussée est désert. L'éclairage tamisé est juste suffisant pour s'orienter. Derrière l'accueil, aucune hôtesse. Les fauteuils où patientent habituellement les visiteurs sont inoccupés, les ascenseurs silencieux et immobiles.

Au milieu du hall est simplement posée une valise. Une grosse valise en plastique dur, un peu cabossée. Andrea s'en approche et regarde une large étiquette attachée à la poignée. Trois grosses majuscules y sont imprimées à l'encre noire. BOG.

— Bogota, déclare-t-elle.

Abel Constantin a dû venir directement après avoir atterri. Mais où est-il maintenant ? Pourquoi a-t-il abandonné sa valise au beau milieu du hall ? A-t-il croisé le chemin de Nelly ? Se sont-ils affrontés ici même ?

— Quand tu es venue, c'était à quel étage ? me demande Andrea.

— Vingt-septième.

Elle lève les yeux vers le haut comme pour imaginer le nombre de niveaux à gravir.

— Je pense qu'il vaut mieux éviter l'ascenseur, décide-t-elle. Pas très discret, la lumière qui s'allume à chaque étage.

Antarès ouvre une porte située un peu à l'écart et regarde ce qu'il y a derrière.

— Les escaliers sont ici, annonce-t-il.

Nous le suivons et commençons l'ascension de la tour.

Chaque bruit résonne dans la cage d'escalier. Un pas trop lourd, un coup donné contre la rampe, le moindre son se propage dans tous les étages. Nous devons monter en silence, mais l'urgence nous presse.

Vingt-sept étages, c'est beaucoup. Sur chaque palier, le numéro de l'étage est inscrit à la peinture. 9... 10... 11...

Devant moi, Andrea s'essouffle et ralentit. Nous ne sommes qu'au quinzième. Je la prends par la main et je l'entraîne. Cela lui redonne de l'énergie. Antarès nous précède.

Qu'est-ce qui nous attend au vingt-septième ? Nelly sera-t-elle déjà repartie après avoir détruit le vaccin ? Allons-nous trouver Abel Constantin effondré dans son laboratoire, désespéré de voir ses efforts réduits à néant ?

Mais peut-être n'existe-t-il en réalité aucun vaccin, car jamais le chercheur n'a pu le développer ? Faute de temps, de moyens ? Nous avons voulu y croire coûte que coûte, mais si c'était un rêve impossible, une chimère ?

24... 25... 26... Nous ralentissons, aucun bruit ne doit nous trahir.

Enfin, voilà le vingt-septième étage. Nous nous rassemblons sur le palier et tendons l'oreille. Pas un son.

Prudemment, Andrea pousse la porte. À l'étage, tout est sombre. Personne ne semble être là. Les bureaux sont fermés, seules les lumières indiquant les issues de secours nous permettent de nous repérer. Nous nous engageons dans le couloir et nous avançons...

Je commence à me dire que nous ne sommes pas au bon endroit, qu'il n'y a ici que des bureaux tandis que les recherches se font ailleurs, quand une voix étouffée nous parvient :

— Il aurait dû réfléchir avant de me traiter comme ça... Personne ne m'a jamais humiliée ainsi !

C'est Nelly. Sa voix est stridente. Nous nous orientons aussitôt dans cette direction.

Là, au détour du couloir, une porte est entrouverte, laissant apparaître un rai de lumière vive qui se détache sur le sol.

— Tu ne te rends pas compte, répond une voix masculine, angoissée. Ce germe est très virulent... Si tu détruis le vaccin, il y aura des milliers de victimes, et même plus encore...

En m'avançant, je découvre un laboratoire très éclairé. Tout est blanc, les murs, les paillasses. Il y a plusieurs postes de travail surmontés de hottes, et des microscopes. Encore un pas vers l'avant et je vois le visage de celui qui a parlé. Je reconnais l'homme barbu de la vidéo. Abel Constantin. Il a le visage tendu par l'appréhension. Je me décale doucement sur le côté et je vois Nelly.

Elle me tourne le dos mais c'est bien elle. Je reconnais sa façon de se tenir et ses cheveux désormais noirs. Elle est debout à côté d'un gros flacon en verre posé sur une paillasse. C'est un récipient qui contient un liquide transparent, une dizaine de litres à peu près. Sur la partie supérieure sont percés trois orifices, dont deux sont hermétiquement fermés par des bouchons. Le troisième est ouvert.

À bout de bras, juste au-dessus de cette ouverture, Nelly tient une bouteille d'eau de Javel, débouchée elle aussi. Un geste et elle videra la bouteille dans ce qui n'est évidemment rien d'autre que le vaccin... Il est encore temps, mais comment agir ?

— Non... gémit Abel Constantin. Il m'a fallu un an pour cultiver le virus atténué... Si tu fais ça, il sera trop tard, la pandémie gagnera le monde entier...

— Vous dites ça pour me faire peur, répond Nelly. Aucun virus n'a jamais tué autant de gens.

— Tu ne te rends pas compte. Celui-là est particulier, plus virulent que tout ce que nous avons connu jusqu'à maintenant...

— Je m'en fous. Il y a plein de mecs qui peuvent mourir sous mes yeux, ça me touchera pas.

Je consulte du regard mes amis. Andrea nous fait signe qu'il faut entrer par surprise et la neutraliser tout de suite. Antarès acquiesce, prêt à agir, mais je les arrête de la main. Cela me semble beaucoup trop risqué. Je murmure :

— Je vais lui parler.

Si nous tentons d'intervenir par la force, Nelly aura le temps de vider une partie de sa bouteille dans la cuve.

Sûrement assez pour condamner les hommes et entrer dans la légende.

Consciente que c'est notre meilleure option, Andrea hoche la tête. Malgré son appréhension à l'idée que le dialogue entre Nelly et moi tourne mal, elle me donne son accord.

Je respire à fond et je pousse doucement la porte.

— Nelly... C'est moi, Pénélope...

Elle se retourne d'un mouvement brusque et me dévisage avec hostilité.

— Laisse-moi ! proteste-t-elle.

— Ne fais pas ça...

De l'autre côté de la cuve, Abel Constantin reste immobile, en retrait, terrorisé à l'idée que son travail soit détruit.

— Tu pourras pas m'en empêcher, dit Nelly. Tu es arrivée trop tard.

— Si tu détruis le contenu de cette bouteille, tu déclencheras quelque chose de terrible !

— Tu as vraiment une imagination débordante... Vous vous êtes donné le mot avec Andrea, hein ? Toi, tout ce qui t'intéresse, c'est de me prendre Pierrick.

— Non, Abel Constantin dit vrai. Et il ne s'agit pas seulement de quelques hommes... C'est l'ensemble de la population masculine qui disparaîtra si tu détruis le vaccin !

— C'est ça, prends-moi pour une débile. Même la grippe H1N1 n'a pas fait autant de victimes qu'on pensait, et Ebola non plus. Un virus qui tuerait des milliards de personnes, ça n'a jamais existé et ça n'existera jamais.

— Ce virus-là est différent, insiste Abel Constantin. Je n'ai jamais rencontré une souche qui se développe aussi vite... Cette jeune fille a raison, le danger d'une pandémie est grand...

— Eh bien, après tout, tant mieux ! J'en ai vraiment marre des mecs. Ils se croient tout permis. C'est une bonne idée, votre truc. Peut-être qu'on serait mieux sans eux...

— Je sais exactement ce que tu ressens... dis-je. Moi aussi, avant, je pensais que les hommes n'avaient que des défauts.

— Ça m'étonnerait. Tu peux pas me comprendre.

— Si. Je suis comme toi, Nelly.

— Comment tu pourrais le savoir ? Tu me connais même pas !

— Mais je sais une chose. C'est très dur d'aimer quelqu'un et de ne pas être aimée en retour... Ça fait mal.

Je suis sincère en disant cela. J'ai de la peine pour elle.

J'espère qu'elle le sent. C'est ma seule chance. Qu'elle soit touchée par ce que j'exprime.

— C'est facile pour toi, lance-t-elle, hargneuse. Pierrick est amoureux de toi. Ça crève les yeux. Depuis le début, de toute façon, c'est comme ça. C'est écœurant comment tu lui as plu en quelques jours, même pas, en une minute !

Je suis un peu déconcertée. Pierrick, amoureux de moi ? Comment pourrait-elle le savoir si moi-même je ne suis pas au courant ? Mais ses paroles ne sont sûrement motivées que par la jalousie, elles n'ont rien de fondé. Je me concentre sur mon but.

Je cherche un argument qui saurait la persuader, mais je suis à nouveau confrontée aux limites de mon savoir sur le Moyen Âge. Cela ne m'était plus arrivé depuis quelque temps, et voilà que mon manque de connaissances me freine à ce moment crucial ! Je tente quand même le coup pour la convaincre :

— Il y a plus de trois milliards d'hommes sur Terre. Si l'on soustrait les trop vieux et les trop jeunes, cela laisse au moins cinq cent mille individus avec lesquels faire connaissance. C'est beaucoup. Je suis sûre qu'en cherchant un peu tu rencontreras un garçon qui sent bon, et qui trouve que toi aussi tu sens bon.

J'ai l'impression que mes arguments portent et je m'enflamme même un peu :

— Un garçon, ou peut-être même plusieurs ! Après tout, pourquoi pas ?

J'ai mis tout mon cœur dans cette plaidoirie, mais Nelly me regarde, abasourdie.

— Tu es qui, exactement ? crache-t-elle. Tu es complètement folle !

Je me rends compte que, malgré ma bonne volonté, j'ai dérapé. Quelle idiote. Bien sûr qu'elle ne peut pas entendre mes arguments. Elle est amoureuse de Pierrick et ça ne se commande pas ! Moi aussi j'aime ce garçon et, si quelqu'un tentait de me convaincre d'en choisir un autre, je ne serais absolument pas réceptive.

Pas étonnant dans ces conditions que Nelly soit plus furieuse que jamais. J'ai tout gâché. Je suis anéantie.

Mais pendant que je lui parlais, Nelly a relâché son attention et, sans s'en rendre compte, elle a baissé son bras qui tient la bouteille d'eau de Javel. Juste à ce moment-là, Andrea et Antarès surgissent dans la pièce. Antarès se jette sur Nelly et la ceinture fermement tandis qu'Andrea saisit la bouteille d'eau de Javel.

— Non ! hurle Nelly. Lâchez-moi !

Mais il est trop tard. Andrea jette la bouteille dans l'évier d'une paillasse. Abel Constantin se précipite pour refermer hermétiquement la cuve en revissant soigneusement le bouchon.

Antarès maintient vigoureusement Nelly qui se débat entre ses bras.

— Laisse-moi ! crie-t-elle, furieuse.

— Je te libère si tu promets de partir d'ici, répond-il.

Andrea la regarde avec un mélange de haine et de pitié.

— On dira à personne ce que tu as tenté de faire, confirme-t-elle. Mais tu t'en vas. Maintenant.

Nelly sent qu'elle n'a pas le choix. Elle se résigne, pleine de rancœur.

— D'accord, siffle-t-elle.

Antarès la relâche prudemment, restant sur ses gardes. Teigneuse, elle se tourne vers Andrea et moi.

— Vous le regretterez, assène-t-elle. Un jour, un homme vous fera souffrir.

Et elle s'en va. Elle ne saura jamais quel cataclysme elle a failli provoquer.

Le silence se fait à nouveau dans le labo. Le soulagement général est presque palpable.

CHAPITRE 34

— Comment avez-vous su ? demande Abel Constantin, encore sous le choc. Comment avez-vous compris que, dans cette cuve, il y a une suspension vaccinale ? Sans vous...

Il se tait, bouleversé par cette perspective. Je lui dois une explication.

— C'est mon sang que vous avez reçu il y a un an.

— Tu es le patient zéro ? articule-t-il.

Ça me fait mal qu'il pense une chose pareille. J'ai envie de crier que non, je ne suis pas la première personne porteuse de la grippe, pas du tout ! Ma mère était déjà porteuse du virus, et ma grand-mère, et toutes les femmes autour de moi... Mais je suis au Moyen Âge, et Abel Constantin a raison. Même si c'est difficile à appréhender, même si cela implique une boucle temporelle qui donne le vertige, je suis bien la personne qui a introduit le virus dans la population humaine. Alors je me reprends et je réponds :

— Oui. C'est moi.

Il me contemple attentivement, mettant un visage sur l'échantillon qu'il étudie depuis toute une année.

— Comment as-tu pu savoir que tu avais ce virus en toi ? m'interroge-t-il. Comment as-tu compris qu'il était dangereux ?

— Si je vous le disais, vous ne me croiriez pas.

— Il y a un an, reprend le chercheur, quand mon amie Marthe m'a transmis ton prélèvement sanguin, personne ne connaissait ce virus. Aucun cas n'avait jamais été répertorié. Alors, qu'est-ce qui t'a alertée ?

Abel Constantin garde ses yeux fixés sur moi. Je réponds :

— Est-ce vraiment ça qui est important, aujourd'hui ?

Il nous observe tous les trois. Son regard s'arrête longuement sur Antarès.

— Tu as raison, dit-il. Attendez-moi là.

Et il sort de la pièce.

Nous restons seuls, rassemblés autour de la cuve qui contient le vaccin. D'un même regard, nous la contemplons.

La solution pour sauver le genre masculin est ici, à portée de main. Des milliards de vies préservées grâce à cette cuve de verre...

Mais je me trouble… Une inquiétude vient de naître en moi. Je lève les yeux vers Andrea qui a maintenant, elle aussi, l'air tourmentée. Puis je regarde Antarès qui a perdu le regard vif qu'il avait ces dernières heures. Ses yeux sont de nouveau sombres. Il semble résigné.

Nous venons tous les trois de comprendre la même chose.

La cuve est trop petite.

Une dizaine de litres de vaccin, d'un côté, maximum. Trois milliards et demi d'hommes, de l'autre.

Ce n'est pas assez.

— Combien il y en a, vous pensez ? demande Andrea d'une voix blanche.

— Je ne sais pas. Plusieurs centaines de doses, peut-être, estime Antarès. Quelques milliers dans le meilleur des cas.

C'est tellement insuffisant pour éviter des milliards de malades. La mort croisée à chaque pas, le monde en deuil. Le chaos.

Abel Constantin revient. Il tient dans la main une pochette contenant du matériel médical. Il enfile des gants de latex et sort une seringue de son emballage stérile.

— Viens là, lance-t-il à Antarès.

Avec précaution, il prélève une dose de vaccin dans la cuve. C'est une toute petite quantité, une goutte à peine.

— Remonte ta manche.

— C'est inutile, répond Antarès. Gardez cette dose pour quelqu'un d'autre. Moi, j'ai déjà été contaminé.

Je trouve sa réaction réaliste, mais courageuse. Une nouvelle fois, ce garçon m'impressionne. Pourtant le chercheur insiste :

— Tu as déjà entendu parler du virus de la rage, je suppose ?

— Oui...

— Ce vaccin-ci fonctionne de la même façon. Il peut parfaitement être administré après la contamination du patient. Donné à temps, il est aussi efficace en stimulant les défenses immunitaires. Donne-moi ton bras.

Antarès obéit et, d'un geste rapide et précis, le chercheur lui injecte le contenu de la seringue dans le muscle de l'épaule.

— À vous maintenant, dit Abel Constantin en nous désignant.

Je suis décontenancée. Comment peut-il nous proposer de gâcher deux doses de vaccin ? A-t-il vraiment compris à quel virus il avait affaire ? Il s'agit de la grippe masculine ! Est-il incompétent ? Cela me fait très peur.

Andrea réagit vivement :

— Vous êtes idiot ou quoi ? s'exclame-t-elle.

Plus diplomate mais aussi inquiète, j'essaie d'expliquer au chercheur :

— Andrea a raison. Nous sommes des femmes, nous ne risquons rien...

— Je sais, répond-il avec calme. Mais, grâce à cette injection, vous serez en mesure de sauver les hommes qui vous entourent.

Je me sens perdue. Comment pourrais-je sauver Pierrick en étant moi-même vaccinée ? Il est trop tard, je l'ai déjà contaminé ! Mais Abel Constantin reprend ses explications :

— C'est très simple. Il existe deux sortes de vaccins. La majorité d'entre eux sont fabriqués à base de virus tués. Une minorité est au contraire élaborée avec le virus vivant atténué. C'est le cas de celui-ci.

— Je ne comprends pas... dit Andrea. Qu'est-ce que ça change ?

— Le virus n'est plus pathogène, mais il est encore vivant. Ça veut dire qu'il peut se multiplier, et contaminer quelqu'un d'autre.

Je pense avoir compris :

— Vous voulez dire que, en vaccinant une personne, vous avez l'espoir que le vaccin se propage, tout comme le virus lui-même ?

— Exactement.

Et il saisit le bras d'Andrea pour lui faire l'injection. À nouveau, cela lui prend quelques secondes à peine. Il jette la seringue usagée.

— La pandémie a commencé, déclare-t-il. Si je ne me suis pas trompé sur ce virus, tout va aller très vite.

— Justement, on voudrait quelques doses de vaccin, demande Andrea. Il nous les faut, pour les hommes de notre entourage. Et des seringues aussi, et que vous nous expliquiez comment faire.

— Comme je viens de vous le dire, répond le chercheur, vous n'avez plus besoin de tout cela.

— Mon père et mes frères ont sûrement été contaminés il y a un an, insiste Andrea, angoissée. Ils vont tomber malades dans les jours qui viennent.

— Présentent-ils les premiers symptômes ? demande Abel Constantin.

— Non, mais...

— Alors il est encore temps. Faites-moi confiance. Le vaccin peut être transmis exactement de la même façon que la maladie elle-même.

S'il a raison, alors nous pouvons sauver Pierrick et les hommes que nous connaissons. Mais quel sort attend les autres hommes sur Terre ? Andrea se pose les mêmes questions que moi :

— Qu'est-ce qui va se passer, maintenant ? Comment allez-vous répartir le contenu de la cuve ?

— Si seulement j'avais été entendu... J'aurais communiqué des échantillons du virus aux autres laboratoires, partout dans le monde. Nous aurions eu le temps de cultiver une plus grande quantité de vaccin, peut-être suffisante pour l'ensemble de la population. Tandis que là...

Nous restons un instant silencieux, conscients de ce que ça signifie.

— Personne ne veut croire à l'urgence de la situation, reprend-il. Les décideurs réclament plus de temps pour étudier l'évolution de la pandémie, ils n'arrivent pas à imaginer que ce qui va se produire n'a jamais été observé à ce jour. Je vais devoir diffuser le vaccin seul.

— Mais comment ? s'étonne Andrea. C'est impossible !

— Je repars demain à la première heure. J'ai un vol pour Londres. Puis je m'envolerai pour Atlanta. Ensuite Pékin, Tokyo, Dubaï. Ce sont les aéroports les plus fréquentés au monde. Dans chacun d'eux, je vaporiserai une partie de la suspension vaccinale contenant le virus atténué. La résistance du virus fait la résistance du vaccin. Comme le virus original, il peut survivre plusieurs heures sur les mains des voyageurs, les poignées de portes, les surfaces des pupitres d'enregistrement ou les magazines distribués dans les avions.

Je comprends. Le chercheur va miser sur la mondialisation des relations humaines...

— Cela ne suffira pas à sauver tous les hommes, ajoute-t-il, mais cela empêchera la pandémie.

— Vous pensez qu'il y aura combien de victimes ? demande Antarès, tendu.

— Difficile à estimer. Sans doute des dizaines de milliers, peut-être plus.

C'est un chiffre effrayant, mais il reprend :

– C'est beaucoup plus que la grippe aviaire, mais tellement moins que le sida et ses vingt-cinq millions de morts.

Il a préparé une troisième seringue et me fait signe :

– À toi, maintenant.

Je relève ma manche et lui tends mon bras. Une simple piqûre, et c'est fait. Abel Constantin range son matériel.

– Laissez-moi, maintenant, dit-il. J'ai beaucoup à faire.

Il ne nous prête déjà plus attention. Il s'active pour préparer le transfert du vaccin dans plusieurs dizaines de pochettes souples stériles.

– Vous n'avez pas été très clair, insiste Andrea. Combien de temps faut-il pour que le virus atténué soit efficace ?

– Il pousse très vite. Sinon, je n'aurais jamais réussi à obtenir une telle quantité de vaccin en un an seulement.

– Cela va prendre quelques jours ?

– Moins. Quelques heures. Il est déjà en train de se propager dans chacune de vos cellules.

Antarès se crispe. Je le comprends. Le virus qu'il a fui toute sa vie se développe maintenant en lui, à grande vitesse.

— Comment pouvez-vous être sûr que le virus est vraiment atténué ? demande-t-il, pas vraiment à l'aise.

— Bonne question, répond Abel Constantin. Pour ces vaccins-là, en effet, on peut toujours avoir un doute.

Antarès fait une drôle de tête.

— Rassurez-vous, reprend le chercheur. Je l'ai testé sur moi. Je n'allais pas consacrer toute mon énergie à cultiver un vaccin qui pouvait rendre malade. Maintenant, sortez d'ici. Voyez vos familles, vos amis. Parlez avec eux, le plus près possible de leur visage. Cessez de vous laver les mains. Transmettez le virus atténué partout, autant que vous le pouvez.

Et il lance cette phrase qui résonne si étrangement :

— Désormais, vous êtes le vaccin.

Quand nous sortons, une dépanneuse de la fourrière est en train d'emporter la voiture que nous avons volée et laissée sur le parvis. Son gyrophare orange renvoie une étrange lumière qui se reflète en mille éclairs sur les vitres de la tour.

Le quartier est désert. Quelle heure est-il ? Je n'en ai aucune idée.

— C'est par là, dit Andrea en faisant un geste de la main.

Nous marchons. À l'ouest, le fin croissant de Lune se couche.

À chaque pas que nous faisons, à chaque seconde qui passe, le virus atténué croît en nous. Nous ne nous dépêchons pas. Nous lui laissons le temps de devenir actif. Il me picote la gorge, me chatouille le bout des doigts, me réchauffe les joues. Je sais que j'imagine tout cela, mais c'est ma façon à moi de sentir grandir dans mon corps la solution pour sauver la vie de Pierrick.

Antarès marche à côté de moi, pieds nus. Je porte toujours ses baskets. Je crois que lui aussi essaie de percevoir la progression du vaccin en lui. Il respire profondément.

Andrea se tourne vers lui.

— Ça va ? demande-t-elle.

— Je suis vivant, répond-il, et apparemment je vais le rester quelque temps encore. C'est une sensation très nouvelle pour moi.

Nous nous taisons. Le silence autour de nous est agréable, si rare au Moyen Âge.

Nous descendons un long boulevard et ne croisons personne. Puis nous traversons une place, prenons une rue plus étroite, débouchons sur une large avenue. Je devrais me sentir épuisée, mais l'espoir me fait tenir.

Enfin, nous arrivons au périphérique. Nous le traversons, quittons Paris et rejoignons la banlieue.

Plus loin, au bout de la rue, la voie ferrée sort de terre. L'ouverture est là, juste sous nos pieds. Sans que je m'en rende compte, nous avons suivi le tunnel en marchant à la surface.

Je ne peux pas m'empêcher de frissonner en pensant à George. Est-elle encore dedans, toujours vivante ? Est-elle repartie à notre époque ?

Ou va-t-elle surgir de nouveau, comme dans un cauchemar qui se répéterait sans fin ?

Je me retourne à plusieurs reprises, sur mes gardes, mais je ne repère aucun mouvement.

Quant à Lionel... Trop occupés par la quête du vaccin, nous n'avons pas tenu parole en prévenant les secours. Cela n'aurait rien changé, la grippe l'avait atteint à un stade trop avancé. Il est mort, ça ne fait pas de doute. Seul, dans un tunnel sombre et humide.

Nous marchons encore. Longeant les voies, nous passons au niveau des carrières de craie. Je reconnais la porte principale. Nous approchons de chez Andrea. Puis, nous empruntons la petite rue qui monte le long de la voie et nous tournons pour retrouver la maison.

De l'autre côté de la rue, le pavillon loué par George ne laisse apparaître aucun signe de vie. Nous avançons vers chez nous sans avoir le moindre ennui.

Enfin, nous sommes arrivés.

À l'est, le jour se lève.

CHAPITRE 35

– C'est à cette heure-là que vous rentrez ? rugit le père d'Andrea.

Nous levons la tête. Tout le quartier dort encore, mais lui nous attendait. Il est penché à la fenêtre du premier étage et il est furieux.

– Vous avez dépassé la limite, toutes les deux ! Ça fait des heures que j'essaie de vous joindre ! J'ai été beaucoup trop indulgent avec vous. À partir de dorénavant, vous êtes punies ! Plus d'argent de poche, plus de sorties, et révisions assidues pour l'oral de français !

Antarès fait la grimace.

– Je crois que je vais vous laisser, déclare-t-il.

– Oui. Ça vaut mieux, répond Andrea.

– Ça va aller pour... vous savez quoi.

– T'inquiète, le rassure Andrea.

Et nous poussons la porte de la maison.

Le père d'Andrea est déjà descendu au rez-de-chaussée et nous attend en bas de l'escalier, les bras croisés.

— Pour commencer, vous allez me dire où vous étiez. Vous êtes mineures, vous ne pouvez pas passer la nuit je ne sais où sans m'en demander l'autorisation ! Il y avait une fête chez quelqu'un du lycée, c'est ça ? Une nuit blanche, alors que vous passez l'oral de français lundi ? Vous êtes inconscientes, totalement immatures !

— Je suis désolée, papa, répond Andrea. On recommencera pas. Promis, à partir de maintenant, on mène une vie tranquille. Plus jamais on fera ce qu'on a fait cette nuit.

— Comment je peux vous faire confiance ?

— Je t'assure. C'est fini. On va aller passer notre oral de français, après on aura des vacances tranquilles, et puis à la rentrée on sera des élèves modèles. On séchera plus les cours, on fera nos devoirs.

— Et tu veux que je te croie ? Après cette déplorable fin d'année scolaire ?

— C'est juré. Mes notes vont remonter, j'aurai le bac. Tu vas voir, tout va être différent maintenant.

La sincérité d'Andrea trouble son père.

— Tu n'exagères pas ?

— Non. J'aurai peut-être même une mention si je fais un gros effort.

Ça, c'est sans doute beaucoup dire ! Je ne suis pas sûre qu'elle soit capable un jour d'aimer le lycée. Son père aussi semble pantois, mais la perspective d'avoir une fille studieuse le fait rêver.

— Tu crois ?

— Je peux toujours essayer. En tout cas, tu peux être rassuré. J'ai qu'une envie, être une fille normale.

Là, je sais qu'elle dit vrai. Son père doit le sentir car sa colère est retombée. Il pensait certainement qu'Andrea s'opposerait à lui, refuserait de se soumettre à son autorité et que cela finirait en conflit. Résultat, il ne sait plus quoi faire.

Face à lui, Andrea ouvre grands les bras.

— Câlin ! propose-t-elle.

Son père est encore plus déconcerté.

— Pardon ?

— Je veux un câlin, répond Andrea.

— On n'en a plus fait depuis des années... Tu as dix-sept ans !

— Et alors ? Moi, ça me manque.

— D'accord...

Un peu gêné, il ouvre les bras pour accueillir sa fille. J'ai déjà noté qu'il était embarrassé dès qu'il s'agissait d'exprimer ses sentiments. Encore un de ces hommes victimes d'une éducation prônant l'absence de manifestations de tendresse chez les représentants du genre masculin.

Andrea s'approche de son père pour le serrer contre elle mais, juste au moment où elle se serre contre lui, elle se met à tousser en postillonnant violemment. Juste sous son nez.

Évidemment. C'est le moyen qu'elle a trouvé pour lui transmettre le vaccin. D'ailleurs, sa toux sonne un peu forcée, mais son père ne s'en rend pas compte. Au contraire, il s'inquiète :

— Tu as pris froid ?

— Non, ça va. C'était juste un truc qui me chatouillait la gorge.

— Tu pourrais mettre ta main devant ta bouche, tout de même.

— Oups. Désolée.

Et elle se blottit davantage contre lui, qui referme ses bras autour d'elle. Elle l'étreint fort et, après un instant d'hésitation, il fait de même.

Moi, j'en tire la conclusion suivante. Quand on offre la possibilité à un homme d'exprimer ses sentiments, il ne tombe pas en syncope, il ne fait pas de crise d'épilepsie. Il accepte avec plaisir.

J'essaie d'imaginer un cours d'Étude et Perception des Sentiments dont les élèves seraient des filles, mais aussi des garçons. Les représentants du genre masculin seraient donc capables d'être bons élèves ? D'avoir une moyenne correcte à la fin de l'année scolaire ? Si oui, cela signifierait que les hommes ont les compétences nécessaires pour l'art de l'écoute et du dialogue… Et donc que leur cerveau est aussi apte que celui des femmes ! Incroyable, une fois de plus !

Quoi qu'il en soit, je suis heureuse pour Andrea. Je devine la joie immense que ce moment doit lui procurer. Son père est sauvé.

Je repense alors à la mère d'Andrea… Une femme que je ne connais pas mais qui habite en permanence cette maison, par son absence.

Happée par les événements, je n'ai pas eu le temps de réfléchir plus avant à mon idée. A-t-elle vraiment pu être emmenée dans le futur par des femmes des temps modernes ?

À mon époque, ou plus exactement à cette époque qui était la mienne autrefois, il existe des activistes, militantes de la cause de femmes, le plus souvent proches du PF. Certaines de ces activistes sont agrégées et utilisent leur capacité à se déplacer dans le passé pour venir en aide à des femmes médiévales victimes de la violence masculine. Les activistes interviennent alors, malgré l'interdiction légale, et exfiltrent ces victimes vers les temps modernes. La puissance d'une agrégée suffit à emmener une classe entière d'élèves pour le BAC. Elles n'ont donc aucun mal à exfiltrer une ou même parfois plusieurs médiévales. Il suffit que ces femmes soient d'accord, et unissent à ce moment-là leur volonté à celle de l'agrégée.

Ensuite, ces femmes peuvent faire une demande d'asile auprès des Autorités. Bien sûr, comme le reste de la population, elles subissent l'intervention au laser sur l'oreille interne, qui les prive à jamais de la possibilité d'un retour chez elles.

Ce genre d'action reste toutefois assez rare. La mère d'Andrea peut-elle être une de ces femmes exfiltrées ?

Pourtant, elle ne correspondait pas aux critères habituels de ces activistes. D'après ce que son père a dit, elle traversait une phase de dépression violente et ne parvenait plus à reprendre pied. A-t-elle pu être estimée en danger par une agrégée, puis emmenée vers le futur ? Une agrégée qui aurait fait le choix terrible de la séparer de ses enfants et de son mari ?

Je me sens perdue quand je me demande si je dois en parler à Andrea. Lui expliquer mon hypothèse, au risque de me tromper ? Et comment l'accueillerait-elle ? Éprouverait-elle apaisement ou désespoir ? Soulagement ou colère ?

Mes réflexions sont interrompues par Tiago. Il descend les escaliers avec un air ensommeillé.

— Vous pouvez pas parler moins fort ? Il est super tôt, je pouvais dormir encore une heure, moi !

— C'est ma faute, répond aussitôt Andrea en se détachant de son père.

— La prochaine fois, fais moins de bruit.

— Tu veux que je te prépare le petit déj pour me faire pardonner ?

— J'ai pas faim, râle Tiago.

— Des tartines à la confiture d'abricot bio avec des copeaux de chocolat équitable dessus.

Gourmand, Tiago se laisse tenter :

— Bon, d'accord.

Andrea file à la cuisine. Je la suis. Elle est déjà en train d'ouvrir le pot de confiture. Elle glisse un regard vers la porte et chuchote :

— Tiago peut me voir ?

— Non. Il est encore dans le salon.

Alors, d'un geste rapide, elle saisit la tartine et donne un long coup de langue sur le pain. Exactement comme je fais avec ma petite sœur quand je veux le dernier morceau de gâteau sans le partager. Puis Andrea vérifie d'un coup d'œil que personne à part moi ne l'a vue et se met à étaler la confiture sur le pain.

— Tartine avec vaccin intégré, murmure-t-elle.

Puis elle râpe des copeaux de chocolat noir par-dessus.

— Tiago ! appelle-t-elle. C'est prêt ! Je te presse une orange avec ça ?

— Je veux bien.

Pas mécontent de ce petit déjeuner tout fait, Tiago vient s'asseoir dans la cuisine avec son magazine préféré sur les animaux. Et il croque dans la tartine avec appétit.

— Finalement, dit-il la bouche pleine, tu avais raison. Je mourais de faim.

Reste Pierrick. Je suppose qu'il dort encore.

— Que faisons-nous ? Attendons-nous qu'il se réveille ?

— Non, me répond Andrea. Les premiers symptômes sont peut-être apparus pendant la nuit. Je préfère m'en occuper tout de suite.

À ce moment-là, quelqu'un frappe à la porte. Andrea est étonnée, c'est vrai qu'il est encore tôt. Elle va dans l'entrée.

À peine a-t-elle ouvert la porte que le visiteur s'engouffre dans la maison. Un peu surprise, j'ai un mouvement de recul, mais je reconnais Yoan.

— Vous avez un congélateur ? demande-t-il, essoufflé.

— Pardon ? répond Andrea.

— J'ai besoin d'un congélateur ! Vite !

— Mais pourquoi ?

— Le nôtre est en panne, couine-t-il. Ça fait des jours, mais ma mère est toujours à Madagascar et mon père s'en occupe pas. Je peux utiliser le vôtre ? C'est urgent !

— Si tu veux, mais je sais pas s'il reste beaucoup de place. Tu veux stocker quoi ? Des pizzas, des glaces ?

— Du sperme.

— Quoi ? s'étrangle Andrea.

— Tu es déconnectée ou quoi ? Les réseaux sociaux ne parlent que de ça. Il y a un nouveau virus qui va tuer tous les hommes !

Je suis très surprise que Yoan soit au courant, et Andrea aussi, qui ouvre des yeux comme des soucoupes.

— Ce qui est dingue, reprend Yoan en me regardant, c'est que ça ressemble à cette histoire bizarre que ma mère m'avait racontée à ton sujet. Comme si tu venais vraiment du futur et que tu étais réellement porteuse de cette maladie.

Je bafouille faiblement :

— C'est hyper-bizarre.

— En tout cas, ça fait du buzz, c'est la folie.

— Facebook en parle ? veut savoir Andrea.

— Non, pas Facebook, rétorque Yoan avec dédain. Google, Twitter, tout ça, laisse tomber. Je te parle d'un réseau d'amateurs de science-fiction. On discute entre nous, on est tous des passionnés. Sauf que, cette fois, c'est pas inventé, c'est bien réel ! Il paraît que ça va aller très vite, que dans quelques années il n'y aura plus un seul homme sur Terre.

— Mais quel rapport avec le congélateur ?

— Réfléchis. Si les hommes meurent tous, il faut absolument conserver des spermatozoïdes pour les générations futures !

Jusqu'à maintenant, Yoan s'est toujours montré imaginatif, mais il n'est jamais tombé juste. Pour la première fois, je suis impressionnée. Il se révèle étonnamment perspicace.

— Comme ça, reprend-il, les femmes auront le temps de trouver un vaccin contre ce virus et, quand ça sera fait, elles seront trop contentes que quelques hommes aient pensé à congeler leur sperme avant de mourir. Surtout le mien. Je suis surdoué, je vous rappelle !

Je l'observe attentivement. Ce garçon serait-il un des hommes qui permettront aux résistantes de donner naissance à des bébés garçons dans cent cinquante ans ? Serait-ce à l'un des hommes de ce réseau d'amateurs de science-fiction qu'Antarès doit la vie ?

— Alors, c'est bon, pour le congélo ? insiste-t-il.

— D'accord, acquiesce Andrea, plutôt amusée.

— Super. Règle le thermostat au maximum en attendant mon retour. Dans l'idéal, il aurait fallu de l'azote liquide comme dans les banques de sperme, mais j'en ai pas sous la main. On va espérer que les femmes du futur sauront récupérer quelques spermatozoïdes viables malgré les mauvaises conditions de conservation. Bon, j'y vais, je suis de retour dans une petite heure, le temps que... Enfin, tu vois.

— Ça va, rigole Andrea, passe-nous les détails.

— À tout de suite !

Yoan va s'en aller mais Andrea le rattrape :

— Attends !

— Quoi ? T'as pas compris ? J'ai pas de temps à perdre ! Si ça se trouve, demain, je suis mort !

Sans tenir compte de ses protestations, Andrea lui prend les mains et les tient entre les siennes.

— Je voulais te dire merci.

— Pourquoi ? s'étonne Yoan.

— Merci d'être comme tu es. Complètement délirant et en même temps carrément lucide.

Ses mains dans celles d'Andrea, Yoan n'est pas très à l'aise et semble même méfiant.

— Je pensais que tu me traiterais de fou.

— C'est le contraire, répond Andrea. Je te trouve génial.

Et elle se met à embrasser les mains de Yoan.

— Qu'est-ce que tu fais ? proteste-t-il en essayant de se dégager.

— Je t'exprime mon admiration ! se justifie-t-elle entre deux baisers.

— C'est sympa mais tu n'es pas obligée. En plus, quand tu embrasses, tu baves un peu, c'est dégueulasse.

— OK, reconnaît Andrea, j'arrête.

Et elle termine par un gros bisou sur la joue de Yoan, qu'il essuie de la main.

— Tu es trop étrange, aujourd'hui.

— Allez, va-t'en, se contente de répondre Andrea. Mon congélateur attend tes petites graines.

Yoan acquiesce, conscient de la mission qui lui incombe, et s'en va en courant.

Andrea se tourne vers moi et me fait un clin d'œil.

— Je n'ai jamais fait de bisous aussi baveux de ma vie, commente-t-elle avec une grimace. À Pierrick, maintenant.

Et, décidée, elle monte les escaliers pour aller trouver Pierrick dans sa chambre. Je la suis.

Mais en arrivant sur le palier, nous trouvons sa porte entrebâillée. Les volets de sa chambre sont déjà ouverts.

— Papa ? appelle Andrea avec inquiétude. Où est Pierrick ?

Du rez-de-chaussée, il crie :

— Il a un combat de boxe thaïe. Il est parti très tôt ce matin.

Andrea se décompose. Pâle, elle passe la tête dans la cage d'escalier pour en savoir plus.

— Où ça ? demande-t-elle à son père.

— Je ne sais plus, à l'autre bout du département, je crois. Il a pris la voiture.

— Merde, souffle Andrea.

Et si Pierrick commençait à développer la maladie ? Et si nous arrivions trop tard pour le vacciner ?

Nerveuse, Andrea prend son téléphone pour composer un message.

— Je lui demande comment il se sent, me dit-elle.

À côté d'elle, j'attends la réponse de Pierrick avec anxiété.

Quelques minutes interminables plus tard, il répond. Je lis par-dessus l'épaule d'Andrea : *Trop bien. Je suis super-affûté. Je vais gagner.*

Nous sommes un peu rassurées, au moins pour l'instant.

— Je ne veux pas prendre de risque, réfléchit Andrea. Je vais lui répondre qu'on vient assister à son combat. J'espère que c'est pas trop loin.

Elle commence à taper sa réponse quand la petite sonnerie de son téléphone l'informe qu'elle a un autre message.

— C'est le père de Mathias, s'étonne-t-elle. Pourquoi il m'envoie un texto ?

Elle ouvre le message et se décompose.

CHAPITRE 36

Nous arrivons en courant à l'hôpital. Giacomo nous attend devant l'entrée, les yeux cernés de fatigue, le teint pâle.

— Ça fait plusieurs jours maintenant, dit-il à Andrea. Mathias ne voulait pas que je t'appelle, mais son état empire.

— Où est-il ? demande Andrea, angoissée.

— Je vais te conduire à sa chambre.

Nous prenons un ascenseur puis remontons un long couloir. Ça sent les médicaments et les produits d'entretien. Andrea court plus qu'elle ne marche. J'ai très peur de ce qu'elle va découvrir...

— C'est ici, dit Giacomo.

La chambre est plongée dans une demi-pénombre. Sur la table de nuit sont posés des médicaments et un verre d'eau.

Mathias est allongé sur son lit, un drap blanc remonté jusqu'à la poitrine. Il porte un masque sur le visage, relié à une machine qui lui envoie de l'oxygène. Malgré cela, on entend qu'il respire difficilement.

Quand Andrea entre, il tourne lentement la tête, comme si ce simple mouvement lui demandait un effort considérable. Avec difficulté, il retire le masque qui l'aide à respirer et le pousse de côté pour parler plus facilement.

— Je me doutais que mon père te préviendrait quand même...

Sa voix est rauque et j'ai l'impression que chaque mot prononcé lui fait mal. Il essaie de sourire mais le résultat ressemble davantage à une grimace.

Andrea se précipite vers lui et lui prend la main. Je reste en retrait à côté de Giacomo.

— Tu es brûlant de fièvre, constate Andrea avec effroi.

— J'ai attrapé la grippe... C'est bizarre, en plein mois de juin.

Les yeux de Mathias sont irrités par la conjonctivite. Les garder ouverts semble douloureux.

— Depuis quand tu es malade ?

— Lundi. Le jour de mes dix-neuf ans. Quand tu m'as appelé le matin pour me souhaiter mon anniversaire, je me sentais bien, mais la fièvre a commencé dans la soirée. Pas de chance, hein ?

Andrea encaisse le choc. Lundi, ça veut dire que Mathias est malade depuis cinq jours. Quand je suis passée le voir, mercredi, il était donc déjà atteint. Je me souviens maintenant qu'il avait l'air fatigué. Il a sûrement pris sur lui, surmontant la fièvre, pour aller soutenir Andrea. Et moi, je ne me suis rendu compte de rien.

Cinq jours… C'est beaucoup. Je sens que mon amie a du mal à maîtriser ses sentiments.

— Où est ton médecin ? Je veux lui parler.

— Laisse tomber. Ils savent pas comment me soigner. Ils disent que c'est la grippe mais, en réalité, ils n'y comprennent rien.

— C'est pas une simple grippe, murmure Andrea.

— Je sais, répond Mathias. Je le sens bien. Je suis de plus en plus faible.

— Non. Dis pas ça. Il n'est pas trop tard.

— De quoi tu parles ?

— Je vais te sauver…

Elle pose sa main sur la joue de son ami et se penche vers lui. Longuement, elle l'embrasse sur la bouche.

Puis elle se redresse et déclare, la voix enrouée par l'émotion :

— Il est encore temps…

Mathias pose sur elle un regard envahi par l'incompréhension.

— Pourquoi tu as fait ça ?

— Parce que je t'aime, répond Andrea.

— Tu sais bien que c'est pas vrai...

— L'amitié, l'amour, peu importe. Tu dois vivre. Tu m'entends ? C'est la seule chose qui compte.

— Je suis pas sûr que ça soit possible.

Sa voix est de plus en plus faible. Cela me serre le cœur. Je vois le visage d'Andrea de profil et je devine qu'elle retient ses larmes.

— Grâce à moi, tu vas guérir... Ça peut pas être autrement.

— Moi non plus, tu sais, j'ai pas envie de mourir. Tu me manquerais trop.

— Dis pas de conneries. Tu vas bientôt aller mieux.

Je sais qu'elle pense au vaccin. Il faudrait que l'organisme de Mathias résiste assez longtemps pour que le vaccin agisse. Qu'il survive, qu'il survive seulement, et après tout redeviendrait possible. Mais est-ce seulement envisageable ? Il semble tellement fragile...

— Repose-toi maintenant, reprend Andrea. Remets ton masque.

— Ça sert à rien. Je respire aussi mal avec, et ça m'empêche de te parler.

— Mets-le quand même. On parlera après, quand tu seras guéri.

— Je me sens tellement fatigué...

— Tu dois tenir le coup, juste le temps que... que tu te sentes mieux.

— Je sais pas...

— Je vais rester là, poursuit Andrea en tentant de maîtriser sa voix. Tout ce que tu as à faire, c'est attendre.

— Je vais pas y arriver... murmure Mathias.

— Je suis à côté de toi. Tu vas tenir bon. Tu as encore tellement de choses à faire. Tu dois voyager, prendre d'autres photos, les diffuser partout dans le monde, comme tu le voulais. Tu dois continuer à réaliser ton rêve !

Mais Mathias ferme à demi les yeux. Il semble épuisé, comme si parler plus de quelques minutes avec Andrea était au-dessus de ses forces.

— D'accord.

— Tu me le promets ?

— Je te le promets. Maintenant, je veux dormir un peu...

— OK. C'est très bien, dormir. Pendant ce temps, tu te reposes. Ton corps lutte contre le virus.

Andrea s'efforce d'avoir une voix assurée.

Mathias ferme complètement les yeux et s'endort.

Dès que Mathias ne peut plus la voir, Andrea porte la main devant sa bouche, comme pour s'empêcher de hurler. Puis elle reprend la main de Mathias dans la sienne et reste ainsi, immobile.

Je regarde Giacomo à côté de moi.

— Si c'est juste une grippe, gémit-il, pourquoi il est aussi mal ?

Ce n'est pas vraiment à moi qu'il parle, plutôt à lui-même. Il sent que le virus qui atteint son fils est redoutable.

— Pénélope, me demande Andrea d'un ton impérieux. Tu vas retourner voir Abel Constantin. Il faut que tu obtiennes une dose pour une injection. Peut-être que ça agira plus vite.

À cette heure-ci, le chercheur est sûrement déjà dans un avion, mais Andrea a raison, il faut tenter notre chance.

— Je reviens le plus vite possible.

J'ouvre la porte de la chambre pour partir quand un cri me déchire le cœur :

— Mathias... Mathias...

Je me retourne, horrifiée par la voix paniquée d'Andrea.

— Non ! hurle-t-elle. Mathias, réveille-toi. Réponds-moi, Mathias !

Giacomo se précipite vers son fils.

— Sa main est plus comme avant, balbutie Andrea. Comme si elle était devenue très lourde, comme s'il n'était plus là...

— Mathias ? demande Giacomo avec angoisse. Dis-nous quelque chose...

Andrea se retourne vers moi.

— Va chercher un médecin ! crie-t-elle, paniquée. Tout de suite !

Je sors dans le couloir et j'appelle à l'aide. Des blouses blanches entrent dans la chambre. Andrea et Giacomo se poussent pour leur laisser le champ libre. Je ne vois plus Mathias. L'équipe médicale tente de le réanimer. Un défibrillateur est apporté, les électrodes placées sur la poitrine du jeune homme, puis une impulsion électrique envoyée. Tout de suite après, un médecin prend le relais avec un massage cardiaque.

Face à cette fébrilité, Andrea semble perdue.

— Pourquoi je suis pas venue avant... ? murmure-t-elle. Pourquoi ?

Après plusieurs minutes de vaines tentatives, le médecin qui effectuait le massage cardiaque se recule et fait signe aux autres de cesser également leurs efforts. Il s'adresse à Giacomo et dit juste :

— Je suis désolé, monsieur.

Giacomo a les yeux vides, comme s'il ne comprenait pas vraiment.

Mais Andrea comprend très bien, elle.

Je ne pensais pas que la mort d'un garçon puisse me faire autant de peine. Mathias était quelqu'un de bien.

CHAPITRE 37

Quand nous ressortons de l'hôpital, Andrea ne pleure pas. Elle a trop mal pour ça. Elle s'arrête sur le trottoir, désorientée.

Puis elle tourne la tête, semble découvrir ma présence et me dit :

— Je vais rester. Giacomo a besoin de moi. Tu rentres à la maison. Tu attends Pierrick, il va bientôt rentrer.

J'acquiesce silencieusement.

— Je n'ai pas réussi à sauver Mathias, ajoute-t-elle. Toi, tu peux encore sauver mon frère.

Et elle s'engouffre de nouveau dans l'hôpital.

Je retourne à la maison. Pierrick n'est pas encore revenu. Je m'assieds sur les petites marches devant la porte de la maison et j'attends.

Une famille s'arrête devant le pavillon de George. Avec eux, il y a une personne qui arbore tous les codes de la femme séduisante et néanmoins active. Les talons, le maquillage, les bijoux, tout y est. Je l'entends, elle vante les qualités de ce logement. La précédente locataire n'est pas restée longtemps, précise-t-elle, et la maison est en excellent état. Les enfants piaillent, excités à l'idée d'emménager ici, et tous disparaissent à l'intérieur.

Puis tout est à nouveau calme dans la rue.

Je pense à Andrea, à Mathias qui n'est plus là. À ma mère et ma petite sœur qui me manquent.

Soudain, une interminable limousine remonte la rue. Vigdis a donc reçu le texto que je lui ai envoyé un peu plus tôt.

La limousine, insolite dans ce quartier résidentiel, ralentit devant la maison et s'arrête. La chauffeuse n'a pas le temps de descendre pour ouvrir à sa passagère, Vigdis est déjà dehors.

— Je suis venue dès que j'ai reçu ton message, s'exclame-t-elle. C'est incroyable ! De combien de doses disposes-tu ? Il faut plusieurs injections ou une seule suffit ? Dis-moi où il faut aller ! Chez quel médecin ? Monte, je t'emmène !

Mais je secoue la tête :

— C'est beaucoup plus simple que ça.

— Explique-moi ! réclame-t-elle, impatiente.

— Ne bouge pas.

Je saisis une mèche de mes cheveux et, avec, je chatouille mon nez. Il ne faut pas beaucoup de temps pour que mes narines picotent.

J'éternue.

— Voilà, dis-je. Respire à fond. C'est fait.

— Quoi ? réplique Vigdis, abasourdie.

— Je te passe les détails mais, en gros, tu es maintenant porteuse du virus vivant atténué. C'est le vaccin. Fais comme moi tout autour de toi, et tu agiras pour sauver les hommes.

— Le vaccin se transmet comme la maladie ?

— Le vaccin est comme le virus. Vas-y, ta chauffeuse t'attend. Et si tu veux être sympa avec elle et sa famille, ça serait pas mal de lui éternuer au visage sans trop tarder.

Vigdis est désarçonnée. Il faut avouer que la façon de lutter contre la Grande Grippe est déconcertante.

— Alors c'est fini ? s'étonne-t-elle. Je n'ai plus besoin de m'éloigner des hommes en permanence ? Je ne suis plus obligée de garder mes distances sous peine de les contaminer ?

— C'est même le contraire.

Vigdis semble submergée par l'émotion.

— Pénélope... bredouille-t-elle. Si tu savais combien je te suis reconnaissante...

— Tu vois… Finalement, il était possible de changer le cours de l'histoire.

Elle hoche la tête et me regarde. Je crois qu'à ce moment-là, elle ressent de l'admiration pour moi. Elle, mon ancienne baby-sitter.

— Oui, dit-elle. Tu as réussi.

Un passant remonte la rue, son chien en laisse. Radieuse, Vigdis lui dépose une grosse bise sur les deux joues. Il la regarde, interloqué. Il vient de reconnaître la star la plus en vue du monde médiéval, et je me demande s'il ne va pas défaillir.

Mais, déjà, Vigdis remonte dans sa voiture et disparaît derrière la vitre teintée. La chauffeuse démarre.

Alors que je suis la limousine des yeux, je reconnais cette silhouette qui marche vers moi.

C'est Pierrick. Il s'est garé un peu plus haut dans la rue. Sac de sport sur l'épaule, il rentre de son combat.

— Waouh, lâche-t-il en se retournant sur l'interminable voiture noire. Le quartier s'embourgeoise.

Il a les yeux rieurs et je suis contente de voir qu'ils ne sont absolument pas rouges.

Mon cœur bat fort. C'est le moment de lui transmettre le vaccin.

Je lui demande :

— J'aimerais me promener avec toi. Es-tu d'accord ?

— Si tu veux, me répond-il, amusé. J'espère que tu vas pas te sauver, cette fois !

Il pose son sac dans le petit jardin devant la maison et pousse à nouveau le portail pour me rejoindre sur le trottoir.

Le soleil est monté plus haut dans le ciel et m'éblouit. Nous marchons en silence. Pierrick semble attendre que je lui dise quelque chose mais c'est difficile. Je me sens oppressée. Comment vais-je m'y prendre ?

Plus j'y réfléchis et plus l'éternuement me semble la meilleure solution. C'est naturel et anodin. Rapide également, et sans doute assez efficace.

Pourtant, je ne saisis pas tout de suite ma mèche de cheveux. Cela peut sûrement attendre quelques minutes... Je me sens bien, là, avec Pierrick, sans penser à rien, sans m'inquiéter pour l'avenir.

Juste marcher à côté de lui.

Alors il se passe quelque chose que je ne comprends pas vraiment. Nous nous sommes arrêtés. Mes yeux sont plongés dans les siens et je ressens un vertige. C'est un peu comparable à cette sensation que l'on éprouve quand on voyage dans le temps. Je me sens aspirée, loin, très loin.

Et sans que je réalise comment cela arrive, mon visage est très près du sien. Je sens son souffle sur ma peau. Je reconnais son odeur...

Puis ses lèvres effleurent ma bouche. Elles sont douces. C'est comme une caresse, un moment très lent. Je ne sais plus si l'air autour de moi est fait de secondes, de minutes ou d'heures.

La chaleur de son corps m'enveloppe. Comme si elles étaient mues par une volonté propre, mes mains le touchent et l'étreignent.

Je ne respire plus mais je ne manque pas d'oxygène. C'est Pierrick qui me fait vivre et c'est moi qui lui permets aussi de vivre.

C'est donc cela, embrasser un homme ?

Mille secondes ou mille ans plus tard, nos lèvres se séparent et nos yeux se retrouvent.

Je ne pensais pas que vacciner Pierrick serait aussi agréable.

Sans nous concerter, nous recommençons à marcher mais, cette fois, j'ai ma main dans la sienne, ou c'est peut-être sa main qui est dans la mienne, je ne sais pas exactement.

À ce moment-là, je n'ai plus envie de continuer à me taire.

S'il m'a embrassée ainsi, c'est donc qu'il m'aime.

Mais s'il m'aime, je veux que ça soit pour ce que je suis vraiment. Pas en imaginant des choses fausses sur moi.

Alors je brise le silence.

Je reviens sur ce que je lui ai dit la dernière fois que l'on s'est parlé, le matin de l'épreuve écrite de français. Je répète la même chose mais, au lieu de rester vague, allusive, confuse, je suis précise et factuelle. Je veux qu'il sache.

Je suis née le 2 juin 2171.

À mon époque, il n'y a plus d'hommes. Seulement des femmes.

Je suis venue en 2019 dans le cadre scolaire. Je devais rester trois minutes seulement mais je n'ai pas réussi à repartir. C'est là que j'ai rencontré Andrea, puis le reste de la famille. Cela aurait pu me valoir de gros ennuis car il est interdit à une fille du futur d'échanger avec les gens du passé.

— Et la femme que j'ai vue l'an dernier au lycée, celle qui avait un flingue genre kalachnikov, c'était une sorte de flic du futur venue pour te punir, c'est ça ?

Il éclate de rire.

D'habitude, j'aime son rire mais, cette fois, je le reçois comme une gifle. J'insiste :

— C'était une agrégée. Une spécialiste des voyages temporels.

— Tu es vraiment incroyable. J'adore ton sens de l'humour. Et comment tu as fait pour venir jusqu'ici ? Tu as une machine, une navette spatiale ?

Exactement la même réaction que celle d'Andrea il y a un an. Les médiévaux sont-ils tous si bornés qu'ils échouent à imaginer quelque chose qui dépasse l'état actuel de leurs connaissances ? Je pensais que Pierrick me croirait, sans hésiter, sans douter. Lui et moi venons de partager un moment de communication intense, même s'il était non verbal, et nous voilà revenus à des relations normales ? La déception me fait mal. Je me force à être indulgente, après tout ce n'est pas sa faute, il est né au vingt et unième siècle, alors j'insiste pour lui donner une seconde chance :

— Nous ne voyageons pas à l'aide de machines. Cependant, nous avons besoin de l'attraction de la Lune et du Soleil. C'est pourquoi il est préférable de choisir la nouvelle Lune pour tenter le déplacement temporel. De même, un vent vigoureux, ou tout déplacement d'air conséquent, est une aide précieuse, voire indispensable. S'il n'y a pas de vent, nous utilisons un voyageur, c'est-à-dire un objet qui ressemble un peu à vos sèche-cheveux médiévaux.

Je lui parle en le regardant droit dans les yeux afin de mieux faire passer mon explication. C'est la base en EPS. Mon expression réfléchie doit lui indiquer que je ne plaisante pas.

Mais il rit :

— Tu es tellement sérieuse ! Limite, je pourrais te croire !

Et il me prend dans ses bras. Je crois même qu'il veut m'embrasser à nouveau.

— Ne fais pas cette tête ! s'amuse-t-il. Tu vas te sauver et repartir dans le futur ou quoi ?

Il plaisante et je n'aime pas ça. Cela me blesse. Je le repousse, peut-être un peu plus violemment que ce que j'aurais voulu. Je me sens perdue alors je lui réponds :

— Peut-être, oui. Peut-être que je devrais repartir.

— Pénélope, je voulais pas te vexer…

C'est hélas bien pire qu'une légère blessure à l'amour-propre.

Il ne me croit pas.

Cela signifie qu'il est amoureux d'une autre fille que moi.

Une fille qui s'appelle Pénélope, une fille qui a mon apparence, ma voix, mon odeur. Mais une fille qui n'est pas moi.

Je me sens tellement mal… L'amour devrait nous permettre de nous comprendre, entièrement et sans hésitation… Pourtant, je l'observe qui me sourit, et je sais qu'il ne me voit pas vraiment. Moi, je suis Pénélope fille de Jane, née le 2 juin 2171.

Ma relation avec Pierrick n'est-elle qu'un malentendu ?

Mais si je n'appartiens pas au Moyen Âge, et si je n'appartiens plus aux temps modernes non plus… ? Où vivre ?

Comment vivre ?

CHAPITRE 38

La seule personne qui peut comprendre ma détresse est Andrea.

J'ai besoin d'elle, et elle aussi a besoin de moi. La mort de Mathias doit être tellement douloureuse pour elle...

Je n'ai pas de difficulté à retrouver le chemin de l'hôpital. Alors que je me dirige vers l'entrée, j'entends mon nom.

— Pénélope !

Antarès me rejoint en courant. Il s'arrête près de moi, essoufflé.

— Les sites d'information parlent d'un virus inconnu qui aurait fait une victime dans un hôpital de la région. C'est le frère d'Andrea ? interroge-t-il avec inquiétude. C'est lui qui est mort ?

— Non. Pierrick va bien. Toute la famille d'Andrea est maintenant vaccinée.

— Tu me rassures, avoue Antarès. Elle se serait sentie tellement mal si elle était arrivée trop tard...

Alors je lui explique. C'est hélas ce qui s'est produit.

— C'était son meilleur ami. Il s'appelait Mathias.

Antarès baisse la tête, touché.

— Tu allais la rejoindre ? demande-t-il tristement.

— Oui.

— Je viens avec toi.

Nous retournons à l'étage où Mathias est mort. En remontant le couloir, nous passons devant une chambre dont la porte est ouverte. La télévision est allumée et diffuse les informations. *Un nouveau cas a été signalé à New York, ainsi que deux victimes à Bombay et Johannesburg. L'OMS a déclaré que la situation était sous contrôle et qu'il n'y avait pas lieu de s'inquiéter.*

Abel Constantin avait raison. Le virus aura le temps de faire des milliers de victimes avant que les gouvernements ne réagissent. Des dizaines de milliers avant que le vaccin ne se diffuse.

Mais nous avons échappé au pire.

Je lèche ma main et je la laisse courir sur les poignées de porte, le montant d'un brancard, un chariot de soins. À côté de moi, Antarès fait la même chose. Nous laissons notre salive partout où nous pouvons.

Enfin, nous retrouvons Andrea. Elle a les yeux rouges mais ce n'est pas à cause d'une conjonctivite.

— Partons d'ici, nous dit-elle. De toute façon, Mathias n'est plus là.

Elle se dirige vers l'ascenseur et nous lui emboîtons le pas.

Avant d'appuyer sur le bouton du rez-de-chaussée, elle fait naturellement comme nous une minute auparavant. Elle crache sur son index et étale sa salive sur les boutons de chaque étage.

En sortant de l'hôpital, elle déclare :

— Il était trop tard pour Mathias, mais il est encore temps pour tous ces gens-là.

Et elle arrête le premier passant venu pour lui demander le chemin de la gare. L'homme lui répond rapidement, impatient de reprendre son chemin, mais Andrea lui serre vigoureusement la main.

— Merci, dit-elle au passant un peu surpris.

Sans attendre, elle arrête un autre homme, et cette fois lui demande l'heure. Puis elle le remercie en lui faisant une bise. Il repart, interloqué.

Nous lui prêtons main-forte. Alors qu'Andrea, sans même se justifier, serre un vieil homme dans ses bras, nous entreprenons à notre tour de vacciner les gens qui passent sur le trottoir.

— Les femmes aussi, précise Andrea. Il ne faut pas

oublier les femmes. Elles peuvent transmettre le virus atténué.

Dans la rue, nous sommes trois à offrir nos étreintes à tous nos semblables. Aucun de nous ne prend plus la peine de trouver un prétexte. La plupart des passants, amusés, se laissent faire. D'autres se montrent fuyants, mais nous les embrassons quand même. S'ils savaient ce que nous leur offrons ainsi, ils se montreraient moins farouches.

Si on m'avait dit, il y a un an seulement, que je prendrais dans mes bras autant d'hommes, je ne l'aurais jamais cru. Et pourtant, je ne fais pas de crise de panique. Je ne distribue aucun coup de poing. Je me sens à l'aise, avec les femmes comme avec les hommes.

Il y a toujours quelqu'un à serrer contre nous, toujours un passant quelques mètres plus loin, toujours un vaccin de plus à donner.

La nuit tombe sans que nous y fassions attention. Nous embrassons, encore et encore.

Soudain, je lève la tête. La tour Eiffel nous domine, illuminée. Nous avons donc marché longtemps... Je souris. J'y suis montée quand j'avais dix ans. Elle existera toujours dans cent soixante-huit ans. Et les hommes aussi.

— Les touristes ! lance Andrea. Il faut embrasser les touristes ! Demain, ils reprendront l'avion, le train. Ils diffuseront le vaccin partout dans le monde !

Sans répit, nous poursuivons notre mission.

Puis, petit à petit, l'esplanade du Trocadéro se vide. Il est minuit. Les guichets de la tour Eiffel ferment, ses ascenseurs cessent de fonctionner. Nous étreignons encore les derniers badauds puis nous nous asseyons au bord d'un bassin.

Je lève les yeux vers le ciel. Je cherche mais je ne vois pas la Lune. Bien sûr. C'est un nouveau cycle qui commence cette nuit. J'ai perdu contact avec le rythme des éléments, ces derniers temps.

— Quand j'étais petite, raconte Andrea, j'adorais les histoires de chevaliers. Je rêvais d'avoir un fier destrier et de sauver quelqu'un.

— Ce soir, lui répond Antarès, tu as fait beaucoup plus que ça. Même sans cheval.

Elle sourit, tristement.

À mon tour, je prends la parole :

— Moi, quand j'étais petite, je ne voulais pas passer le BAC, à cause des trois minutes dans le passé, pour l'épreuve d'histoire. J'avais trop peur.

— Moi, ajoute Antarès, quand j'étais petit, je voulais cesser d'être seul.

Nous nous taisons, prenant conscience du chemin parcouru.

Je me sens bien, ici, au pied d'une tour Eiffel qui appartient aussi bien au Moyen Âge tardif qu'aux temps modernes. Comme moi, finalement.

J'ai envie de retrouver Pierrick. Même s'il a ri, même s'il ne m'a pas crue. Je n'aurais pas dû lui en vouloir. Sa réaction était la seule possible. Avec le temps, peut-être découvrira-t-il un jour qui je suis vraiment.

Je me lève et je propose :

— Rentrons.

Quand nous arrivons devant chez Andrea, je suis impatiente de voir Pierrick.

Je crains un peu que son père ne nous tombe dessus pour nous reprocher cette nouvelle nuit blanche, mais nous ne le croisons pas. Il est sûrement en train de nous chercher dans le quartier, furieux que nous n'ayons pas tenu parole.

En revanche, c'est Yoan qui déboule et nous double en courant. Il tient précautionneusement un petit récipient.

— Laissez-moi passer ! s'exclame-t-il. Urgence, urgence ! J'espère que tu m'as fait de la place dans le congélo !

— Je croyais que tu devais repasser hier matin ? s'étonne Andrea.

— Il m'a fallu un peu plus de temps que prévu. Trop de pression. Mais c'est bon, j'ai fini par réussir. Tu m'ouvres, oui ou non ?

Andrea introduit sa clé dans la serrure et laisse Yoan s'engouffrer à l'intérieur pour filer à la cuisine.

Tous les trois, nous éclatons de rire.

Mais soudain, un cri strident nous alerte. C'est la voix de Yoan. Qu'a-t-il vu pour hurler ainsi ? Nous nous précipitons à l'intérieur.

Pourtant, rien d'effrayant ne nous apparaît. Il y a juste un sèche-cheveux par terre au milieu de la cuisine. Il est branché et fonctionne encore, soufflant de l'air chaud sur le carrelage.

— Ton frère, balbutie Yoan. Il était là et, pschitt, il a disparu !

— Qu'est-ce que tu racontes ? interroge Andrea, incrédule.

— Je t'assure ! mugit-il. Il était debout, le sèche-cheveux dirigé vers son visage et, comme par magie, il s'est volatilisé !

Je n'ose pas imaginer une chose pareille, mais mes yeux croisent ceux d'Andrea et je vois que la même idée lui est venue à l'esprit.

Pierrick serait-il parti vers le futur ?

— Ça n'a pas de sens, bredouille Andrea. Pourquoi il aurait fait ça ?

Je crois connaître la réponse.

Il y a un petit mot posé sur la table. Je le prends et je lis : *Je suis parti chercher Pénélope. Pierrick.*

En un instant, je comprends ce qui s'est passé.

Tout à l'heure, Pierrick a senti ma déception, ma colère. Constatant que j'avais disparu, il s'est mis à douter. Il s'est demandé si, finalement, je ne lui avais pas dit la vérité. Et ne me voyant pas à la maison, puis m'attendant toute la nuit, il a imaginé que je m'étais sentie trahie et que j'étais repartie chez moi. Alors il a essayé d'en faire autant. Il détenait toutes les informations nécessaires pour ça, je lui avais tout expliqué. La Lune, le vent... Il n'y avait plus qu'à vérifier.

Catastrophée, je murmure :

— C'est à cause de moi...

Pourtant, j'ai du mal à y croire. Voyager dans le temps est si ardu ! Pierrick a-t-il vraiment pu réussir un tel exploit ?

Alors que Yoan saisit le sèche-cheveux et le retourne dans tous les sens pour essayer de comprendre, Antarès s'approche d'Andrea et moi. Il prend garde à ce que Yoan ne l'entende pas :

— C'est impossible, objecte-t-il à voix basse. Se déplacer dans le temps est trop difficile. Seul, sans entraînement, il n'a pas pu réussir.

Mais une idée terrible me vient à l'esprit :

— Quel jour sommes-nous ?

— Le 21 juin.

Je consulte aussitôt mon téléphone. Le réseau confirme mon intuition :

21 juin 2020, éclipse solaire annulaire. Maximum de l'éclipse : 6:39:59.

Je consulte l'horloge de la cuisine. Il est 6:41.

Malgré ses faibles notions d'astronomie, Andrea saisit ce que ça veut dire.

— Non, ça peut pas être ça, argumente-t-elle d'un ton angoissé. Cette éclipse est seulement visible en Afrique et en Asie… Regardez, c'est marqué là !

— On ne la voit pas, mais ça ne change rien, répond Antarès. Le Soleil, la Lune et la Terre sont parfaitement alignés, et ça reste vrai où que l'on soit sur la planète.

— Mais alors, chuchote-t-elle, ça veut dire que mon frère est perdu à votre époque ?

Andrea se décompose. Cette perspective me tétanise, moi aussi.

— Avec une éclipse, reconnaît Antarès, ça change tout… Peut-être qu'il a pu partir, oui.

Je ne suis pas d'accord avec lui. Bien sûr, l'éclipse l'a aidé, mais cela n'aurait pas dû suffire… Pierrick n'aurait pas dû réussir un tel déplacement sans l'aide d'une agrégée !

Ou alors… Cela ne peut signifier qu'une chose. Sa volonté était forte. Très forte. La volonté a toujours été déterminante pour se déplacer dans le temps.

Mais son désir de me retrouver est lourd de conséquences.

Pierrick est maintenant seul dans un monde de femmes.

Sans notre aide, il ne survivra pas.

CHAPITRE 39

Yoan est reparti, sans réaliser ce qui nous inquiète. Nous sommes dans le jardin, tous les trois. Andrea, Antarès et moi. Il y a un peu de vent. Je lève les yeux vers le Soleil. Même si je ne peux pas le constater à l'œil nu, je sais que l'éclipse est toujours là. Mais il faut me dépêcher.

Je déclare :

— Je vais aller chercher Pierrick.

— Emmène-moi avec toi, supplie Andrea. C'est mon frère...

— Ce n'est pas prudent. Si tu m'accompagnais, tu ne saurais pas te comporter comme il le faut à mon époque. Tu te ferais repérer immédiatement.

— Je peux y arriver. Je ferai les efforts qu'il faut.

— Tu ne te rends pas compte. C'est interdit.

— Je m'en fous, insiste-t-elle. Je dois faire ça pour Pierrick.

— De toute façon, tu as déjà essayé de voyager dans le temps. Et tu as échoué.

— C'est différent cette fois. Tu es une élève agrégée. Tu peux m'emmener avec toi.

— Emmener une novice n'est étudié qu'en troisième année post-BAC.

— Tu es douée. Tu l'as dit toi-même. Tu peux le faire.

J'hésite. Je ne veux pas mettre Andrea en danger, mais je me demande si sa présence à mes côtés ne serait pas une aide précieuse. Elle a de la ressource, et à deux nous avons déjà réussi l'impossible.

Je la regarde et je lis dans ses yeux l'inquiétude pour son frère. Le désir de voyager aussi, peut-être...

Mais serai-je capable de l'emmener avec moi ? Ai-je assez de puissance pour cela ?

Avec l'éclipse encore partielle, c'est peut-être possible. Et ma volonté. Surtout ma volonté. Quand je suis arrivée il y a presque un mois de cela, je ne voulais pas repartir. C'est pour ça que j'échouais systématiquement. Aujourd'hui, tout est différent.

Je tends la main à Andrea.

— D'accord. Viens. Nous devons partir maintenant pour profiter de l'alignement des astres.

Reconnaissante, elle saisit ma main et se tient prête.

— Comment dois-je faire ? demande-t-elle, tendue.

— Concentre-toi. Pense à Pierrick.

Et je fais de même.

Mais Antarès prend mon bras.

— Je viens avec vous, lance-t-il.

Étonnée, je me tourne vers lui, secouant négativement la tête.

— Tu es un homme. Tu ne dois pas retourner là-bas.

— Pénélope a raison, renchérit Andrea. Même si tu es maintenant vacciné contre la grippe masculine, tu serais en danger.

Mais il ne tient pas compte de nos objections.

— Je connais l'époque moderne, rappelle-t-il. Je sais comment s'y cacher, comment s'y déplacer. Comment survivre quand on est un homme. Ça veut dire que je sais exactement comment Pierrick devra agir pour s'en sortir.

— Ne fais pas ça, demande Andrea. Tu étais malheureux, là-bas.

— Vous aurez besoin de mon aide, insiste-t-il.

Déconcertée, j'échange un regard avec Andrea. Nous voulons toutes les deux sortir Pierrick de là, et toute aide supplémentaire serait utile. Mais avons-nous le droit de mettre Antarès en péril pour cela ?

— Tu vas nous alourdir... Je ne sais même pas si j'aurai la force d'emmener Andrea...

— Essaie, répond-il avec détermination. S'il te plaît.

Je reste réticente mais il ajoute :

— J'ai de bonnes raisons de vouloir repartir là-bas. Crois-moi.

J'ignore de quoi il parle, mais je n'ai pas le temps de le questionner. Il y a urgence. Son regard sincère achève de me convaincre.

À lui aussi, je tends la main.

Nous formons un cercle, tous les trois.

— Fermez les yeux. Sentez le vent sur votre peau. Sentez la Lune et le Soleil qui vous attirent. Sentez votre volonté de partir.

D'un côté, je tiens la main d'Andrea. Je pense à sa mère. Sans le savoir, mon amie est-elle en train de voyager vers elle ?

De l'autre côté, je tiens la main du garçon du futur. Son choix de revenir à l'époque moderne me désarçonne...

Moi aussi, je retourne vers ma famille, ma mère et ma sœur. Le monde qui m'a vue grandir. Mais comment serai-je accueillie ? Comment vais-je justifier trente jours d'absence ?

Je chasse cette pensée angoissante de ma tête. Je ne dois songer qu'à mon objectif. 2188. Il me faut mobiliser toute mon énergie pour y emmener Andrea et Antarès.

Mon entraînement d'élève agrégée et mon désir de rejoindre Pierrick décuplent mes capacités. Déjà, je me sens plus légère, mes pieds pèsent moins sur le sol.

Je serre la main de mes amis, très fort, pour ne pas partir sans eux... Mais, horrifiée, je sens leur masse qui pèse si lourd, puis leurs doigts qui glissent entre les miens... Non !

Je me ressaisis.

Ma volonté sera plus forte que tout. Andrea et Antarès feront ce voyage avec moi.

REMERCIEMENTS

À Thomas Mourez, virologue, pour son avis professionnel et cette merveilleuse proposition du vaccin transmissible comme un virus.

À Arthur-Emmanuel Pierre, toujours présent pour lire et relire mes textes, avec précision et exigence.

Et à Colette, ma mère, pour m'avoir donné le goût des livres et des histoires.

Après la trilogie
La Fille du Futur,
laissez-vous prendre
par le frisson de
la transparence !
Être transparente au lycée, rarement invitée en soirée et ignorée dans sa propre famille, c'est une blessure, ça fait mal.
Mais être invisible pour de vrai, se rendre en salle des profs incognito et disparaître dans les moments embarrassants... ça commence à devenir beaucoup plus intéressant !
À quinze ans, Esther cesse d'être une fille ordinaire et voit un nouveau monde s'ouvrir à elle. Pour l'adolescente trop discrète, la vie devient soudain passionnante.
Et de plus en plus dangereuse.
Par l'autrice de LA FILLE DU FUTUR
Nathalie Stragier
Signe particulier:
Transparente
SYROS
SYROS

Cet ouvrage a été composé par
Fr&co - 61290 Longny-au-Perche

Imprimé en Espagne
par Liberdúplex
S29110/01

PKJ • www.pocketjeunesse.fr
POCKET JEUNESSE

MIXTE
Papier issu de
sources responsables
FSC® C003309
FSC
www.fsc.org

Pocket Jeunesse, une marque d'Univers Poche,
est un éditeur qui s'engage pour
la préservation de son environnement
et qui utilise du papier fabriqué à partir
de bois provenant de forêts gérées
de manière responsable.